Lisa Jewell avait décidé d'écrire son premier roman à l'âge de cinquante ans. Mais à vingt-sept ans, n'étant plus satisfaite par son travail de secrétaire, elle a commencé à écrire. Paru en 1998, son premier livre fut un véritable succès de librairie. Depuis, Lisa Jewell a publié seize romans. Elle vit à Londres avec son mari et ses deux filles.

De la même autrice, chez Milady, en grand format :

On se reverra
Comme toi
Tous tes secrets

Chez Milady, au format poche :

On se reverra
Comme toi

Ce livre est également disponible au format numérique

www.milady.fr

Lisa Jewell

TOUS TES SECRETS

Traduit de l'anglais (Grande-Bretagne) par Adèle Rolland-Le Dem

Milady

Milady est un label des éditions Bragelonne

Titre original : *Watching You*

ISBN : 978-2-8112-3306-8

Bragelonne – Milady
60-62, rue d'Hauteville – 75010 Paris

E-mail : info@milady.fr
Site Internet : www.milady.fr

À Selina et Jonny,
avec toute mon affection.

Les habitants de Melville

16 Melville Heights
Tom & Nicola Fitzwilliam
Freddie Fitzwilliam

14 Melville Heights
Jack & Rebecca Mullen
Josephine Mullen & Alfie Butter

8 Bellevue Lane
Frances Tripp
Jenna Tripp

1 Bellevue Lane, appartement 3
Bess Ridley & sa mère

Mon journal

20 septembre 1996

Je ne sais pas quoi penser. Je ne comprends pas ce que je ressens. Est-ce que c'est normal ? C'est un adulte. Il a deux fois mon âge. Non, c'est impossible… complètement impossible. Et pourtant… J'en rêve.

Cher journal,
Je crois que je suis amoureuse de mon prof d'anglais.

Prologue

24 mars

L'INSPECTEUR ROSE PELHAM S'AGENOUILLE : IL Y A quelque chose derrière la porte de la cuisine, devant la poubelle. On dirait un morceau de tissu ensanglanté, ou peut-être un vieux pansement. À moins que ce ne soit une fleur fanée. En s'approchant, elle découvre qu'il s'agit en réalité d'un pompon. Rouge, en daim. Qui était probablement attaché à un sac à main, ou à une chaussure.

Il baigne dans une petite flaque de sang, ce qui laisse à penser qu'il y est tombé après le meurtre. Elle le prend en photo en l'état sous toutes les coutures puis, du bout de ses doigts gantés, elle le prélève et le glisse dans un sachet qu'elle ferme hermétiquement.

Elle se relève et observe la scène de crime dans son ensemble : une cuisine mal rangée avec des meubles en pin démodés, une vieille cuisinière verte sur laquelle s'empilent des poêles et des casseroles, une grande table en pin avec des dessous de verre, des cahiers, des journaux et des vêtements pliés, une petite extension avec un toit en bois lustré de mauvaise qualité qui donne sur le jardin, une porte-fenêtre vitrée, et un bureau dans un coin avec un ordinateur portable, une imprimante, un broyeur papier et une lampe.

C'est une pièce banale, presque sans âme. Une cuisine qui ressemble à tant d'autres en Angleterre. Une cuisine où l'on boit son café, on fait ses devoirs, on prend le petit déjeuner et on lit le journal. Pas le genre de cuisine où se dissimulent de sombres secrets. Pas le théâtre d'un crime passionnel. Pas une cuisine où l'on assassine.

Et pourtant, là, sur le sol, gît un corps dont le visage se noie dans une mare de sang en forme de haricot. Le couteau qui a tué la victime est dans l'évier, nettoyé consciencieusement avec une éponge encore pleine de savon. L'attaque a été d'une violence inouïe. Au moins vingt coups de couteau ont été portés à la nuque, au dos et aux épaules de la victime. Le sang reste cependant circonscrit au sol de la pièce. Il n'y a pas d'empreintes ou de traces sur les meubles ou les murs, ce qui laisse à penser que la victime a été surprise et n'a pas pu se défendre contre un agresseur rapide et efficace.

Rose sort un marqueur de sa poche et inscrit quelques éléments sur le sachet contenant le pompon.

Description : Pompon en daim ou imitation daim

Emplacement : Devant le réfrigérateur, derrière la porte donnant sur l'entrée

Date et heure du prélèvement : vendredi 24 mars 2017, 23 h 48

C'est probablement un détail, se dit-elle, un petit rien tombé d'un sac à main. Mais dans une enquête, il arrive que les détails soient particulièrement révélateurs.

Parfois, un petit rien permet de résoudre toute l'affaire.

Première partie
Trois mois plus tôt

Chapitre premier

2 janvier

Josephine Mullen déposa les fleurs sur la pierre tombale et fit courir ses doigts sur les lettres gravées dans le granit rose.

SARAH JANE MULLEN
1962-2016
À NOTRE CHÈRE MAMAN
JACK ET JOSEPHINE

— Bonne année maman, commença-t-elle. Je suis désolée de ne pas être venue hier. Alfie et moi, on avait une grosse gueule de bois. On a fait la fête à Frenchay, dans le nouvel appartement de Candy. Tu te souviens d'elle, Candy Boyd ? Elle était avec moi au collège, et elle avait des cheveux blonds si longs qu'elle pouvait s'asseoir dessus. Tu l'aimais beaucoup parce qu'elle te disait toujours bonjour quand elle te croisait dans la rue. En tout cas, elle s'en sort pas mal, elle est physiothérapeute maintenant. Ou chiropraticienne, peut-être. Un truc comme ça. Elle a pleuré quand je lui ai annoncé que tu étais morte. Tout le monde pleure quand je dis que tu es morte. Les gens t'aimaient tellement, maman. Tout le monde était jaloux de moi ! J'ai eu énormément de chance d'avoir une mère comme toi. Je n'aurais pas dû partir si longtemps. Si j'avais su, je ne serais jamais partie. J'aurais tellement aimé que tu rencontres Alfie. Il est adorable. Il travaille dans un bar à vin du centre-ville en ce moment, mais il veut devenir peintre décorateur. D'ailleurs, il est chez sa mère aujourd'hui, il refait sa cuisine. Enfin, c'est ce qu'il est censé faire ! La connaissant, elle l'oblige à regarder la télé avec elle, ce qui ne doit pas trop le déranger. Il a un petit penchant pour la procrastination… Mais tu l'adorerais, maman. C'est le type le plus beau, gentil et attentionné du monde, et il m'aime tellement ! Il prend soin de moi. Je sais que tu t'inquiétais beaucoup pour moi quand j'étais plus jeune. Je t'en ai fait voir de toutes les couleurs, et je suis vraiment, vraiment désolée. J'aimerais que tu voies ce que je suis devenue. J'ai enfin grandi, maman, vraiment !

Elle soupira.

— Bon, il vaudrait mieux que j'y aille maintenant. Il va bientôt faire nuit et je vais avoir peur. Je t'aime maman. Tu me manques. J'aimerais tellement que tu sois encore là. Que tu viennes à la maison pour boire le thé, qu'on dise du mal des gens, et que je me plaigne de Jack et Rebecca. Faudrait que je te raconte pour les robinets dorés. Je peux peut-être le faire maintenant ? Non, je garde ça pour la prochaine fois. Ça te donnera un peu de grain à moudre. Bonne nuit maman, je t'aime.

* * *

Josephine commença à monter la pente qui menait de Lower Melville à la ribambelle de maisons sur les hauteurs.

Même dans l'obscurité brumeuse de cette fin d'après-midi de janvier, les demeures colorées de Melville Heights sautaient aux yeux comme des Lego : rouge, jaune, turquoise, violette, vert citron, kaki, fuchsia, rouge encore… Elles étaient toutes alignées en haut de la colline, côte à côte, observant les petites rues du village en contrebas comme les invitées d'un dîner où personne d'autre n'aurait été convié.

Légendaires, voilà l'adjectif qu'on utilisait pour décrire cette rangée de vingt-sept villas victoriennes. *Les légendaires maisons colorées de Melville Heights*. Josephine les avait vues de loin toute sa vie. Quand ils étaient petits et qu'ils les apercevaient par la fenêtre de la voiture, cela voulait dire qu'ils n'étaient plus qu'à vingt minutes de la maison. Elles l'accompagnaient sur le chemin du travail ; puis quand elle rentrait chez elle. Une fois, à l'époque où elle était étudiante, elle avait été invitée à une soirée dans la maison fuchsia. La bâtisse était divisée en petits appartements et sentait l'humidité et la viande hachée. À l'intérieur, tout était loin d'être rose. La vue n'en restait pas moins époustouflante. Sur sa route vers la ville, l'Avon serpentait en courbes pittoresques ; les champs en contrebas formaient un patchwork merveilleux ; l'horizon sinueux du paysage se perdait en collines couronnées d'arbres qui à chaque printemps s'ornaient d'une myriade de feuillages verts pleins d'espoir.

Elle rêvait d'y habiter quand elle était petite, mais ne savait pas laquelle choisir : la mauve ou la rose ? À l'adolescence : la bleu ciel ou la kaki ? Aujourd'hui, à vingt-six ans, elle vivait au numéro 14, dans la maison bleu cobalt. C'était le résultat d'une vie de dur labeur. Pas le sien, celui de son grand frère.

Jack avait dix ans de plus qu'elle et travaillait à l'hôpital de Bristol. C'était l'un des plus jeunes chirurgiens en cardiologie. Deux ans plus tôt, il avait épousé Rebecca, une femme gentille au premier abord, quoique facilement irritable et dépourvue d'humour. Josephine s'était toujours imaginé que son grand frère, cet homme adorable, finirait avec une infirmière rigolote et terre à terre ou avec une pédiatre pleine de vie. Mais pour une raison qui lui échappait, il avait choisi une analyste en informatique guindée du Staffordshire.

Ils avaient acheté la maison cobalt dix mois plus tôt, alors que Josephine était encore en train de se la couler douce aux Baléares en organisant des soirées mousse. Elle n'avait compris qu'il s'agissait de l'une de ces maisons légendaires qu'au moment où elle était rentrée à Bristol, trois mois auparavant.

— C'est pas vrai, tu as acheté une des maisons colorées ! s'était-elle exclamée, la main sur la poitrine. Tu aurais pu me le dire !

— Tu ne me l'as pas demandé. Et puis ce n'était pas mon idée. C'est grâce à Rebecca. Elle a presque payé la vieille dame qui vivait là pour qu'elle se décide à vendre. Apparemment, c'était la seule maison de la région dans laquelle elle se voyait vivre.

— Elle est magnifique, avait-elle renchéri en laissant ses yeux se perdre dans les teintes taupe, bleu sarcelle, cuivre et grises de l'intérieur. C'est la plus belle maison que j'ai jamais vue.

— Je suis content qu'elle te plaise, parce que nous nous demandions si vous auriez envie de venir habiter ici tous les deux, le temps de vous acclimater.

— Vraiment ? avait-elle demandé, ébahie. C'est sérieux ? Tu es sûr ?

— Oui ! Viens voir le grenier, il est complètement autonome. Parfait pour deux jeunes mariés ! avait-il ajouté avec un grand sourire.

Josephine le lui avait rendu. Elle n'en revenait toujours pas d'avoir trouvé un mari en Espagne.

Il s'appelait Alfie Butter et il était très beau. Bien trop beau pour elle. En tout cas, c'est ce qu'elle avait pensé sous la lune scintillante des nuits d'Ibiza. Mais sous le ciel de plomb de l'hiver anglais, ses yeux azur étaient tout bêtement bleus, sa chevelure Titien était simplement rousse, et son hâle doré avait laissé place à une peau brûlée. Alfie était finalement devenu à ses yeux un homme comme les autres.

Ils s'étaient mariés pieds nus sur la plage. Elle portait une robe à bretelles en mousseline couleur pêche et un petit bouquet de lantanas roses. Lui un tee-shirt blanc et un short framboise, avec des fleurs de bougainvillier dans les cheveux. Leurs témoins de mariage étaient les managers de l'hôtel où ils travaillaient. Ensuite, ils avaient dîné en terrasse avec leurs amis, pris quelques pilules, dansé jusqu'au lever du jour, et passé la journée suivante au lit, avant d'appeler enfin leurs familles pour les informer de ce qu'ils avaient fait.

Si sa mère avait encore été en vie, Josephine aurait organisé une cérémonie en bonne et due forme. Mais elle n'était plus là, et son père n'était pas vraiment du genre à assister à des mariages, ni à prendre un avion jusqu'à Ibiza. Ses parents s'étaient eux-mêmes mariés en secret en Écosse alors que sa mère était enceinte de quatre mois.

— Eh bien comme ça, tu perpétues la tradition familiale, avait commenté son père, visiblement soulagé.

* * *

— Bonjour ! cria-t-elle en poussant la porte d'entrée afin d'annoncer son arrivée.

Rebecca leur avait dit et redit qu'elle était ravie d'accueillir les deux jeunes tourtereaux dans sa grande chambre d'amis flambant neuve : « C'est tellement génial que nous ayons cette chambre pour vous ! Et c'est génial de vous avoir ici. Vraiment génial ! » Pourtant, on voyait bien à son comportement qu'elle n'était pas aussi ravie de les accueillir qu'elle le prétendait. Elle passait son temps à les éviter. C'est d'ailleurs ce qu'elle faisait à ce moment-là, prétextant avoir du rangement à faire dans le cellier.

— Ah, salut ! répondit-elle d'un air surpris en se tournant vers Josephine, un bocal de raifort à la main. Je ne t'avais pas entendue rentrer.

Josephine lui adressa un grand sourire. Bien sûr qu'elle l'avait entendue. Une tasse de thé encore fumant était posée sur la table de la cuisine à côté d'un journal ouvert et d'un plateau de sushis entamé. Elle s'imagina Rebecca Mullen sursauter en entendant le bruit de la clé dans la serrure, chercher une issue et se réfugier en vitesse dans le cellier pour y attraper au hasard un pot de raifort.

— Excuse-moi. Pourtant j'ai dit bonjour.

— Pas de souci, t'inquiète. J'étais… se justifia-t-elle en lui montrant le pot de raifort et le reste du cellier.

— En pleine nidification ?

— Exactement ! C'est ça ! Je fais mon nid.

Elles baissèrent toutes deux la tête vers le ventre arrondi de Rebecca. Le bébé devait naître quatre mois plus tard. Aux alentours du 1er mai, cette petite fille allait devenir la nièce de Josephine. Et cette dernière pensait que son diplôme de puéricultrice n'était pas étranger à l'invitation de Rebecca à emménager chez eux. Même si cela faisait des années qu'elle n'avait plus travaillé avec des bébés, elle avait acquis un certain savoir-faire. En théorie, elle pouvait changer une couche en quarante-huit secondes.

Au milieu de la cage d'escalier en chêne qui menait à l'étage, il y avait un vitrail. Josephine s'arrêtait souvent devant, plaquant son visage contre les parties claires de l'ouvrage, profitant de la vue sans que personne ne puisse la voir. C'était le début de l'après-midi, mais le crépuscule couvait déjà à ce moment de l'année. Les arbres sur les collines de l'autre côté de la rivière étaient nus, embarrassés d'être vus dans leur nudité.

Elle suivit du regard une voiture noire étincelante qui avait tourné de la rue principale vers Melville Heights et qui commençait son ascension. Les véhicules qui venaient jusque-là étaient ceux des riverains ou de leurs invités. Josephine attendit qu'elle s'arrête pour voir qui en descendait. Elle se gara de l'autre côté de la route, et une femme d'une trentaine d'années sortit du côté passager. Allure garçonne, carré châtain, pull à capuche et jean. Elle attendit à côté de la portière arrière pendant qu'un adolescent d'environ quatorze ans sortait de la voiture. C'était son portrait craché. Finalement, un homme plus âgé, élégant, quitta la place conducteur. Grand, la silhouette élancée, il portait un polo bleu clair froissé, un jean bleu foncé, des cheveux bruns et courts, les tempes saupoudrées de mèches poivre et sel. Il ouvrit le coffre et en sortit deux valises avec une facilité déconcertante. Il en tendit une à son fils, confia à sa femme leurs manteaux et un sac à main, avant de traverser la rue et d'ouvrir la porte de la maison jaune.

Josephine reprit son ascension de l'escalier, chassant de son esprit la vision de ce bel homme d'âge mûr qui revenait des vacances de Noël avec sa famille.

INTERROGATOIRE ENREGISTRÉ

Date : 25/03/2017
Lieu : Commissariat de police de Trinity Road, Bristol, BS2 0NM
Agent : Officiers de la police du Somerset et de l'Avon

POLICE : Cet interrogatoire est enregistré. Je suis l'inspecteur Rose Pelham et je suis rattachée à la brigade criminelle du commissariat de police de Trinity Road. Déclinez votre identité s'il vous plaît.
JM : Josephine Louise Mullen.
POLICE : Adresse ?
JM : 14 Melville Heights, Bristol. Code postal BS12 2GG.
POLICE : Merci. Quelle est la nature de votre relation avec Tom Fitzwilliam ?

JM : C'est mon voisin. Parfois, il me dépose au travail en voiture. On discute quand on se croise dans la rue. Il connaît mon frère et ma belle-sœur.

POLICE : Merci. Où étiez-vous hier soir entre 19 et 21 heures ?

JM : J'étais à l'*Hôtel du Port*.

POLICE : Seule ?

JM : La majeure partie du temps, oui.

POLICE : Et le reste du temps ? Qui était avec vous ?

JM : [Silence.]

POLICE : Madame Mullen ? Répondez à ma question. Qui était avec vous à l'*Hôtel du Port* ?

JM : Ça n'a duré que quelques minutes, et il ne s'est rien passé. C'était

POLICE : Madame Mullen. Qui était cette personne, s'il vous plaît ?

JM : Tom… Tom Fitzwilliam.

Chapitre 2

6 janvier

JOSEPHINE REVIT L'HOMME QUELQUES JOURS PLUS TARD. Dans le bourg, cette fois. Il sortait de la librairie, en costume et au téléphone. Après avoir dit au revoir à son interlocuteur, il raccrocha et rangea l'appareil dans la poche de sa veste. Il se tourna vers elle et elle aperçut son visage, encore marqué par l'empreinte d'un sourire. Cette expression transformait sa physionomie. L'un des coins de sa bouche se relevait plus que l'autre, tout comme l'un de ses sourcils. Il passa une main dans ses cheveux parsemés d'argent pour les remettre en place après une bourrasque. Son visage changea à nouveau, le sourire laissa place à une grimace, sa mâchoire se durcit, son front se plissa et il cligna des yeux lentement. Il continua vers la voiture noire garée de l'autre côté de la rue, qu'il déverrouilla avec un bip sonore dans un clignotement de phare, et plia ses longues jambes sous le volant avant de disparaître.

Pourtant, dans l'esprit de Josephine, l'ombre de Tom Fitzwilliam s'attarda.

* * *

Alfie lui avait tapé dans l'œil. Pendant des mois, elle l'avait observé, lui avait inventé toute une vie inspirée par les bribes d'information glanées auprès de ceux qui lui avaient parlé. Personne ne savait d'où il venait. Quelqu'un lui avait dit qu'il était écrivain. Un autre, vétérinaire. À l'époque, il avait les cheveux longs, et attachait toujours sa crinière cuivrée en queue-de-cheval ou en chignon. Il avait une barbe courte et rousse, un corps puissant et musculeux, un rosier grimpant tatoué sur le torse, des ailes sur les épaules. Elle le voyait souvent avec une guitare en bandoulière. Quand il ne travaillait pas, il était en général torse nu. Il avait un sourire pour tout le monde, une démarche assurée : la classe.

Pour Josephine, Alfie Butter venait d'une autre planète. Elle le croyait doté d'une personnalité quasi surnaturelle et essayait de s'imaginer de quoi ils pourraient parler si l'occasion se présentait. Puis un jour, il l'avait arrêtée dans un couloir de l'hôtel, près de la buanderie. Ses yeux azur s'étaient plongés dans les siens.

— Josephine, c'est ça ? avait-il commencé avec un sourire.

Oui, oui, c'était bien elle.

— Il paraît que tu viens de Bristol. C'est vrai ?

Oui, oui, c'était vrai.

— De quel quartier ?

— Frenchay.

— Je le savais ! s'était-il exclamé en faisant de grands gestes. J'en étais sûr. Je savais qu'il y avait quelque chose, et quand on m'a dit que tu venais de Bristol, je me suis dit : « Ça c'est une fille de Frenchay. » C'était obligé. Et j'avais raison ! Moi aussi, je suis de Frenchay !

Waouh. Ça alors. Le monde était vraiment tout petit. Il était dans quel lycée ?

Alfie ne venait donc pas d'une autre planète. Il n'avait rien de surnaturel. Il n'était ni écrivain ni vétérinaire et ne jouait même pas très bien de la guitare, mais il était doué au lit et faisait de très bons câlins. Il s'était fait tatouer son prénom sur la cheville deux semaines après l'avoir rencontrée. Il lui disait qu'il n'avait jamais rien ressenti de tel de toute sa vie. Il passait toujours son bras autour de ses épaules quand ils marchaient ensemble. Il recherchait sans cesse son contact. Il disait qu'il la suivrait jusqu'au bout du monde. Et quand sa mère était morte et qu'elle lui avait annoncé qu'elle voulait retourner vivre à Bristol, il lui avait dit qu'il rentrerait avec elle. Il l'avait demandée en mariage quand elle était revenue de l'enterrement. Ils s'étaient mariés deux semaines plus tard.

Mais que faire d'un fantasme une fois que vous avez mis le grappin dessus ? Que devient-il ? Il devrait y avoir un mot pour désigner cette situation. Le problème, en amour, quand on obtient ce que l'on veut, c'est que toute cette attente, ces rêveries et ces désirs laissent au cœur un trou béant que seuls d'autres attentes, rêveries et désirs peuvent venir combler. C'est peut-être ce qui constituait le fondement de l'inattendue mais irrésistible attirance que Josephine ressentait pour Tom Fitzwilliam. Il était apparu au moment précis où le gouffre dans la vie intérieure de Josephine devait être comblé.

Et si ça n'avait pas été lui, ça aurait probablement été un autre.

Chapitre 3

23 janvier

Tom Fitzwilliam avait cinquante et un ans et était, selon Jack, *un homme très, très bien.*

Non que Josephine lui ait demandé son opinion sur son voisin, mais son frère lui avait offert ce jugement spontanément, à l'occasion d'un article paru dans le journal local au sujet d'une distinction reçue par le collège de Melville.

— Regarde ! l'avait-il interpellée en pointant une photo dans le périodique ouvert devant lui sur la table de la cuisine. C'est notre voisin, deux maisons plus haut. Tom Fitzwilliam. Un homme très, très bien.

Josephine jeta un œil par-dessus l'épaule de son frère, une poêle à moitié lavée dans une main, une éponge dans l'autre.

— Ah oui, je l'ai vu, je crois. Il a une voiture noire, non ?

— Exactement. C'est le proviseur du collège du coin. Un « super proviseur », avait-il ajouté en faisant des guillemets avec ses doigts. Il a été nommé après une évaluation catastrophique de l'établissement. Son ancien collège venait de recevoir d'excellents résultats. Tout le monde l'adore.

— Cool. Tu le connais bien ?

— Non, enfin un peu. Sa femme et lui nous ont beaucoup aidés quand on faisait des travaux dans la maison. Ils nous écrivaient pour nous informer des progrès du chantier, puisqu'on ne pouvait pas faire le déplacement tous les jours, et ils ont aussi calmé quelques voisins un peu échauffés par la poussière et le bruit. Des gens bien, en somme.

Josephine haussa les épaules. Son frère trouvait toujours les gens bien.

— Au fait, ton entretien ? reprit-il en repliant son journal.

Josephine accrocha le torchon à la porte du placard sous l'évier.

— Pas trop mal.

Elle avait postulé pour travailler au *Melville*, l'hôtel et bar du village. Responsable de l'accueil clientèle. L'agréable femme qui lui avait fait passer son entretien s'était rendu compte dès le moment où Josephine avait franchi la porte qu'elle ne convenait pas, et cette dernière n'avait pas essayé de la démentir.

— C'était juste un boulot de réceptionniste, avec quatre services de nuit par semaine. Non merci !

Elle n'osa pas croiser le regard de Jack. Elle avait peur d'y lire la déception, peur de voir qu'à ses yeux, elle était une ratée. Elle aurait bien voulu décrocher ce job : l'hôtel était beau, la propriétaire sympathique et le salaire intéressant. Le problème, c'est qu'elle ne s'y voyait pas. Le problème… eh bien le problème, c'était elle. Elle avait presque vingt-sept ans. À trois ans de la trentaine. Elle était mariée. Et pourtant, elle avait l'impression d'être encore une enfant.

— Je comprends, réagit Jack en tournant les pages de son journal machinalement. Je suis sûr que tu finiras par décrocher un bon poste.

— Moi aussi, répondit-elle sans conviction. Jack, tu es certain que ça ne t'ennuie pas qu'on soit là, avec Alfie ? Honnêtement.

—Josephine, combien de fois il faut que je te le dise? s'exclama-t-il en levant les yeux au ciel. Je suis très content de t'avoir à la maison avec Alfie. Sérieusement.

—Et Rebecca? Tu penses qu'elle regrette?

—Pas du tout. On est ravis tous les deux. Il n'y a aucun problème.

—Tu me le jures?

—Oui, Josephine, je te le jure.

* * *

Josephine trouva du travail trois jours plus tard. Un boulot vraiment, vraiment horrible, mais un boulot tout de même. Elle était désormais animatrice dans un centre aéré de Bristol qui avait mauvaise réputation: Whackadoo. Son uniforme se composait d'un polo jaune citron et d'un pantalon rouge à taille élastiquée. Le salaire et les horaires étaient corrects. Dawn, la responsable, était une grande femme aux allures masculines, les cheveux coupés en brosse. Josephine l'avait tout de suite appréciée. Ça aurait pu être pire, bien entendu. Ça pouvait toujours être pire. Enfin ce n'était tout de même pas glorieux.

Tous les employés de Whackadoo devaient passer leur première semaine en salle.

—Ici, on n'a pas le droit de s'asseoir dans les bureaux tant qu'on n'a pas nettoyé les toilettes d'un anniversaire avec trente gamins de huit ans, l'avait prévenue Dawn, une lueur funeste dans le regard.

—Ça peut pas être pire que de nettoyer un bar maculé de vomi et de vodka après un enterrement de vie de garçon.

—Probablement pas, avait-elle concédé. Tu peux commencer demain?

* * *

Josephine fit un détour par le *Melville* après son entretien et commanda un grand gin tonic au bar. Il était un peu tôt pour boire de l'alcool. L'homme assis à deux tables d'elle prenait le petit déjeuner. Elle se dit qu'elle buvait ce cocktail pour se féliciter, mais en réalité elle espérait y noyer sa peur et le dégoût qu'elle ressentait pour elle-même.

Whackadoo.

Caverne moisie résonnant de cris et où il régnait une odeur épouvantable. Temple de briques, de boissons renversées et de caprices, où au moins une fois par jour un enfant chiait dans la piscine à balles, semblait-il. Elle frissonna et but une gorgée. L'homme lui lança un coup d'œil circonspect. Elle soutint son regard.

On pouvait voir les maisons colorées depuis l'hôtel, les teintes vives se détachant parfaitement dans le cadre de la fenêtre géorgienne. La maison bleu cobalt de Jack et Rebecca, la jaune canari de Tom Fitzwilliam. Là-haut, le monde était différent. *Majestueux*. Qu'est-ce qu'une femme pas tout à fait sortie de l'enfance travaillant dans un centre aéré pouvait bien faire à vivre là-haut ?

Elle regarda ses ongles rongés, ses chaussures usées, son pantalon élimé. Elle pensa à la culotte de grand-mère qu'elle portait, à son soutien-gorge défraîchi. Deux mois auparavant, elle avait pris la bonne résolution d'aller chez le coiffeur, mais elle n'avait toujours pas mis son projet à exécution. Il n'était pas encore midi, en pleine semaine, et elle sirotait déjà du gin seule au bar d'un hôtel. Elle se rappela la femme qu'elle était, cinq mois auparavant, bronzée, élancée, son bouquet entre les mains, du sable fin sous ses pieds, le soleil resplendissant dans un ciel sans tache, Alfie à ses côtés. Jeune, belle, au paradis, amoureuse.

— Je n'ai jamais rien vu d'aussi beau, lui avait dit sa directrice en écrasant une larme. Vous êtes si jeunes, si parfaits, si purs.

Elle alluma son téléphone et chercha les photos du mariage. Pendant quelques minutes, elle s'égara dans les souvenirs du plus beau jour de sa vie, jusqu'à ce que le bruit de la porte du bar la tire de ses pensées.

C'était lui.

Tom Fitzwilliam.

Le proviseur.

Il retira sa veste et l'accrocha au dossier d'une chaise sur laquelle il déposa sa sacoche en cuir. Puis lentement, il avança vers le bar d'un pas nonchalant. Apparemment, le serveur le connaissait. Il lui servit une limonade et lui annonça qu'il lui apporterait son déjeuner quand ce serait prêt.

Josephine l'observa s'installer à sa table. Il portait une chemise bleue à petits carreaux. Il n'échappa pas à Josephine que le tissu était légèrement plus tendu au niveau des boutons inférieurs : il avait un peu de ventre. Elle sentit une vague de chaleur déferler en elle à la pensée des formes assumées de ce bon vivant, à l'idée de ses repas copieux et de ses soucis dilués dans une bonne bouteille de vin. Elle éprouvait l'irrépressible envie de passer la main sous ce tissu pour effleurer sa peau tendre.

Cette pensée la choqua et la laissa le souffle court. Elle concentra son attention sur son gin tonic. Son verre était presque vide et il était temps de quitter le bar, mais elle se sentait incapable de se lever. Elle n'en avait pas la force. Elle était soudain pétrifiée par ce désir aussi violent qu'inattendu. Elle tourna légèrement la tête pour apercevoir ses pieds, ses chevilles, le haut de ses chaussettes de coton gris, le cuir noir usé de ses chaussures, les quelques centimètres de peau pâle et nue sous l'ourlet du pantalon qu'il avait discrètement remonté avant de s'asseoir.

Elle était submergée par une attirance physique contre laquelle elle ne pouvait rien. Elle détourna son regard pour le reposer sur son verre désormais vide, puis passa en revue les photos de son mariage sur son téléphone, bientôt à court de batterie, qui risquait de s'éteindre d'un moment à l'autre. Il n'était pas question de rester plantée là, les yeux perdus dans un verre de gin vide. Pas maintenant. Pas devant lui.

Il était en train de sortir des documents de son sac. Il les tria, puis attrapa un stylo. Il le tenait avec une gestuelle aérienne, sortait la mine dans un cliquetis, l'abaissait vers le papier pour y écrire un commentaire, le relevait à nouveau. *Clic, clic.* L'un de ses pieds rebondissait doucement contre l'autre. Elle partirait quand le serveur lui apporterait son repas. Elle profiterait de cette diversion pour s'éclipser discrètement.

L'écran de son téléphone s'éteignit, l'abandonnant à son sort. Elle le rangea dans son sac à main et regarda fixement le sol jusqu'à ce qu'une cloche sonne et que le serveur disparaisse en cuisine. Il revint un instant plus tard avec une planche sur laquelle trônait un sandwich accompagné d'un monticule de salade. Elle vit Tom faire de la place devant lui en adressant un grand sourire au serveur.

—Merci, l'entendit-elle dire tandis qu'elle attrapait sa veste et se levait, renversant presque sa chaise en essayant de quitter les lieux le plus rapidement et discrètement possible. Ça a l'air délicieux! continua-t-il alors qu'elle traversait la pièce, ses lourdes bottes percutant le carrelage gris dans un bruit sourd, la bandoulière de son sac refusant de rester sur son épaule.

Au moment de sortir, sa veste posée sur son avant-bras renversa une pile de prospectus promouvant le marché du village qui était posée sur une table.

— Vous en faites pas, je les ramasserai ! lui lança le serveur.

— Merci…

Elle poussa la porte avec force et se jeta dans la rue, non sans qu'une seconde ses yeux croisent ceux de Tom, et que passe entre eux l'expression fugace d'un même désir.

Chapitre 4

26 janvier

Alfie était assis en tailleur sur le lit, son ordinateur portable ouvert et posé en équilibre sur ses genoux. Ses longues mèches couleur feu s'étaient volatilisées lors d'un rendez-vous brutal avec une tondeuse qu'il s'était infligé à leur retour en Angleterre, et qui soulignait de façon peu avantageuse la disproportion entre sa petite tête et son grand corps. Une barbe de trois jours obscurcissait le bas de son visage. Il portait un grand débardeur gris, échancré sous les bras, qui laissait voir ses tatouages, et un vieux caleçon Gap. Il était immense, une armoire à glace. Même allongé dans des draps soyeux, il ressemblait à un guerrier celte. Un guerrier celte qui aurait oublié de s'habiller.

Josephine observa son corps jeune et puissant. Puis elle pensa au corps doux et mûr comme un bon fruit de Tom Fitzwilliam. Elle se demanda comment celui d'Alfie serait façonné par le passage des années. Allait-il prendre du muscle ou s'empâter ? Resterait-il toujours Alfie Butter, mauvais guitariste, incroyable donneur de câlins, peintre-décorateur désabusé, romantique au grand cœur, amant attentionné ?

Deviendrait-il quelqu'un d'autre ? Elle aurait donné cher pour en avoir le cœur net. Pourquoi personne ne pouvait lui apporter ces réponses ? Pourquoi devait-elle se contenter de faire confiance à son destin en attendant d'avoir le fin mot de l'histoire ? Elle trouvait cela sidérant.

Le cerveau de Josephine bouillonnait. Elle pensait à son horrible uniforme Whackadoo, à l'odeur de friture, aux toilettes des garçons, à Tom Fitzwilliam, au cliquetis de son stylo. Elle convoqua la sensation qui l'avait envahie quand elle l'avait vu au bar, cette sensation dont elle avait tenté de faire abstraction pendant une bonne partie de l'après-midi et de la soirée. Elle pensa à sa mère, à son absence, au manque insupportable qu'elle ressentait soudain.

— Ça va ? lui demanda Alfie, l'air inquiet.

— Oui, oui.

— T'es sûre ?

— Oui, assura-t-elle en se forçant à sourire. T'inquiète pas. Peut-être qu'avec ce nouveau boulot pourri, je regrette un tout petit peu Ibiza, c'est tout.

— Viens, lui intima-t-il en ouvrant ses grands bras parsemés de taches de rousseur. Un câlin et ça ira mieux.

Elle hocha la tête et s'approcha de lui, même si elle voulait lui crier : « Tu ne peux pas tout résoudre avec des câlins ! » Mais en sentant ses bras l'enlacer, la chaleur de son souffle dans ses cheveux, elle songea que, si ce n'était pas une réponse satisfaisante, ça valait quand même mieux que d'autres questions.

* * *

Le lendemain, en rentrant, elle s'arrêta dans l'épicerie du village. Elle venait de terminer sa première journée de travail et elle se sentait usée par l'impolitesse des clients, les cris des enfants, l'absence de lumière directe, les longues heures de travail. Elle voulait rentrer chez elle, prendre une douche, se mettre en pyjama et savourer une tasse de thé. Non, un verre de vin. Une bouteille de vin.

En arrivant devant l'étagère où étaient rangées les bouteilles d'alcool, elle aperçut la femme de Tom Fitzwilliam. Comment s'appelait-elle déjà ? Jack le lui avait dit, mais elle ne s'en souvenait plus. Ça commençait par un « N »… Elle avait ouvert la porte d'un réfrigérateur pour attraper une bouteille d'eau. Son visage était rouge, ses cheveux trempés de sueur. Elle portait un legging noir brillant et un tee-shirt moulant qui laissaient deviner un corps un peu trop musclé. Elle portait une montre connectée rose vif autour du poignet et des sneakers blanches aux pieds.

Sentant le regard de Josephine, elle se retourna vers elle. Elle lui sourit froidement et se dirigea vers la caisse de l'autre côté du magasin. Josephine l'entendit discuter avec l'employé. Elle avait une voix claire avec un léger accent du nord de l'Angleterre qui affleurait dans certains mots. Elle racontait qu'elle venait de se remettre à courir. C'était sa résolution pour la nouvelle année, car l'an passé elle n'avait rien pu faire à cause d'une fracture de la cheville. Quelle sensation incroyable que de fouler à nouveau les pavés ! Elle ne se sentait pas vraiment elle-même si elle ne pouvait pas courir régulièrement. Trois kilomètres par jour, ça décrassait et ça remettait la machine en marche !

Josephine se plaça devant l'étagère des céréales pour mieux distinguer la femme que Tom Fitzwilliam avait choisie pour épouse. Elle avait une silhouette légère, élancée. Tout son corps était si délicat, ondulé, comme si elle avait été dessinée avec des crayons bien taillés. Josephine était plutôt menue, mais la femme de Tom ressemblait à une poupée, avec des cheveux très fins et un petit nez rond. Elle imaginait ces mains miniatures entourant la taille douce de Tom. Elle se demanda s'il l'avait déjà trompée. Combien de fois par semaine couchaient-ils ensemble ? Soudain, l'image de ce petit bout de femme cambrée, tête rejetée en arrière, chevauchant son grand mari si séduisant, lui apparut.

Elle attrapa une bouteille bas de gamme avec un bouchon à vis et alla payer à la caisse. En remontant la colline vers les maisons colorées, elle pouvait distinguer la femme de Tom devant elle, cette silhouette fine tenant une bouteille d'eau entre ses mains, les épaules courbées pour se protéger du vent froid de janvier.

Tout en haut, au dernier étage de la maison des Fitzwilliam, il y avait une fenêtre éclairée. Elle vit une silhouette se mouvoir rapidement et un rideau retomber aussitôt, plongeant la façade dans les ténèbres.

Chapitre 5

27 janvier

FREDDIE FITZWILLIAM ÉTEIGNIT SES JUMELLES NUMÉRIQUES, referma le rideau et se propulsa jusqu'à son ordinateur sur son fauteuil à roulettes. Il y avait désormais une empreinte longiligne sur la moquette qui témoignait de ses nombreux allers-retours effectués vers la fenêtre dans ce siège. Il avait l'impression d'être le capitaine d'un navire dans cette pièce surplombant la vallée où s'étendaient la rivière et le village. Ces jumelles lui avaient été offertes par ses parents pour Noël. Elles avaient changé sa vie. Désormais, il pouvait voir nettement la rue où vivait Jenna Tripp, mais aussi la fenêtre en verre cathédrale de la salle de bains de Bess Ridley qui laissait parfois deviner un corps nu. Chaque matin, il épiait les retrouvailles des deux adolescentes, affublées des vilains uniformes de leur collège : short ou jupe courte, jambes nues même en plein hiver, bras-dessus bras-dessous, un écouteur chacune, se racontant les derniers potins. Il pouvait même deviner le parfum des Pringles qu'elles mangeaient.

Freddie n'était pas inscrit au collège dont son père était le proviseur. Il était élève dans une école privée pour garçons située dans la ville, à une demi-heure à pied de chez lui. Cela faisait un an et un mois qu'ils avaient élu domicile à Melville. Un matin, quand ils habitaient encore à Mold, on lui avait annoncé qu'ils allaient déménager à Bristol la semaine suivante et qu'ils ne reviendraient pas. Son père était un gros bonnet. Le gouvernement pouvait l'envoyer dans tout le pays pour venir en renfort à des établissements « en situation extraordinaire », des collèges tellement pourris qu'on menaçait de les fermer. Celui-ci était si épouvantable que l'ancien proviseur avait été renvoyé et arrêté dans la foulée pour détournement de fonds publics, ou quelque chose comme ça.

Au début, Freddie avait détesté Bristol. Son collège était affreux. On aurait dit une prison et il y flottait une odeur nauséabonde. Les profs étaient tous super vieux et très anglais, alors que dans son ancienne école ils étaient jeunes et venaient de toute l'Europe. Freddie aimait les profs étrangers. Il pouvait les épater en leur parlant dans leur langue, ce qu'ils adoraient. On pouvait se dépêtrer de n'importe quelle situation avec un compliment exprimé dans un espagnol parfait.

Freddie savait parler six langues étrangères : le français, l'espagnol, l'allemand, l'italien, le mandarin et le gallois, qu'il avait appris lorsqu'ils vivaient à Mold. Les autres, il les avait apprises en autodidacte. Il maîtrisait aussi une vingtaine d'accents britanniques si bien qu'il passait pour un ado du coin. Quand il finirait l'université, il intégrerait le MI5. Ses parents lui avaient répété toute sa vie que le gouvernement rêverait d'embaucher un petit malin comme lui, et il était de leur avis. Que pourrait-il faire d'autre avec toute cette intelligence, toutes ces connaissances, avec ce cerveau en ébullition ? Il fallait bien mettre à profit ses atouts. Et, bien sûr, les jumelles numériques (et la montre-appareil photo, les lunettes infrarouges et le logiciel espion de son téléphone) participaient à l'avenir tout tracé que ses parents imaginaient pour lui depuis si longtemps.

Au début, il les avait utilisés pour s'entraîner.

Mais en l'absence d'amis ou d'envie de se faire des amis, Freddie avait passé l'année à constituer un dossier nommé *L'Affaire Melville*, une sorte d'investigation sur les gens du village. Il y relatait ce qui advenait aux habitants de Lower Melville, d'après ce qu'il pouvait voir du sommet de sa maison. Il enregistrait les nouvelles arrivées à l'hôtel (une fois, Cate Blanchett y avait passé la nuit, elle était vraiment toute petite). Il notait qui sortait promener son chien (*homme aux cheveux blancs avec schnauzer miniature départ 20 h 00, retour 20 h 27)* *et qui sortait faire un footing (deux femmes, âge moyen et gros culs, départ 19 h 30, retour 20 h 45 avec un paquet de chips chères acheté à l'épicerie*). Il consignait également les infractions observées : quelqu'un qui ne ramassait pas la crotte de son chien, un automobiliste qui se garait en double file ou sur un passage piéton, plusieurs vols, l'un d'eux ayant entraîné une course-poursuite dans le village jusqu'à ce que le commerçant doive s'arrêter, au bord de la crise cardiaque.

Mais récemment, Freddie avait quelque peu délaissé le train-train du village. Après tout, au bout d'un moment, la promenade de l'homme aux cheveux blancs et du schnauzer n'était plus très palpitante. Ces jours-ci, Freddie était obnubilé par les filles. Ce qui était surprenant, parce qu'il ne s'y était jamais intéressé auparavant. En fait, il n'avait jamais aimé les filles, et il pensait qu'il était programmé comme cela.

Apparemment, il avait eu tort.

Jenna et Bess étaient de loin les deux plus jolies filles du village. Jenna était grande, sportive, avec des cheveux sombres et fins et une poitrine prononcée. Bess était plutôt petite, avec les cheveux courts, blonds (naturels) et une frange qui lui tombait dans les yeux. Elles étaient plus âgées que Freddie, un an de plus. Il passait le plus clair de son temps à les observer. Il savait à quelles activités extrascolaires elles étaient inscrites, quels jours elles avaient sport, quelles étaient leurs boissons Starbucks préférées, et quand elles changeaient de boucles d'oreilles.

Oui, Jenna et Bess étaient ses préférées. Mais il y avait quelqu'un d'autre, maintenant. Elle avait emménagé dans la maison bleue quelques semaines plus tôt et elle était vraiment belle. Il l'avait vue pour la première fois au restaurant du *Melville* alors qu'il y dînait avec ses parents. Elle était avec un homme. Grand, brut de décoffrage, avec des cheveux roux rasés et des tatouages que l'on distinguait sous sa chemise. Freddie l'avait d'abord entendue elle, avec son accent de Bristol, son rire franc. Ça l'avait intrigué, et il avait tourné la tête légèrement pour voir à quoi elle ressemblait. Elle buvait un verre de vin et portait un tee-shirt ample. Elle avait une grande bouche, des dents bien blanches, des cheveux blonds très clairs rassemblés en un chignon désordonné, des anneaux dorés aux oreilles, des bottines rouges en daim avec des pompons. Ce qui lui avait permis de lui donner un nom de code en attendant de découvrir sa véritable identité.

Il l'appelait Chaperon Rouge.

* * *

Là, il l'observait. Il l'avait vue descendre du bus dans le village, l'avait perdue pendant quelques instants, puis elle était réapparue quelques mètres derrière sa mère, en train de remonter la colline. Il zooma de plus en plus sur son visage et s'aperçut qu'elle n'avait pas l'air d'aller bien du tout. Il chargea la vidéo sur son ordinateur pour pouvoir zoomer encore plus, et remarqua qu'elle portait un tee-shirt jaune sous son grand manteau élimé. Il reconnut tout de suite le logo rouge et jaune de Whackadoo, car il passait devant le grand bâtiment de briques jaunes et son immense toucan en plastique tous les matins en allant au collège. C'était une sorte de parc pour les enfants, ou quelque chose de ce genre.

Merde alors, pensa-t-il, *Chaperon Rouge travaille chez Whackadoo. Quel job pourri.*

Il enregistra la vidéo dans le dossier secret caché sur son ordinateur, que personne chez lui n'avait les capacités de découvrir. Puis il descendit demander à sa mère ce qu'elle avait préparé pour le dîner.

Chapitre 6

3 février

Jenna Tripp enleva ses tennis noires, défit sa cravate en nylon, posa son sac à dos en bas des escaliers, détacha sa queue-de-cheval et se massa le crâne un instant avant d'appeler sa mère.

— Oui ?

Jenna jeta un coup d'œil dans le salon. Sa mère était assise au bord du canapé en cuir, son ordinateur portable ouvert devant elle sur la table basse, un calepin posé d'un côté, son téléphone de l'autre. Ses cheveux clairs étaient noués en queue-de-cheval. Elle était belle quand elle dégageait son visage, cela soulignait la finesse de ses traits, ses pommettes dessinées, sa mâchoire délicate. Elle avait fait du mannequinat pendant quelques années quand elle était jeune. Il y avait une photo d'elle où elle posait en bikini sur une plage dans le couloir qui menait à la chambre de Jenna. Elle avait les bras croisés (apparemment, le shooting avait été fait en novembre) et souriait en regardant le ciel. Le bonheur incarné.

— Tu peux vérifier quelque chose dehors s'il te plaît ? lui demanda-t-elle en soufflant un nuage de fumée de sa cigarette électronique arôme fruits rouges. Tu vois une Lexus bleue ? Avec un grand coffre ?

Jenna soupira et écarta le rideau. Elle regarda à droite et à gauche du petit virage où était située leur maison, puis se tourna vers sa mère.

— Pas de Lexus bleue.

— Tu es sûre ?

— Oui. Certaine. Il y a une Ford Focus bleue, c'est tout.

— Ah oui, c'est celle de Mike.

Elle ne posa pas plus de questions à sa mère sur la Lexus. Elle savait très bien ce qu'elle s'imaginait. Elle referma le rideau et se rendit dans la cuisine. Elle mit la bouilloire à chauffer pour se faire un chocolat chaud sans sucre auquel elle ajouta quelques marshmallows (elle avait découvert récemment que les marshmallows ne contenaient que très peu de calories), puis elle attrapa son téléphone, son sac et monta dans sa chambre. Elle s'arrêta en chemin pour regarder le portrait de sa mère. Frances Tripp. Ou Frankie Miller, comme on la connaissait à l'époque. Elle était redevenue Frances quand sa carrière de mannequin avait pris fin et qu'elle avait épousé le père de Jenna. Elle était très impliquée dans la lutte contre l'exploitation animale, et on lui avait dit que cela faisait plus sérieux. Jenna aurait aimé rencontrer la femme de la photo, cette beauté insouciante, cheveux au vent, dans les yeux de laquelle se reflétaient toutes les nuances d'un ciel radieux. Elle l'aurait probablement beaucoup aimée.

— Au fait ! s'écria la voix de petite fille de sa mère.

— Oui ?

— Tu as changé l'ampoule de ton miroir ?

Jenna ne répondit pas tout de suite, ses épaules s'affaissant.

— Non, annonça-t-elle, même s'il eût été plus simple de répondre oui.

— OK. C'est bizarre. Très bizarre.

Jenna ouvrit la porte de sa chambre, s'y faufila et la referma avant que sa mère ne puisse poursuivre cette conversation. Elle avait reçu un message de Bess sur Snapchat. C'était une photo d'elle sur le point d'embrasser le portrait de M. Fitzwilliam dans le journal local. Elle avait dessiné un cœur rose autour d'eux. Jenna soupira. C'était quoi son problème, sérieux ? M. Fitzwilliam était tellement vieux !

— Il a du charisme. Et en plus, il sent bon.

— Comment tu sais ça, toi ?

— J'inspire profondément dès qu'il passe à côté de moi. Et il a ce truc…

— Quel *truc* ?

— Avec son stylo. Il le fait cliqueter, avait-elle explicité en mimant l'action.

— Cliqueter ?

— Ouais. Enfin il est super charmant.

— Nan mais tu sniffes ou quoi ?

Elle lui écrivit :

Arrête la drogue !

Ce à quoi Bess répondit avec une succession d'émojis diamants. Jenna sourit et posa son téléphone sur sa table de chevet pour le recharger. Bess était sa meilleure amie. Elles étaient presque sœurs. Jumelles. Elle la connaissait depuis quatre ans, depuis que ses parents s'étaient séparés et qu'elle avait tiré la paille la plus courte, déménageant avec sa mère à Lower Melville pendant que son petit frère Ethan restait avec son père à Weston-super-Mare. Non qu'elle ait un problème avec Lower Melville. La maison, ou le « cottage », comme sa mère appelait la bâtisse de l'après-guerre avec une vieille façade de galets, était en réalité là où sa mère avait grandi. Elle n'avait pas changé depuis des décennies, alors que le village autour d'elle avait beaucoup évolué. En voyant cette vieille demeure, les élèves de son collège imaginaient qu'elle venait d'une famille aisée. Ils se trompaient sur toute la ligne.

— Jen !

Elle ferma les yeux et écouta sa mère monter l'escalier.

— Jenna !

— Oui ?

— Tu peux vérifier un truc dans le jardin, s'il te plaît ? Dis-moi si le voisin est toujours assis à côté de sa fenêtre.

Elle prit une profonde inspiration, tentant tant bien que mal de contenir son exaspération.

— Pourquoi ?

— Tu sais très bien pourquoi.

En effet, mais parfois, elle voulait entendre sa mère formuler ses obsessions, dans l'espoir que cela la force à sortir de son délire.

Elle soupira, posa sa tasse de chocolat chaud et se releva dans son lit. Le voisin était bien assis à côté de sa fenêtre, de l'autre côté de leur jardin. Il était de profil et regardait l'écran d'un ordinateur posé devant lui. Elle le vit boire une gorgée de thé, reposer sa tasse, se passer une main sur la nuque avant de commencer à taper sur le clavier.

— Non, cria-t-elle à sa mère. Il n'est pas là. Il n'y a personne.

Il y eut un moment de silence, rempli non pas de soulagement, mais de déception, fort probablement.

— Bien, finit par commenter sa mère. C'est bien. Dis-moi s'il revient.

— D'accord.

— Merci ma chérie.

Le téléphone de Jenna sonna. Un autre Snapchat de Bess. La photo de M. Fitzwilliam recouvert de traces de rouge à lèvres.

Jenna sourit.

T encore plus chelou que ma mère toi.

Chapitre 7

Il y avait donc un portrait de Tom Fitzwilliam en page huit du journal. Il se tenait devant l'entrée de son collège, les bras croisés, et portait une fine cravate bleue dérangée par le vent. Il regardait la caméra avec sérieux, un sourire au coin des lèvres. Le gros titre proclamait : « LE PROVISEUR FAIT LA GUERRE AUX GANGS ».

Josephine ne lut pas l'article, elle était trop concentrée à analyser la photo dans ses moindres détails. Le cordon jaune autour de son cou. L'éclat terne de l'alliance à son annulaire. La taille haute de son pantalon, sans ceinture, un peu trop ample au-dessus de ses hanches. Son menton volontaire. La pente douce de ses épaules. Le désordre causé dans ses cheveux par le vent. La façon dont il posait, avec assurance, dans une maîtrise totale de son environnement.

Mon établissement. Mes élèves. Ma responsabilité.

Tom Fitzwilliam.

SUPER PROVISEUR.

Elle toucha les contours de son ventre du bout du doigt, caressant pensivement l'image, tandis que le souvenir du regard qu'ils avaient échangé une semaine auparavant au *Melville* lui revenait en mémoire. Elle sursauta en sentant une main se poser sur sa taille et un souffle chaud courir dans sa nuque. C'était Alfie, tee-shirt froissé, encore imprégné de l'odeur des draps après sa sieste.

— Putain, Alf, tu m'as fait peur !

— Désolé mon ange.

Ses bras se refermèrent autour de sa taille et il enfouit son visage dans son épaule et y planta un baiser.

— Hmm, tu sens trop bon.

— Tu parles ! Je sens les frites et les pets de gosses.

— Non, la contredit-il en glissant la main sous l'élastique de la taille de son pantalon puis dans sa culotte.

La sensation de ses doigts contre elle si peu de temps après son fantasme à propos d'un autre homme lui coupa le souffle.

— Tu sens les hormones.

Elle posa sa main sur la sienne et la pressa contre son corps.

— Et qu'est-ce qu'elles sentent, mes hormones ?

— Le miel, répondit-il, sa grande main sèche recouvrant entièrement son sexe, la faisant balancer d'avant en arrière, ses mots réchauffant l'espace entre ses lèvres à lui et sa peau à elle. La pluie d'été, les goûters d'anniversaire, les coussinets de chaton, le sable chaud. Et…

Il s'arrêta et passa son autre bras autour d'elle, la tirant vers lui si fort qu'ils ne formaient presque plus qu'un seul corps.

— Toi. Tout simplement.

Elle se retourna entre ses bras et l'embrassa avec fougue. Elle le guida de la cuisine au deuxième étage, à leur chambre, rapidement, désespérément, en laissant le journal ouvert sur la table, les yeux de Tom Fitzwilliam rivés au plafond.

* * *

— Tu sais quoi ? lui demanda Alfie un peu plus tard, la tête de Josephine posée sur son épaule, leurs doigts entremêlés.

— Dis-moi.

— Tu vas probablement trouver ça dingue.

Elle fit courir son doigt le long de la tige du rosier grimpant qu'il avait tatoué sur le torse, jusqu'aux racines ondulées.

— Dis toujours, on verra bien.

Il se tut pendant un long moment.

Elle le vit rougir légèrement, et tourna son visage complètement vers lui.

— Qu'est-ce qu'il y a, Alf?

— Je sais bien qu'on est mariés depuis seulement quelques mois, qu'on ne se connaît pas depuis très longtemps, et qu'on est encore jeunes, mais qu'est-ce que tu dirais d'un bébé ?

Elle sentit un éclat de rire se former dans sa gorge et le réprima immédiatement.

— Alf, commença-t-elle en lui prenant la main. Mon Dieu. Je veux dire, oui, peut-être un jour. Mais il faut d'abord qu'on s'installe. Qu'on trouve un boulot digne de ce nom. Une maison à nous. C'est pas le bon moment, là.

Alfie la regardait sans comprendre.

— Mais tu te souviens de ce soir où on était à Cala d'Hort, et on avait la super weed du Français, tu sais ? On parlait du futur, et tu as dit que tu voulais vraiment être maman jeune.

Josephine secoua la tête.

— J'ai jamais dit ça.

— Si, si. Je m'en souviens clairement, parce que je pensais vraiment pas que tu avais ce genre d'idée, parce que, tu sais, t'es pas très…

Il hésita, cherchant le bon mot.

— Maternelle.

Josephine se raidit et Alfie se pinça les lèvres.

— Non, enfin, c'est pas ce que je veux dire. C'est juste que t'es pas comme toutes ces filles que je connaissais à Frenchay, qui ne pensaient qu'à tomber enceintes. Toi, on dirait que tu as des choses plus importantes à faire dans la vie.

— Ah ! s'exclama-t-elle, laissant s'échapper son rire comme un coup de tonnerre. Moi, des choses importantes ?

Il la regardait, ses yeux bleus troublés par l'incompréhension, et soudain, elle fut prise de pitié. Elle lui caressa la joue un instant.

— Non, Alfie. Je ne suis vraiment pas le genre de personne qui a des *choses importantes* à faire. Je ne sais même pas ce qui est important ou non.

— Les bébés, c'est important ! s'exclama-t-il avec un air triomphant. Et je suis cent pour cent prêt. Cent dix pour cent, ajouta-t-il, enserrant sa main dans les siennes. J'attends que ça. Et tu serais une super maman. Vraiment.

— Et comment tu peux le savoir ?

— Je te connais. C'est tout.

— Alfie... Parfois, je me dis... je me dis que tu penses que je suis quelqu'un d'autre. Je suis nulle, Alf. Je connais rien à rien. Et je ne suis vraiment pas sûre d'être capable d'élever une autre personne. Sincèrement.

Elle plongea ses yeux dans l'azur de ceux de son mari, s'attendant à y voir les rideaux métalliques de la déception s'y baisser. Mais son regard était encore clair, plein d'espoir.

— J'ai confiance en toi, Josephine Mullen. Je crois en toi, et je pense qu'ensemble on pourrait avoir le plus beau bébé du monde, et lui donner tout ce dont il aurait besoin. Je ne veux pas te mettre la pression, mais tu veux bien prendre le temps d'y penser ?

Elle pencha la tête et l'observa. Le bel Alfie. L'amour de sa vie.

— Bien sûr, je vais y penser.

Chapitre 8

8 février

Freddie jeta un coup d'œil à sa montre. 17 h 53. Il propulsa sa chaise jusqu'à la fenêtre et attrapa ses jumelles. La soirée commençait, la nuit était tombée, mais il pouvait peut-être arriver à prendre deux ou trois photos de Jenna en jupe et sweat à capuche, revenant de son cours de netball. Elle allait tourner dans la rue principale d'une seconde à l'autre.

Freddie n'était pas un voyeur. Le voyeurisme était une forme d'emprise sur l'autre, au même titre que la manipulation, le viol ou le harcèlement. Le voyeurisme ne reflétait pas d'intérêt pour l'aspect physique de l'acte, mais plutôt pour le sentiment de puissance qu'il donnait au voyeur, par un équilibre précaire entre le ça et le moi. Freddie n'était pas un pervers, ni un harceleur, ni un criminel. Il observait les filles pour mieux les comprendre. Il essayait de saisir qui elles étaient. Elles étaient simplement son nouveau sujet d'étude.

Il fit la mise au point des jumelles et scruta les rues du village. Sa mère venait de dépasser le *Melville* en courant dans sa tenue de sport, avec sa queue-de-cheval coincée dans une casquette de baseball qui la faisait ressembler à un petit garçon.

L'homme aux cheveux blancs promenait son schnauzer. Deux jeunes élèves du collège portant leur skateboard sous le bras se rendaient probablement au parc près de la rivière, à côté du rond-point, là où il y avait une rampe. Et enfin, elle apparut. Jenna Tripp, sac de sport rose bonbon en bandoulière, ses baskets blanches au bout de ses longues jambes, sweat bleu marine, écouteurs, queue-de-cheval sombre et grand gobelet en plastique de chez Starbucks rempli d'un frappé hors de prix dans la main droite.

Il réussit à prendre quelques clichés supplémentaires quand elle tourna dans la petite rue où elle habitait. Elle s'arrêta, et Freddie dézooma pour voir ce qu'elle regardait. Une femme était plantée devant la maison de Jenna. Freddie était à peu près sûr qu'il s'agissait de sa mère. Elle portait un tee-shirt « NON À LA FRACTURATION HYDRAULIQUE » et prenait en photo avec un appareil 35 mm la voiture garée de l'autre côté de la rue. Jenna accéléra et s'approcha de la femme, qui se mit à faire de grands gestes en pointant la voiture avant de tendre la main vers lui d'un geste assuré, direct et terrifiant. Freddie prit rapidement une autre photo avant de se jeter au sol. Quand il regarda à nouveau par la fenêtre quelques instants plus tard, Jenna et la femme avaient disparu. Il brancha ses jumelles à son ordinateur et ouvrit les photos. Il regarda directement la dernière qu'il avait prise et zooma sur le visage de la femme.

Ses yeux étaient plissés et elle le regardait directement, le doigt menaçant et la bouche formant clairement le mot *toi*.

Chapitre 9

— MAMAN, MAIS QU'EST-CE QUE TU FAIS ?

— À ton avis ?

— Tu passes pour une folle, voilà ce que tu fais !

— Tu ne l'as pas vu ?

— Qui ?

— Là-haut, dans la maison jaune. Il nous prend en photo.

Jenna tourna la tête vers les maisons de Melville Heights et arrêta son regard sur la façade jaune.

— Où ça ?

— La fenêtre tout en haut. Il passe son temps à nous espionner.

Jenna plissa les yeux pour mieux distinguer la fenêtre en question. Elle ne voyait rien de spécial. Ce qui n'était pas étonnant.

— En tout cas, il est parti maintenant.

Elle n'arriverait pas à faire entendre raison à sa mère. C'était peine perdue. Elle s'y était employée pendant des années, sans succès.

— On rentre ?

Sa mère la regarda, ses jolis yeux bleus mi-clos, puis fixa quelque chose situé derrière elle.

— Regarde. Regarde ça !

Jenna soupira. La sueur causée par le match de netball avait séché sur son front dans l'air froid et elle était congelée. Elle voulait désespérément rentrer à la maison.

Sa mère s'accroupit à côté de leur Vauxhall Corsa rouge et pointa du doigt un endroit situé au-dessus de la roue arrière.

— Regarde, cette éraflure. Elle n'était pas là hier. C'est un acte délibéré, ça se voit. Avec une clé. Regarde, on voit la trace.

Jenna se pencha pour examiner l'éraflure. Cette voiture était si vieille qu'elle se souvenait de sa mère la conduisant à son premier jour de garderie. Certes, l'éraflure avait l'air plus récente que d'autres marques sur la carrosserie, mais cela ne prouvait rien.

— Pourquoi ? demanda sa mère. Pourquoi nous ? Pourquoi moi ? Je ne comprends pas.

— Allez, pressa Jenna en tendant la main à sa mère. On rentre. Je meurs de froid.

Sa mère se redressa.

— Je vais devoir appeler la police. Je ne pense pas que les flics feront quoi que ce soit, mais vraiment, ça devient ridicule. Et maintenant, ton collège aussi est touché.

Jenna ouvrit la porte et se rua à l'intérieur.

— Comment ça, mon collège ?

— Ton nouveau directeur. *Le super proviseur*. C'est lui qui prend les photos là-haut. J'en suis sûre. Et tu sais qui vit aussi dans cette maison ? Cette femme dont je t'ai parlé, celle qu'on a croisée pendant nos vacances dans le Lake District. Tu te souviens ? Tout est lié. Il n'y a pas de hasard, Jen. Et ça prend de plus en plus d'ampleur.

Jenna laissa tomber son sac de sport dans l'entrée et pose son blazer sur la rampe d'escalier.

— Je me fais couler un bain, maman. Tu veux que je garde l'eau ?

— Oui, merci ma chérie. N'oublie pas de rincer la baignoire avant, au cas où il y a des morceaux de verre.

— T'inquiète, promit Jenna.

Chapitre 10

11 février

Josephine rentrait d'un samedi passé à Whackadoo. Elle était assise dans le bus 218 et regardait à travers la vitre quand elle remarqua un homme grand, vêtu d'un pull bleu et d'un jean, quittant le magasin JD Sports en portant un grand sac, l'air un peu perdu. Avant même de comprendre qu'il s'agissait de Tom Fitzwilliam, elle sentit le désir monter en elle. Une attirance irrésistible. Le genre d'élan qui vous fait fondre de l'intérieur.

Le bus s'arrêta au feu et elle le suivit du regard alors qu'il partait d'un côté avant de changer d'avis et de revenir sur ses pas. Il avait l'air de chercher quelque chose. Il se mit à marcher plus vite et, quand il se mit à lever un bras, on aurait dit qu'il allait s'envoler, comme Superman. Comme il levait le bras de plus en plus haut, son pull bleu se souleva, et elle aperçut quelques centimètres de peau nue, douce, pâle, tendre comme la mie d'une baguette sortant du four. Ses longues jambes l'entraînèrent rapidement au bord du trottoir, là où l'attendait le taxi qu'il avait hélé d'un geste sûr. Il y déposa le grand sac sur la banquette avant d'y prendre place. Le taxi démarra juste devant le bus de Josephine, qui ne le quitta pas des yeux jusqu'à le voir disparaître au loin.

* * *

La maison était vide quand Josephine arriva. Alfie était chez sa mère, en théorie en train de repeindre la cuisine, en réalité probablement avachi devant la télé à regarder le foot en mangeant à même le plat. Jack était au travail et Rebecca avait un enterrement de vie de jeune fille dans le Gloucestershire ce week-end. Josephine déambula un moment de pièce en pièce, se laissant happer par ces grands espaces. Elle n'arrivait toujours pas à se sentir chez elle et, en général, elle allait directement de la cuisine à sa chambre et de sa chambre à la porte d'entrée sans s'arrêter en chemin. Quand elle s'asseyait dans le canapé du salon, c'était en tant qu'invitée, prenant garde à ne pas abuser de l'hospitalité de ses hôtes. « Fais comme chez toi », lui répétait son frère, mais c'était facile à dire pour lui. Ils étaient frère et sœur, comme des extensions l'un de l'autre. Jamais il ne considérerait sa présence comme un poids ou une source d'inconfort. Ce n'était clairement pas aussi évident pour Rebecca. Josephine était une étrangère à ses yeux. Elle l'évitait et se cachait quand elle était là.

Les pièces de la maison lui paraissaient impersonnelles, comme celles d'un hôtel. Des meubles clairs, des bibelots dorés qui n'avaient pas de fonction particulière. Elle n'arrivait pas à s'imaginer un bébé vivre ici, le bruit incessant, les gestes incontrôlables, l'espace mental qu'il occuperait. Elle se mit à penser, comme elle l'avait fait à de nombreuses reprises depuis sa conversation avec Alfie la semaine précédente, à l'idée d'avoir un enfant.

— Ce serait super que notre bébé ait le même âge que celui de Jack et Rebecca, non ? avait-il insisté plus tard cette soirée-là. Ils grandiraient ensemble. Amis pour la vie.

Ce qui voulait dire qu'ils devaient avoir un bébé *maintenant*. Pas bientôt. Pas un jour. *Maintenant*.

Josephine ne voulait pas de bébé maintenant.

Certainement pas.

Elle se retrouva face à une photo d'elle, de Jack et de leurs parents devant la maison de leur grand-mère à Exeter. Elle devait avoir trois ans. Elle avait un pull rouge et des nattes. Jack avait treize ans, l'air vraiment mal dans sa peau avec cette frange épaisse qui lui recouvrait les yeux. Il avait une main posée sur son épaule. Il l'avait adorée dès le jour de sa naissance. La différence d'âge ne leur avait jamais posé problème. L'absence de rivalité fraternelle les avait même peut-être rendus plus proches. Cependant, ce sont ses parents qui retenaient tout particulièrement son attention. Si elle avait trois ans sur cette photo, cela voulait dire que sa mère en avait trente et un. À cet âge, elle était mariée et mère de deux enfants. Son visage était rayonnant, ses cheveux châtains brillaient. Elle était si jeune. Elle n'avait jamais pensé à sa mère comme à quelqu'un de jeune quand elle était enfant et pourtant elle était morte avant que Josephine n'ait le temps de remarquer qu'elle était devenue vieille.

En montant dans la chambre, elle passa devant le bureau de Rebecca. Elle était analyste en informatique et travaillait à la maison trois ou quatre jours par semaine. Parfois, elle restait cloîtrée plusieurs heures d'affilée. Josephine entendait sa voix étouffée derrière la porte lorsqu'elle passait, ou le cliquetis plastique des touches du clavier sous ses doigts. Mais la plupart du temps, elle n'entendait rien. Comme s'il n'y avait personne dans le bureau.

Elle jeta un coup d'œil au bas de l'escalier pour vérifier que personne n'était rentré à la maison entre-temps et poussa la porte du bureau. Elle sursauta et fit un bond en arrière. Il y avait un homme, dans le coin de la pièce. Non, ce n'était pas un homme, c'était une silhouette en carton grandeur nature de son frère en maillot de bain à motif hawaïen. Elle l'avait déjà vu sur les photos de son enterrement de vie de garçon. Avec ses potes, ils l'avaient promené dans tout Bristol, en demandant à des jolies filles de poser avec lui.

C'était une petite pièce carrée. Trois des murs étaient recouverts d'étagères, et le quatrième était occupé par un grand bow-window qui surplombait la rue. Il y avait une bouilloire et une machine à café, un plateau avec des tasses, un petit réfrigérateur et un canapé beige. Tout pour qu'elle n'ait pas à quitter la pièce. Sur son bureau, il y avait trois moniteurs, deux claviers, des documents rangés en une pile bien nette, et une photo d'elle et Jack le jour de leur mariage. Josephine l'attrapa. Elle se souvenait à peine du mariage de son frère. Elle était arrivée au Royaume-Uni avec la gueule de bois et avait passé les quarante-huit heures suivantes à boire jusqu'à ce que vienne l'heure de partir à l'aéroport le dimanche soir. Elle n'avait aucune idée de ce à quoi ressemblait la robe de Rebecca, mais à en juger par la photo, elle avait été en satin crème. Elle avait les cheveux lâchés, parfaitement peignés, brillants, et des petits pendants d'oreilles rehaussés de diamants. Apparemment, elle avait souri au moins une fois, et le photographe avait par chance été là pour immortaliser cet instant. Josephine s'était demandé pourquoi l'épouse effacée de son incroyable frère ne souriait pas plus souvent.

Elle reposa la photo et laissa ses mains toucher les objets alignés sur le bureau. Un presse-papiers. Un tube de crème pour les mains Cath Kidston. Un cactus en plastique plus vrai que nature dans un pot vert. Un bracelet en argent Links of London. La photo d'une adolescente qui devait être Rebecca enlaçant un border collie.

Une banquette avec des coussins en coton gris avait été installée le long du bow-window. Josephine s'y installa pour apprécier la vue de la vallée. D'ici, elle pouvait apercevoir la cime des arbres sur la colline d'en face, les cheminées des maisons du village, la rivière et le paysage vallonné. Sur sa gauche, elle voyait également le bow-window identique de la maison de Tom Fitzwilliam. Elle distinguait une lampe de chevet, un miroir et une femme de profil.

Nicola Fitzwilliam, en train de mettre de la crème sur son visage, ses doigts imprégnant progressivement sa peau de porcelaine.

Chapitre 11

FREDDIE DÉCELA L'ÉCHO DE CHAUSSURES À TALONS SUR les pavés devant chez lui et son sang ne fit qu'un tour : il se propulsa aussitôt vers la fenêtre dans son fauteuil à roulettes. C'était la fin de l'après-midi ce samedi. De grandes traînées sombres maculaient le ciel clair du soir, et on pouvait distinguer un petit morceau de lune de l'autre côté de la rivière. C'était bien elle. Chaperon Rouge, avec ses fameuses bottines à pompons. Jean moulant, veste en cuir, grande écharpe, cheveux blonds rassemblés en chignon en haut de son crâne, rouge à lèvres. Elle était aussi jolie que dans son souvenir. Il attrapa son appareil photo et se posta à la fenêtre.

Chaperon Rouge était déjà à mi-chemin du village. Elle prit à gauche en bas de la colline, et, muni de ses jumelles, il suivit sa trajectoire jusqu'à l'arrêt de bus. Il ouvrit son application de transport qui lui révéla que le 218 ne passerait pas avant huit minutes. Elle sortit son téléphone. Régulièrement, elle levait les yeux et regardait en direction des maisons colorées. Il zooma sur son visage et remarqua qu'elle se mordait la lèvre inférieure. Qu'attendait-elle ? Soudain, alors que le 218 n'était plus qu'à deux minutes, elle se releva et continua à marcher vers le village. Un instant plus tard, il la vit revenir sur ses pas.

Dans l'intervalle, le bus était passé. Elle remonta vers lui, portant une bouteille de quelque chose dans un sac plastique bleu.

Elle atteignit la maison bleue et la dépassa, avant de s'arrêter devant chez lui. Qu'est-ce qu'elle faisait ? L'avait-elle repéré en train de l'espionner ? C'était possible. Habituellement, les gens ne se rendaient pas compte qu'il les épiait, mais il repensa à la mère de Jenna la semaine dernière, à son doigt accusateur, au mot *toi* qui se lisait distinctement sur ses lèvres. Peut-être ne se dissimulait-il pas aussi bien qu'il l'imaginait. Il se retira dans les ténèbres de sa chambre en attendant qu'elle frappe à la porte ou qu'elle s'en aille et rentre chez elle. Mais elle n'en fit rien. Pendant exactement trois minutes et dix-huit secondes, elle ne bougea pas. Jusqu'à ce que d'autres bruits de pas se fassent entendre et qu'un homme apparaisse, son ombre projetée par les réverbères qui venaient de s'allumer. Freddie ouvrit légèrement sa fenêtre et colla son oreille à l'interstice.

— Qu'est-ce que tu fais ce soir, ma jolie ?

C'était lui. Le mari.

— Je sais pas trop, lui répondit Chaperon Rouge. J'allais prendre le bus pour te retrouver en ville mais tu ne répondais pas. Alors j'ai acheté une bouteille de vin et je rentrais à la maison.

— Désolé chérie, j'avais plus de batterie et j'avais pas pris mon chargeur.

— T'inquiète. J'avais pas vraiment envie de sortir de toute façon. Je suis un peu fatiguée. Et maintenant il est tard, et tu es là…

— Ouais. Je suis claqué. Devine quoi !

— Quoi ?

— C'est terminé.

— La cuisine de ta mère ?

— Oui, j'ai tout fini. Il faut juste que je passe une seconde couche sur les plinthes, mais c'est tout.

— Enfin !

— Je te montrerai les photos quand j'allumerai mon téléphone. C'est vraiment pas mal.

— Après toutes ces semaines à glandouiller, au final, ça ne t'a pris qu'une journée ?

— Ouais, je sais. Je me suis dit… Après notre discussion de la dernière fois… Il est temps que je passe aux choses sérieuses.

Un silence suivit cette déclaration. Freddie ne pouvait pas voir ce qu'il se passait.

— Eh bien, tu es un très, très bon mari, Alfie Butter. Je suis impressionnée.

— Et tu es une très, très bonne épouse, Josephine Mullen, et je pense qu'on devrait rentrer à la maison boire ce vin et faire ce que font les maris et les femmes qui s'aiment le samedi soir.

— Netflix ?

— C'est une possibilité.

— Alors c'est parti !

Freddie entendit le bruit d'une clé tourner dans la serrure du numéro 14 et la porte se refermer derrière eux. Il avait retenu son souffle pendant leur conversation et se remit à respirer normalement. Deux choses lui vinrent à l'esprit. D'abord, il connaissait le véritable nom de Chaperon Rouge. Ensuite, bien qu'il ait désormais une explication pour son attente de six minutes à l'arrêt de bus avant de revenir sur ses pas, il ne comprenait toujours pas pourquoi elle était restée plantée devant sa maison pendant exactement trois minutes et dix-huit secondes.

INTERROGATOIRE ENREGISTRÉ

Date : 25/03/2017
Lieu : Commissariat de police de Trinity Road, Bristol, BS2 0NM
Agent : Officiers de la police du Somerset et de l'Avon

POLICE : Madame Mullen, pouvez-vous nous décrire ce que vous portiez hier soir ?
JM : Oui. Je portais une robe bleue en jersey achetée chez Primark.
POLICE : Et quelle sorte de chaussures ?
JM : Des bottines. En daim rouge.
POLICE : Est-ce qu'elles ont des pompons ?
JM : Oui, je crois. Oui, elles ont des pompons.
POLICE : Merci. Vous portiez ces vêtements quand Tom Fitzwilliam vous a retrouvée à l'hôtel ?

JM : Oui.

POLICE : Pourriez-vous nous donner un déroulé précis de votre rencontre à l'*Hôtel du Port* de Bristol ?

JM : Oui. Je suis arrivée vers 19 heures, et j'ai payé avec ma carte bancaire. Tom est arrivé une demi-heure plus tard.

POLICE : Et que s'est-il passé ensuite ?

JM : Rien. On a discuté, c'est tout.

POLICE : Dans une chambre d'hôtel à 180 livres la nuit ?

JM : Oui.

POLICE : Et ensuite ?

JM : Il est parti.

POLICE : À quelle heure ?

JM : Je dirais vers 19 h 45.

POLICE : Et après son départ ?

JM : Je suis restée dans la chambre.

POLICE : Pourquoi êtes-vous restée dans cette chambre ?

JM : Parce que… je ne sais pas. J'essayais de me remettre les idées en place. Je suis restée une dizaine de minutes de plus et je suis partie. J'ai pris un taxi pour rentrer chez moi.

POLICE : Chez vous, qu'est-ce que vous avez fait ?

JM : Rien de spécial. J'ai regardé la télé avec mon mari. On s'est couchés.

POLICE : Vous n'avez pas frappé à la porte de M. Fitzwilliam vers 20 h 15 ?

JM : [Silence.]

POLICE : Madame Mullen ?

JM : Non, je ne l'ai pas fait. J'y ai pensé, mais je ne l'ai pas fait. Je suis rentrée chez moi.

POLICE : Merci, madame Mullen. Ce sera tout pour le moment.

Chapitre 12

17 février

À LA FIN DE LA SEMAINE, APRÈS UNE JOURNÉE particulièrement difficile au travail, Dawn, la manager de Josephine, lui proposa d'aller au pub.

Elle s'apprêtait à décliner l'offre car elle était fauchée, sentait mauvais, et rêvait de prendre un long bain en sirotant du Baileys et en regardant le plafond, quand elle se rappela les regards perçants qu'Alfie, qui ne travaillait pas ce soir, lui jetait ces derniers temps. La perspective de boire un verre avec quelqu'un qu'elle connaissait à peine et qui n'avait probablement pas l'intention d'avoir un enfant avec elle lui sembla soudain attrayante.

Krstyan, qui était serveur au café de Whackadoo, accepta de se joindre à elles pour l'occasion. Il passa la soirée sur son téléphone, buvant régulièrement des gorgées de sa bière, sans les calculer. Au bout d'un moment, Sam, la femme de Dawn, arriva avec une collègue, puis l'amie de cette collègue les rejoignit, et il fallut aller chercher des chaises pour que tout le monde puisse s'asseoir autour de cette petite table d'inconnus qui discutaient avec animation. Josephine vint à bout de son inhibition en descendant deux vodka-tonic puis une pinte qu'on lui avait apportée sans qu'elle ait rien demandé. La plupart des clients étaient des étudiants et des vieux rockers, et les enceintes diffusaient du métal. Le bar et le plancher étaient peints en noir. Un groupe s'installa au fond de la salle où deux chiens allongés la tête sur les pattes les observaient d'un air indifférent.

— Je vais commander à manger au bar, cria Dawn à Josephine. Tu veux quelque chose ?

— Non merci ! dit-elle en secouant la tête.

Elle commençait à sentir l'alcool dans son estomac vide, sa tête tourner doucement, ses pensées se dissoudre peu à peu. Elle ne voulait pas que cette sensation disparaisse. Sam se tourna vers Josephine dès que Dawn fut partie au bar. Elle avait un visage doux et juvénile, des cheveux aux pointes roses, et un clou dans le nez. Elle ne devait pas avoir plus de dix-huit ans.

— Comment ça va dans le septième cercle de l'enfer ?

— À Whackadoo ?

— Ouais.

— C'est pas la joie. Mais c'est chouette de travailler pour Dawn, et parfois on réussit à s'amuser un peu. Ça fait longtemps que vous êtes mariées ?

— Un an ! T'inquiète pas, je suis plus vieille que j'en ai l'air. J'ai vingt-sept ans. Au cas où tu pensais que j'avais été mariée de force. Et toi, tu es mariée ?

— Oui, répondit-elle avec une voix surprise, comme toujours quand on lui posait cette question.

— Depuis combien de temps ?

— Oh, seulement quelques mois.

— Trop chou ! Vous vous connaissez depuis longtemps ?

— Non, seulement quelques moi aussi. Tout s'est passé très vite.

— Waouh ! Eh bien félicitations !

Pendant cette discussion, Josephine regardait autour d'elle, et ses yeux se posèrent sur le dos d'un homme debout au bar. Un homme grand, bien bâti, aux cheveux bruns et courts, grisonnants aux tempes, qui portait une chemise froissée avec les manches retroussées. Il se retourna, trois pintes de bière entre les mains, un sourire au coin des lèvres. Josephine en eut le souffle court.

C'était Tom Fitzwilliam.

Il emporta les bières au fond de la salle et les posa sur une table où étaient assis deux hommes avec des barbes et des gilets de costume. Les propriétaires des chiens. Il tira une chaise et s'assit avec eux, ses grandes jambes dépliées devant lui. Sa main s'abaissa pour caresser brièvement la tête du chien le plus proche. Le plus jeune de ses deux compagnons de pub dit quelque chose et Tom éclata de rire.

Le téléphone de Josephine vibra devant elle et elle détacha ses yeux de Tom Fitzwilliam pour regarder l'écran. C'était un message d'Alfie :

Tu rentres quand ?

Elle commença à lui répondre, mais elle ne savait pas quoi lui dire. Elle rangea son portable. Quand elle leva à nouveau les yeux, Tom Fitzwilliam la regardait. Son cœur s'emballa aussitôt, jusqu'à ce qu'elle comprenne que non, il ne l'avait pas vue. Il observait la porte derrière elle que deux hommes barbus venaient de pousser. Les trois hommes au fond de la pièce se levèrent pour accueillir les nouveaux venus, et on apporta des bières, quelques chaises supplémentaires, on caressa encore la tête des chiens, et on échangea des poignées de main enthousiastes.

Dawn revint du bar les mains pleines, avec une vodka tonic pour Josephine.

— Double, lui annonça-t-elle avec un clin d'œil. On dirait que t'as envie de te bourrer la gueule !

— C'est bien possible, répondit-elle avec un grand sourire.

Elle but son verre en trois minutes, ce qui avait suffi aux amis barbus de Tom Fitzwilliam pour finir leurs bières. Ils se dirigèrent vers la scène, où ils attrapèrent les instruments et commencèrent à faire la balance. Celui qui portait un bonnet s'était assis sur le tabouret derrière la batterie et il frappait ses baguettes l'une contre l'autre. C'était donc eux, le groupe qui devait jouer. Selon ce qu'elle déchiffrait sur la grosse caisse, ils s'appelaient Lupine. Comment Tom Fitzwilliam, se demanda-t-elle, la cinquantaine, proviseur et père de famille toujours en costume, pouvait-il avoir parmi ses amis les membres d'un groupe de rock ?

— Oh non ! s'exclama Sam en montrant de la tête la scène. Pas eux...

Josephine lui lança un regard intrigué.

— Ils jouaient déjà la semaine dernière. Atroce.

Dawn avala une bouchée de sa tourte au poulet avec un grognement menaçant.

— Oh merde, ouais, je me souviens d'eux. On aurait dit que quelqu'un torturait des chatons.

— Ou égorgeait des cochons.

— Au coupe-boulon.

— Vous les connaissez ?

— Ces types-là ? Certainement pas ! Mais il paraît que deux d'entre eux sont profs au collège. Des profs de géo qui jouent les rock stars tous les vendredis soir, continua-t-elle en riant. Pathétique !

Josephine alla aux toilettes. Comme le reste du pub, tout y était peint en noir et sentait la bière éventée et la serpillière humide. À travers le mur, elle pouvait entendre les pulsations de la batterie, les notes sourdes de la basse. Elle découvrit avec horreur son reflet dans le miroir. Elle fouilla immédiatement dans son sac à main et en sortit un rouge à lèvres, une brosse à cheveux et un tube d'eye-liner noir. Elle se remaquilla, coiffa les pointes décolorées de sa queue-de-cheval, et évalua à nouveau son apparence. Elle devrait faire avec. Pas le choix.

Tom Fitzwilliam tourna dans le couloir menant aux toilettes au moment où elle en sortait. Soudain, l'espace étroit fut rempli par ce corps massif, par le magnétisme de sa présence. Le premier réflexe de Josephine fut de se coller au mur pour lui laisser la place de passer. Il la dévisageait déjà en souriant.

— On s'est déjà vus quelque part, non ?

Elle aurait pu répondre : « Absolument pas, vous vous trompez », avant d'attraper sa veste et de rapidement prendre congé de ses collègues. Mais elle ne le fit pas. Elle se redressa contre le mur et lui rendit son sourire.

— On doit habiter dans le même quartier. Je crois que je vous ai vu au *Melville*.

Il croisa les bras et la regarda plus intensément.

— Oui, c'est ça. Je me souviens. C'est vous qui avez fait tomber les prospectus en sortant.

Josephine se mit à sourire plus largement. Elle avait des papillons dans le ventre. Il l'avait vue. Il se souvenait d'elle. Cet homme si beau, si important.

— C'est bien possible !

— Et si je ne m'abuse, je vous ai vue à Melville Heights. Sortir de la maison de Jack et Rebecca Mullen.

— Tout à fait ! Je suis la sœur de Jack.

— Vraiment ? Je l'ignorais ! Je ne connais pas très bien Jack. J'ai rarement eu l'occasion d'échanger avec lui.

— Il est super, non ?

Elle présupposait tout le temps que les gens aimaient son frère, sans même s'en rendre compte.

— Il a l'air, oui.

La façon dont il la regardait lui laissait penser qu'il avait plus envie de parler d'elle que de son frère parfait.

— Vous êtes ici avec des amis ?

— Oui, plus ou moins. Avec ma cheffe, sa femme et d'autres gens. Et vous ? ajouta-t-elle après une légère pause.

— Bizarrement, je suis avec le groupe, répondit-il en désignant la scène d'un geste de main. Je suis prof au collège de Melville.

Josephine hocha la tête comme si elle découvrait qui il était.

— Certains de mes collègues jouent dans ce groupe, et ils m'ont proposé d'assister au concert. Voilà ! Je n'ai pas vraiment l'habitude de venir dans ce genre d'endroits, mais je n'avais pas envie de passer pour un vieux naze qui préfère rester chez lui et regarder *Narcos*.

Ils se collèrent au mur pour laisser passer deux femmes. La main de Tom toucha brièvement la jambe de Josephine.

Ce qui devait arriver…

Ils se tournèrent l'un vers l'autre et se sourirent.

— Bon, c'était sympa de… commença-t-elle.

— Est-ce que vous allez rester les écouter ? demanda Tom.

Elle hésita un instant avant de répondre. Il y avait une intention derrière cette question innocente. Une invitation. Qu'elle devait décliner.

— Ma copine dit qu'on dirait des cochons qu'on égorge avec des coupe-boulons.

Tom éclata de rire.

— Je m'en doutais un peu, répondit-il avec un air de conspirateur. Contrairement à moi, vous n'êtes pas obligée de les écouter. Mais si vous restez, passez à notre table, je vous présenterai.

Elle sourit et hocha la tête.

— Je m'appelle Tom, au fait, précisa-t-il en lui tendant la main.

— Bonsoir Tom, moi c'est J-Josephine, continua-t-elle après un instant d'hésitation.

— Josephine. Quel beau prénom.

Je savais qu'il te plairait.

— Merci.

— C'était un plaisir de vous rencontrer.

Josephine se rassit à côté de Sam et fit mine d'écouter la conversation de la table tout en gardant un œil sur le couloir des toilettes. Quand Tom en sortit, il la chercha du regard et lui sourit. Elle sortit son téléphone de son sac et répondit au message d'Alfie.

Je suis à un concert avec Dawn et ses copains. Je rentre tout à l'heure.

Chapitre 13

La mère de Freddie tricotait. Il ne l'avait jamais vue faire ça auparavant.

— Qu'est-ce que c'est ?

— Je fais une couverture pour la dame de la maison bleue. Elle est enceinte. Elle va avoir une petite fille en mai.

D'après le modèle qu'il distinguait sur la table, le motif comportait des canetons et des lapins.

— Pourquoi est-ce que tu tricotes pour quelqu'un que tu connais à peine ?

— Parce que… je ne sais pas, commença-t-elle avant de tirer sur le brin crème en tordant la bouche. Parce que j'ai envie.

Sa mère essayait toujours de nouvelles choses. C'était dans son tempérament. Quand elle ne faisait pas pousser des légumes, elle se mettait au tai-chi ou au piano. Elle disait qu'elle avait un seuil de tolérance à l'ennui très bas. Elle n'avait jamais vécu dans un endroit assez longtemps pour trouver un travail, mais puisqu'elle n'était pas née pour être femme au foyer, elle avait besoin de s'occuper. Elle courait beaucoup ces derniers temps, deux ou trois heures par jour, mais de toute évidence, cela ne suffisait plus. D'où le tricot. Elle était probablement allée dans un magasin spécialisé dans la journée pour s'acheter tout ce dont elle avait besoin avant de regarder des tutoriels sur YouTube. C'était sa nouvelle lubie.

Il observa le sommet de son crâne, ses cheveux châtains si brillants qu'elle peignait chaque matin avec une huile hors de prix et des petits mouvements secs. Elle passait une heure devant son miroir tous les jours. Elle se massait la peau avec des cotons recouverts de lotions et autres crèmes qui coûtaient une fortune. Elle rehaussait ses paupières de fards dont les teintes étaient si proches de celle de sa peau qu'on devinait à peine qu'elle était maquillée. Elle voulait avoir l'air « naturel », disait-elle, suggérant subtilement son mépris pour celles qui avaient l'air faux. Elle était fière de son tout petit corps, le revêtait de tout petits vêtements, souvent achetés au rayon enfant des magasins. Elle accordait énormément d'importance à son apparence. Son image était une obsession. Mais Freddie savait pertinemment qu'elle n'avait aucune idée de ce qu'elle faisait.

Elle portait des talons qui n'allaient pas avec son jean, puis elle discutait avec quelqu'un, une autre femme, au collège, au centre d'arts martiaux, à *la mercerie*, et tout de suite, Freddie remarquait que le vernis qu'elle avait appliqué avec tant de soin commençait à se craqueler. Il voyait sa mère détailler la femme en question, ses chaussures, sa peau, ses ongles, prélevant mentalement chaque centimètre de son apparence. Et le lendemain, les chaussures à talons étaient remplacées par des baskets à la mode. Les ongles rouges par des ongles courts sans vernis. La doudoune sans manches par une grande parka. Mais c'étaient toujours les mauvaises baskets, la mauvaise parka. Sa mère avait encore une fois tout faux. Puis ils déménageaient, de nouvelles règles prévalaient dans leur nouvelle ville, et sa mère essayait à nouveau de se fondre dans la masse. Sans succès.

Comme lui, sa mère n'avait aucun ami. C'était comme si les gens savaient instinctivement qu'elle ne s'intégrerait jamais. Elle essaierait, encore et encore, mais ne deviendrait jamais comme eux.

— Papa rentre quand ? soupira-t-il.

— D'une minute à l'autre. Dès qu'il pourra s'esquiver poliment.

Freddie n'arrivait pas à croire que son père était à un concert au *Weaver's Arms*. C'était tellement incongru. Son père était si casanier.

À 22 heures, il se leva en bâillant.

— Tu vas te coucher, mon chéri ? lui demanda vaguement sa mère, concentrée sur ses aiguilles à tricoter, la couverture toujours au stade de bandelette de laine crème.

— Oui, répondit-il en se retournant pour lui jeter un coup d'œil. Tout va bien ?

— Bien sûr ! lui répondit-elle, l'air enthousiaste.

Il voulait ajouter quelque chose, mais il ne trouvait pas les mots. Il aurait aimé lui demander si elle était heureuse. Si tout allait bien avec son père. S'ils allaient rester mariés. Si elle était heureuse de l'avoir épousé. Si elle était contente d'avoir un fils. S'il devait s'inquiéter des bruits qu'il entendait parfois venant de leur chambre, la nuit.

Au lieu de cela, il posa un baiser sur son front. Pouvoir embrasser le front de sa mère était l'un des meilleurs aspects de sa récente poussée de croissance. Il avait enfin dépassé le mètre soixante, taille à laquelle il avait longtemps eu peur d'être coincé, et atteignait presque le mètre soixante-dix. Il ne serait jamais aussi grand que son père, mais au moins, il était plus grand que sa mère.

Par la fenêtre de sa chambre, il observa les bonnes gens de Lower Melville vaquer à leurs occupations du vendredi soir.

Le restaurant thaï branché était bondé, tout comme la nouvelle pizzeria. Il regarda les gens entrer et sortir du *Melville*. Il déplaça ses jumelles vers la fenêtre de la salle de bains de Bess, mais elle n'était pas éclairée, puis vers la rue de Jenna, où il ne se passait rien. Il s'apprêtait à refermer le rideau et revenir à son bureau quand il repéra les phares d'une voiture remontant vers Melville Heights. Elle s'arrêta en haut de la colline, et Freddie vit son père, puis Chaperon Rouge, sortir d'un taxi.

Il n'en crut pas ses yeux. Qu'est-ce que son père pouvait bien faire dans un taxi avec Chaperon Rouge ? Puis il la vit enfouir sa tête dans le dos de son père, qui se retourna et posa ses mains sur ses épaules. Chaperon Rouge essaya de l'embrasser, il la repoussa, mais elle insistait, et Freddie observa cette danse étrange jusqu'à ce que son père passe un bras autour de sa taille et la guide jusqu'à la maison bleue.

Freddie entrouvrit sa fenêtre pour écouter, et entendit les mots « désolé », « pub », « trop bu », « pas de problème » et « bonne nuit ».

Puis il observa son père rester un moment devant la maison bleue, les mains dans les poches de son manteau, les yeux sur la porte derrière laquelle vivait Chaperon Rouge, avant de s'en détourner lentement et de rentrer chez eux.

Chapitre 14

18 février

— QU'EST-CE QU'IL S'EST PASSÉ HIER SOIR ? DEMANDA Freddie à son père le lendemain.

Son père fronça les sourcils. Il était encore en peignoir et sentait bizarre, l'odeur âcre et doucereuse d'un homme d'âge mûr ayant macéré dans des draps moites.

— Comment ça ?

Freddie sortit un croissant du paquet posé sur le plan de travail.

— Avec cette femme.

Son père arrêta de beurrer sa tartine un instant avant de répondre.

— Ah, Josephine ! fit-il mine de se souvenir avec un grand bâillement qui n'aurait trompé personne, et certainement pas Freddie. Elle était au même concert que moi. Et elle vit à deux pas de chez nous. Elle n'était pas très en forme alors je l'ai raccompagnée en taxi.

— Oh, papa, quelle bonté ! Non seulement tu voles au secours des collèges, mais aussi des demoiselles en détresse !

Parfois, Freddie ne pouvait pas se retenir. Son père était un véritable modèle de perfection. C'est du moins ce que tout le monde pensait. Tom Fitzwilliam le magnifique. Qu'est-ce qu'il est beau ! Qu'est-ce qu'il est intelligent ! Qu'est-ce qu'il est charmant ! Qu'est-ce qu'il est grand ! Qu'est-ce que sa bite est grosse ! Bon, personne n'avait jamais dit ça, mais c'était vrai. Freddie l'avait vue.

Sa mère contribuait largement à cet éloge généralisé. Chaque soir, dès que son père rentrait du travail, elle affichait un air comblé et reconnaissant, et quand ils sortaient ensemble, elle prenait sa main pour montrer au monde que cet homme lui appartenait. En l'absence d'autres alliés qui auraient pu émettre des réserves quant à la toute-puissance de son père, en l'absence de frères et sœurs, Freddie estimait qu'il était de son devoir de rappeler à son géniteur qu'il n'était pas le roi du monde, ce que son père acceptait avec humilité. Il avait l'air d'apprécier Freddie. Probablement parce qu'il ne se rendait pas compte de la profonde aversion qu'il inspirait à son fils.

Son père ne releva pas le commentaire sarcastique et alluma la cafetière. Rapidement, la cuisine s'emplit de l'odeur de café chaud. Son père se tenait devant la baie vitrée, les mains dans les poches de son peignoir, le regard perdu vers le fond du jardin. À l'arrière de son crâne, ses cheveux étaient tout aplatis par la nuit de sommeil.

— Elle est comment ?

— Qui ?

— La demoiselle en détresse. Celle à laquelle tu as sans doute épargné de se faire violer par le chauffeur de taxi ?

Son père ne répondit pas, et Freddie se demanda s'il avait bien entendu. Puis il se retourna lentement vers lui, et appuya sa hanche contre le plan de travail.

— Elle est gentille.

— Gentille ?

— Oui, très gentille. Mais je ne lui ai pas vraiment parlé. On était à un concert. Quand j'ai remarqué qu'elle était complètement saoule, j'ai appelé un taxi. Elle a dormi pendant tout le trajet du retour.

— On aurait dit qu'elle voulait t'embrasser.

— Quoi ?

— Quand vous êtes sortis du taxi. Elle a essayé de t'embrasser sur la bouche.

— Euh non… Je ne crois pas, répondit son père, l'air gêné.

Pour seule réponse, Freddie lui lança un haussement de sourcils incrédule. Il savait très bien ce qu'il avait vu. Encore une malheureuse victime succombant au charme de son père. Encore une femme perdue par le mirage éclatant d'une pièce d'or tombée au fond d'un puits.

Nicola entra dans la pièce, fraîchement douchée, les cheveux encore humides et la peau exfoliée, pleine d'énergie après son footing matinal.

— Qu'est-ce que tu ne crois pas ?

— Oh, rien, répondit-il en jetant un regard sans appel à Freddie (sa mère pouvait être très jalouse). Tu as bien couru ?

— Oui, le paysage est sublime, affirma-t-elle en se servant une tasse de café. Et il fait un temps magnifique ! On devrait faire quelque chose.

Freddie aurait largement préféré ne rien faire, une fois le week-end venu. La perspective de *faire quelque chose* induisait un nombre d'options limitées parmi lesquelles des promenades vivifiantes, des visites de galeries d'art où il régnait un silence de cathédrale, et des déjeuners coincés dans des restaurants guindés. Chacune de ces options lui paraissait mortellement ennuyeuse.

— J'ai des devoirs à faire. Il faut que je reste à la maison aujourd'hui.

Sa mère lui lança un regard de chien battu.

— Et si on sortait, juste toi et moi, proposa-t-elle, pleine d'espoir, en attrapant le bras de son père. On va déjeuner au pub ?

Son père lui tapota la main et lui sourit.

— Oui, c'est pile ce qu'il me faut.

Alors que la joie se lisait sur le visage de sa mère, Freddie pensa au taxi de la veille au soir, à la façon dont Chaperon Rouge enlaçait son père, et au regard déterminé de ce dernier en la raccompagnant chez elle. Il pensa à toutes les autres fois, à toutes les autres femmes et filles qui avaient regardé son père avec cet air-là, qui avaient posé leur main sur son bras un peu trop longtemps. Il repensa à l'odeur de bière qu'il dégageait ce matin, au parfum amer des secrets et des mensonges.

Il hocha la tête lentement en regardant son père, et le vit tressaillir.

Chapitre 15

20 février

Jenna réussit à fermer sa valise et la souleva avec difficulté. Elle pesait une tonne : des pinceaux à maquillage, des brosses à cheveux, des palettes de fard à paupières, du démaquillant, du déodorant et des baumes hydratants… Il n'y avait presque pas de vêtements. Que du maquillage.

Les élèves de troisième partaient en voyage scolaire cinq jours à Séville. Ils avaient rendez-vous devant le collège à 5 h 45 pour prendre le car qui les emmènerait à l'aéroport. Il était seulement 5 heures. Les étoiles et une lune laiteuse brillaient encore dans le ciel. Jenna entrouvrit la porte de la chambre de sa mère. Elle aperçut sa silhouette endormie et entendit le rythme calme de sa respiration. Elle n'allait pas la réveiller. Sa mère était comme un bébé : plus facile à gérer quand elle dormait. Elle mit un paquet de barres aux céréales Nature Valley dans son sac à dos, vérifia dans la pochette que ses doigts rencontraient bien la couverture rigide du passeport, le sortit, s'assura qu'il s'agissait du sien, le remit en place, se mit du baume à lèvres et quitta silencieusement la maison.

Bess l'attendait au coin de la rue, une vieille valise posée à ses pieds, ses mains rentrées dans les manches du pull bleu de son uniforme, ses jambes nues d'une pâleur bleutée dans la lumière de l'aube. Elle bâillait la bouche grande ouverte quand Jenna arriva à sa hauteur.

— Salut !

Bess grogna en soulevant sa valise, dépourvue de roulettes, qu'elle était contrainte de porte à bout de bras. Elle retombait lourdement contre ses mollets à chaque pas.

— Les voyages à l'étranger, ça craint.

— On n'est même pas encore arrivées au car !

— Et c'est déjà horrible.

— Tu préfères aller en cours cette semaine ?

— Ouais en fait. Carrément.

Jenna lui sourit. Elle savait parfaitement que Bess serait la première au fond du car à faire de grands signes aux conducteurs de camion sur la route.

Devant le collège, le moteur du car vrombissait, et la rue se remplissait peu à peu d'une marée d'adolescents endormis. Bess lui donna soudain un coup de coude.

— Oh mon Dieu. Regarde !

Quand Jenna se retourna, elle aperçut Tom Fitzwilliam marchant vers le car à grandes enjambées, un sac sur le dos. Il portait une veste sombre à capuche et un jean.

— *Buenos días* tout le monde ! lança-t-il à la ronde. Ce n'était pas prévu, mais la femme du señor Delgado va accoucher ce matin, et je suis le seul autre enseignant à parler espagnol, donc j'ai dû quitter mon lit bien chaud pour vous accompagner à Séville, ce qui vous comble de joie, j'en suis sûr.

Jenna sentit le coude de Bess s'enfoncer dans ses côtes. Elle la repoussa d'un geste de main.

— C'est juste in-cro-ya-ble, lui glissa son amie à l'oreille.

Jenna soupira.

— In-cro-ya-ble. Je vais mourir. J'te jure. Je vais mourir maintenant. C'est trop beau. Voilà, je suis morte.

— Tais-toi, il est juste à côté !

— Je m'en fous. Je suis tellement…

— S'il te plaît, nous fous pas la honte, OK ?

Bess lui lança un regard épouvanté.

— Putain, Jen, tu me prends pour qui ?

Jenna se retourna vers le village, vers le faible éclat des lampadaires à peine visible de là où elle se tenait. Elle pensa à sa mère, à la chaleur sous sa couette. Elle l'imagina se réveillant, découvrant que Jenna n'était plus là, se levant de son lit, oubliant de préparer le petit déjeuner dans son obsession de trouver des preuves qu'*ils* étaient venus, eux, ces inconnus, ce gang terrifiant qui avait pour mission de l'espionner, de la harceler, de l'effrayer, et se rendait chez elle à la nuit tombée pour déplacer des objets, dévisser les ampoules, percer des trous dans les murs, et graver de minuscules hiéroglyphes sur le plan de travail. Ensuite, elle allumerait son ordinateur pour consigner minutieusement toutes les modifications qu'elle aurait constatées et se connecterait sur l'un des forums où elle échangeait avec d'autres « victimes » de persécutions qui alimentaient ainsi leur paranoïa.

Jenna n'avait jamais laissé sa mère seule plus que le temps d'une soirée pyjama depuis qu'elle était devenue vraiment malade. C'est son père qui avait insisté pour qu'elle participe à ce voyage scolaire. Il le lui offrait, et lui avait assuré qu'il passerait voir sa mère tous les jours, lui assenant qu'elle devait profiter de sa jeunesse et vivre sa vie. Jenna était à peu près certaine que son père ne viendrait pas tous les jours, car l'aller-retour depuis Weston-super-Mare prenait une heure et demie, et que son père était le gérant d'une quincaillerie très fréquentée et s'occupait seul de son petit frère Ethan. Mais maintenant qu'elle avait déposé sa valise dans la soute du car et s'était assise à côté de Bess, il était bien trop tard pour s'en préoccuper.

Le car se mit en route, Melville devint rapidement un petit point flou derrière eux, et Jenna se permit un instant d'insouciance et d'excitation à l'idée de passer cinq jours sans s'occuper d'une malade. Elle se tourna vers Bess en souriant, et la surprit en train de fixer d'un air extatique l'arrière du crâne de M. Fitzwilliam.

Chapitre 16

QUAND FREDDIE SE RÉVEILLA CE LUNDI MATIN, IL remarqua tout de suite que l'atmosphère avait changé. Il avait entendu le téléphone sonner tard la veille, des placards s'ouvrir et se fermer, des intonations qu'il n'entendait pas habituellement.

— Ton père a dû aller en Espagne, lui annonça sa mère en faisant couler de l'eau dans la bouilloire. Pour remplacer un accompagnateur au voyage scolaire. La femme du prof d'espagnol a accouché ce matin, alors qu'elle n'en était qu'à trente semaines. Il va rester avec elle pour la soutenir.

— Et pourquoi c'est papa qui le remplace ? Il est trop *important* pour partir en voyage scolaire, non ?

— C'est le seul autre prof qui parle espagnol.

— Il ne parle pas espagnol, marmonna-t-il.

— Juste assez pour rendre service à tout le monde.

Freddie grogna. C'était exactement le genre de situation que son père adorait. Il pourrait passer plus de temps avec ses élèves. Apprendre à les connaître. Il se délectait de ces moments privilégiés. Il avait dû sauter sur l'occasion.

— Il rentre quand ?

— Vendredi.

Il hocha la tête, mais il sentit l'anxiété monter en lui. Freddie n'aimait ni le changement ni les surprises. Il supportait mal quand la toile minutieusement tissée de son existence s'effilochait et laissait place à l'imprévu.

Il prit le chemin le plus long pour aller au collège, celui qui le faisait passer devant Whackadoo au moment de l'ouverture. Il s'acheta une bouteille d'eau et s'installa sur le banc de l'autre côté de la route en attendant Chaperon Rouge. Josephine. Il posa son téléphone sur ses genoux, le pouce juste au-dessus du bouton pour lancer un enregistrement vidéo, et il attendit. À 8 h 55, le bus 218 arriva et les portes s'ouvrirent. Elle en descendit. Il appuya sur le bouton et la filma alors qu'elle marchait d'un pas rapide vers le centre aéré. Ses cheveux blonds étaient attachés en une queue-de-cheval haute et elle fronçait les sourcils en regardant son téléphone. Elle le fourra dans son sac en atteignant la porte d'entrée, sonna à l'interphone et attendit, les mains dans les poches, qu'une femme imposante aux cheveux courts, qui portait un énorme trousseau de clés à la ceinture, vienne lui ouvrir.

Freddie se repassa la vidéo et zooma sur son visage, qui était bouffi et marqué comme si elle avait pleuré. Il se demanda si c'était lié aux événements de vendredi soir, à la conduite de son père.

Chapitre 17

— Bonjour maman ! s'exclama Josephine en sortant un chiffon de sa poche pour nettoyer la pierre tombale.

Les fleurs qu'elle y avait déposées le 2 janvier étaient encore là, ainsi qu'un petit bouquet de jonquilles que son père avait probablement acheté pour 50 centimes au supermarché.

Elle ne pensait pas qu'il venait si souvent. Il n'était pas du genre à exprimer ses émotions et avait gardé ses distances avec eux depuis le décès de leur mère. Avant l'accident, cela faisait déjà au moins un an que leurs parents envisageaient de se séparer. Ils n'étaient plus heureux ensemble. Pourtant, le jour de l'accident avait été une belle journée. Ils étaient passés voir les travaux en cours dans la maison de Jack et Rebecca. Son frère les avait emmenés déjeuner au *Melville*. Ils avaient bu du vin, ses parents avaient partagé un fondant au caramel. Une belle journée. Jack avait pensé qu'il y avait peut-être encore de l'espoir pour leur couple. Mais plus tard ce jour-là, sa mère était sortie acheter un ticket de loterie à l'épicerie en bas de la rue quand la Ford Fiesta de Roger Davie, quatre-vingt-dix ans, avait fait une embardée sur le trottoir, la projetant brutalement contre une boîte aux lettres. Elle était morte dix jours plus tard.

Son père n'en parlait pas beaucoup. Jack avait essayé de lui faire rencontrer un psychologue spécialiste du deuil. Il s'était rendu à une consultation et n'y était jamais retourné. Il s'était séparé des affaires de sa femme au bout d'une semaine et s'était empressé de combler les espaces vacants, si bien qu'on n'aurait pas pu deviner qu'elle avait vécu là. Puis Josephine et Jack avaient découvert, horrifiés, qu'il avait déjà une nouvelle compagne. Elle s'appelait Sue. Jack était persuadé qu'ils se fréquentaient déjà avant la mort de leur mère. Le jour où leur père leur avait parlé de Sue pour la première fois avait été terriblement difficile, et depuis, ils ne l'avaient jamais revu.

Cependant, ce petit bouquet était la preuve irréfutable que son père n'avait pas oublié sa mère. Elle essaya de l'imaginer ici, ce qu'il faisait, le temps qu'il passait, s'il lui parlait, s'il pleurait… Elle espérait qu'il pleurait.

— Bon, il s'est passé pas mal de choses depuis la dernière fois. J'ai trouvé un travail. Le genre de job que je me coltine d'habitude. Un truc pourri, quoi. Mais au moins je gagne un peu d'argent. Alfie travaille toujours dans un bar de Bristol mais il essaie de trouver du boulot comme peintre-décorateur. Tu vois, on avance un peu. Mais…

Elle s'arrêta pour jeter un coup d'œil derrière elle, comme si quelqu'un qu'elle connaissait aurait pu se promener au cimetière un lundi après-midi.

— J'ai fait une connerie. Une énorme connerie. Pire que toutes celles que j'ai déjà faites. Je ne suis même pas sûre de pouvoir t'en parler, parce que tu me renierais. En fait, je ne vais rien te dire, parce que rien que d'y penser, j'ai envie de vomir.

Elle soupira, regarda ses ongles et arracha nerveusement une peau morte.

—Je pensais vraiment que je grandissais, maman. Je pensais vraiment que me marier, revenir à Bristol, ça serait le début de ma vie d'adulte. Mais en fait, je régresse. Parce que le problème, maman, c'est moi, je viens enfin de comprendre. Peu importe où je vais, je suis toujours moi. Josephine la ratée. Josephine la pauvre tache. J'aimerais tellement que tu sois là, parce que je sais que ça te suffisait, à toi. Et je ne suis pas sûre que ça puisse suffire à qui que ce soit d'autre. Enfin, conclut-elle en se relevant. Excuse-moi de ne parler que de moi, moi et moi. Mais rien de nouveau de ton côté, je présume. Je t'aime, maman. Tellement fort. Je reviendrai bientôt et j'espère que j'y verrai un peu plus clair. À bientôt. Fais de beaux rêves.

* * *

Josephine sursauta quand Alfie entra en trombe dans leur chambre.

—Je vais faire de la peinture!

—Hein?

—Je viens de trouver du boulot. Il y a deux minutes! Une voisine. Elle m'a vu en tenue de chantier et m'a demandé si j'étais décorateur. J'ai dit oui, et elle m'a proposé de repeindre son salon et sa cuisine!

—Quelle voisine?

—Tiens, fit-il en fouillant dans ses poches et en sortant une carte. Nicola Fitzwilliam. Elle vit ici. Dans la maison jaune.

Elle frissonna en entendant le nom Fitzwilliam dans la bouche d'Alfie.

—Tu es rentré chez elle?

—Non, on a discuté dans la rue.

— Et elle t'a vraiment demandé de repeindre sa cuisine, comme ça, dans la rue ?

— Ouais ! C'était trop cool. J'y vais tout à l'heure pour faire un devis.

— Chez elle ?

— Ouais ! Je prends une douche en vitesse et je ressors. Tu veux venir ?

Le sang de Josephine ne fit qu'un tour. Elle s'imagina le visage de Tom quand il la verrait dans son entrée. Elle essaya de se donner une contenance.

— Non.

— Y'a un problème ? demanda-t-il l'air inquiet. Je pensais que tu serais super contente...

— Désolée, j'ai un peu mal à la tête, prétexta-t-elle en portant une main à son front. Grosse journée. Les gosses, tu sais...

Elle aurait voulu se lever, sauter dans les bras de son grand, bel Alfie, l'enlacer et lui dire qu'elle était heureuse et fière de lui. Mais sa peur la paralysait.

— Je suis vraiment contente pour toi, Alf. C'est génial.

Cela suffit à le satisfaire, et il lui lança un grand sourire.

— Tu vois, ça commence. Enfin ! Et dans pas longtemps, on aura notre propre maison. Et ensuite...

Son sourire s'effaça et il ne termina pas sa phrase. Elle savait parfaitement ce qu'il s'apprêtait à dire.

Elle le regarda se déshabiller, laissant tomber ses vêtements au sol sur le chemin de la salle de bains. Elle observa son corps nu jusqu'à ce qu'il disparaisse de sa vue. Ses fesses parfaites. Pourquoi est-ce qu'une femme ayant accès à des fesses comme ça désirerait un autre homme ? Pourquoi est-ce qu'une femme mariée à l'homme le plus gentil de Bristol perdrait-elle ne serait-ce qu'une seconde à penser à quelqu'un d'autre ? C'était quoi, son problème ?

Le souvenir du regard désemparé de Tom Fitzwilliam quand elle avait posé ses mains sur lui devant le *Weaver's Arms* n'aurait-il pas dû suffire à éteindre le feu de son obsession ?

« Oh mon Dieu, non, mais non, pas du tout ! Bien sûr que non ! Tu es très belle ! Magnifique ! Mais tu es mariée. Je suis marié. Et je ne pourrais pas. Je ne pourrais jamais. Oh là là ! »

La difficulté avec laquelle il avait trouvé les mots pour exprimer son état de choc et de malaise n'aurait-elle pas dû mettre un terme à cette obsession ?

En réalité, Josephine l'avait tout simplement agressé. S'il avait voulu porter plainte contre elle, il aurait été dans son bon droit.

Mais pendant un moment, quand sa main avait touché son entrejambe, tout son corps s'était courbé vers elle ; il avait rejeté sa tête en arrière quand ses doigts s'étaient glissés dans sa nuque ; il avait gémi quand sa bouche avait rencontré la sienne. Oui, c'était arrivé. Certes, elle avait trop bu, certes, elle était désorientée par cette montée d'adrénaline, ses hormones et le désir, mais elle se remémorait nettement ce qu'il s'était passé. Et c'était grâce à ça, grâce à ce petit moment de rien du tout, qu'elle réussissait à ne pas mourir complètement de honte.

Elle entendit l'eau couler, la porte de la douche s'ouvrir et se fermer. Elle regarda les vêtements d'Alfie sur le sol. La salopette couverte de taches de peinture, le tee-shirt troué, le vieux caleçon, les socquettes roulées en boule. Dans un coin du miroir, elle apercevait le corps rose et flou d'Alfie à travers la vitre de la douche.

Son ventre se tordit de culpabilité et de dégoût.

— T'es sûre que tu ne veux pas venir avec moi ? lui demanda-t-il un instant plus tard en se séchant les cheveux avec une serviette. Me tenir compagnie ?

Josephine se rendit compte qu'il était impressionné à l'idée d'aller chez une femme aisée pour parler de son travail.

— Je suis pas ta mère, Alfie, répondit-elle d'une voix sèche. Je ne vais pas te tenir la main.

Elle sentit son cœur se pincer en voyant un éclat de douleur traverser ses yeux.

— Oui, concéda-t-il. Tu as raison.

Il enfila un jean propre et une chemise. Puis il fouilla dans l'étagère à côté du lit pour trouver un carnet. Josephine lui trouva un stylo pendant qu'il faisait ses lacets. Elle le glissa dans la poche de sa chemise et remit en place son col.

— Tu es très élégant. Ne te brade pas. N'oublie pas qu'on est à Melville Heights. Les gens s'attendent à payer une fortune pour ce genre de travaux. Alors si tu lui proposes un prix juste en dessous du seuil d'indécence, elle ne pourra pas refuser !

Il vérifia qu'il avait toujours les photos de la cuisine de sa mère dans son téléphone, et celle du bureau du voisin sur lequel il venait de commencer à travailler.

— Je devrais m'acheter un appareil photo digne de ce nom. Elles sont toutes moches.

— Pas du tout ! On voit bien que tu es capable de faire du super boulot, c'est tout ce qui compte.

Quand il eut quitté la pièce, elle sortit sur le palier et, à travers le vitrail, le suivit du regard jusqu'à la maison des Fitzwilliam. La voiture de Tom était là. Il devait être chez lui. Son estomac se souleva quand elle s'imagina Alfie et Tom face à face.

Elle recula brusquement de la fenêtre lorsqu'elle distingua une paire d'yeux cachée dans un fourré de l'autre côté de la rue. Elle s'approcha à nouveau. Sans aucun doute, il y avait quelqu'un, accroupi, qui observait la porte de la maison de Tom. C'était une femme, mais Josephine n'arrivait pas à déterminer son âge dans l'obscurité. Les cheveux blonds. Une silhouette fine. Josephine la vit sortir son téléphone de son sac et prendre des photos.

—Jack, lança-t-elle en se penchant par-dessus la balustrade. Jack! T'es là?

Son frère apparut dans l'entrée, une assiette dans les mains.

—Quoi? demanda-t-il, la bouche à moitié pleine, les sourcils froncés.

—Regarde dehors. Vite! De l'autre côté de la rue. Regarde... Derrière la voiture rouge.

Il fronça un peu plus ses sourcils, ouvrit la porte d'entrée et leva à nouveau les yeux vers sa sœur.

—Mais regarde! Il y a quelqu'un, là. Accroupi.

Il soupira et sortit de la maison. Josephine continua à observer par la fenêtre. En entendant des pas approcher, la femme se mit à bouger et se cacha un peu plus loin derrière la voiture. Josephine frappa au carreau. La femme leva la tête et leurs yeux se rencontrèrent un instant. Josephine la distingua un peu mieux. Elle avait une quarantaine d'années et était belle, comme une vedette de cinéma vieillissante. Josephine l'avait déjà vue, elle en était sûre et certaine.

—Il n'y a personne ici, lui cria son frère.

Josephine l'entendit fermer la porte derrière lui et vit la femme blonde s'enfuir en courant.

—Elle est partie. Elle s'est sauvée quand elle t'a entendu.

Elle descendit les escaliers et s'assit sur la dernière marche. La tête posée contre son poing, elle sonda son frère du regard.

—Une femme blonde d'une quarantaine d'années. Elle observait Alfie et espionnait la maison des Fitzwilliam.

Jack bâilla et s'assit à côté d'elle.

—Ah, oui. Je pense savoir de qui tu parles. C'est une femme du village. Un peu spéciale. Je l'ai déjà vue épier les gens et prendre des notes dans un carnet. Je pense qu'elle est un peu dérangée.

— Pourquoi est-ce qu'elle vient ici ? Qu'est-ce qu'elle veut à Tom Fitzwilliam ?

— Alors ça ! rétorqua-t-il en se relevant et s'étirant les jambes. Apparemment, *tout le monde* veut quelque chose de lui.

Elle lui lança un regard interrogateur.

— Qu'est-ce que ça veut dire ?

— Rien de spécial. Il y a des gens comme ça, non ? « Les femmes l'adorent, les hommes l'envient », continua-t-il en prenant la voix d'un narrateur de reportage.

— Toi, tu l'envies ?

— Non, c'est pas ça, mais je vois bien pourquoi il fait de l'effet aux gens qui sont, disons, un peu plus *vulnérables*. Il a beaucoup de charisme, beaucoup de charme, et il présente bien ! C'est irrésistible, pour un tas de gens. On dirait qu'il a la solution à tous les problèmes.

Il se dirigea vers la cuisine.

— Je vais finir de manger. Tu as faim ?

— Non, merci. Je vais remonter.

— T'es sûre ?

Elle acquiesça en lui souriant. Elle resta assise sur cette marche, les mots de son frère résonnant dans sa tête.

Vulnérables.

Elle repensa à la femme tapie dans les fourrés, puis à son obsession ridicule. Après tout, elles n'étaient peut-être pas si différentes, cette femme et elle.

INTERROGATOIRE ENREGISTRÉ

Date : 25/03/2017
Lieu : Commissariat de police de Trinity Road, Bristol, BS2 0NM
Agent : Officiers de la police du Somerset et de l'Avon

POLICE : Pourriez-vous décliner votre identité s'il vous plaît ? Cet interrogatoire est enregistré.
DP : Dawn Michelle Pettifer.
POLICE : Merci. Et votre lieu de résidence ?
DP : 21 Bath Place, BS11, Bristol.
POLICE : Merci. Pourriez-vous nous répéter ce que vous avez dit à mes collègues tout à l'heure ?
DP : Oui. Mais d'abord je voudrais dire tout le bien que je pense de Josephine Mullen. C'est vraiment quelqu'un de bien. C'est une très bonne employée,

et elle est super avec les enfants, donc… oui, elle est géniale.
POLICE : Merci, madame Pettifer.
DP : C'est juste que… enfin ce n'est probablement rien, hein, juste une fausse piste, mais il y a deux semaines, je suis allée boire un verre avec elle après le travail, et elle m'a dit qu'elle était complètement obsédée par Tom Fitzwilliam. Elle m'a dit que… ça la rendait folle.
POLICE : Elle a utilisé ce mot-là ? « Folle » ?
DP : Oui. Elle a dit qu'elle n'en pouvait plus.
POLICE : Très bien. Merci. Et hier, au travail, comment l'avez-vous trouvée ?
DP : À fleur de peau.
POLICE : Comment ça ?
DP : Agitée. Pas comme à son habitude. Je m'inquiétais un peu pour elle.
POLICE : Pourquoi vous inquiétiez-vous ?
DP : Je sais pas trop… Elle avait l'air d'avoir peur. Elle était… nerveuse.
POLICE : Selon vous, madame Pettifer, le comportement de Josephine Mullen hier était-il « agité » au point qu'elle aurait pu commettre un acte violent ?
DP : Vous savez bien, on est tous capables du pire, quand on nous pousse à bout. Les journaux sont remplis de faits divers de ce genre. Alors peut-être que oui, elle en aurait été capable.

Chapitre 18

20 février

L'HÔTEL DANS LEQUEL LE GROUPE SÉJOURNAIT À SÉVILLE était un vrai trou à rat. Jenna se doutait bien que pour 330 livres par élève pour tout le voyage, il ne fallait pas s'attendre à un quatre étoiles, mais franchement... Elles se retrouvaient à cinq dans une chambre prévue pour trois personnes, avec deux lits de camp aux coins de la pièce, si bien qu'on ne pouvait pas faire un pas sans se heurter à quelque chose et qu'elles avaient dû mettre leurs valises sur le balcon. La salle de bains était d'une saleté repoussante. Les draps étaient troués et sentaient mauvais, comme si on les avait lavés dans de l'eau de vaisselle bouillante. Bess avait même trouvé une protection hygiénique usagée collée derrière les toilettes.

— Je veux rentrer à la maison, pleurnichait-elle, prostrée dans un lit. Je veux mon tapis, mon lit douillet et ma grande salle de bains toute propre, sans vieille serviette rêche. On devrait appeler M. Fitzwilliam pour qu'il nous change de chambre. Je suis sûre qu'il le ferait.

À ce moment-là, on frappa à la porte. Lottie alla ouvrir et une ribambelle de garçons aux yeux écarquillés apparut. Elles étaient les filles les plus populaires du collège. Jenna, Bess, Lottie,

Tiana et Ruby. Elles ne formaient pas vraiment une bande, mais elles s'entendaient bien et elles étaient toutes assez jolies.

— Elle est naze votre piaule !

— On sait ! répondit Bess. Elle est comment la vôtre ?

— Pas mal. On a genre une entrée avec des fauteuils.

— Ouais, c'est une suite.

— Non mais j'hallucine ! s'écria-t-elle en regardant ses amies, l'air outré. Ils ont une putain de suite, quoi ! Je m'en fous, je vais le dire à M. Fitzwilliam.

Elle se leva d'un bond et se tourna vers Jenna.

— Tu viens avec moi ?

Jenna hocha la tête. Elle mit ses chaussures et suivit Bess jusqu'au bout du couloir miteux, là où étaient les chambres des profs.

M. Fitzwilliam leur ouvrit ; il avait l'air aussi frais et dispos qu'à 5 h 30 ce matin-là.

— Mesdemoiselles, que puis-je pour vous ?

— Monsieur, c'est à propos de notre chambre. Elle est vraiment horrible. Je suis pas sûre qu'on puisse dormir là-dedans.

Elle tenait sa tête entre ses mains et parlait avec une voix plus aiguë que d'habitude.

M. Fitzwilliam se balança d'un pied sur l'autre, les bras croisés, en la regardant.

— Quel est le problème ?

— Ils ont rajouté deux lits dedans. Deux lits de camp ignobles. On est les unes sur les autres et on n'a même pas de place pour nos valises. On a dû les mettre sur le balcon, monsieur.

M. Fitzwilliam hocha la tête. Jenna avait du mal à le croire, mais apparemment il prenait leur plainte au sérieux.

— En plus, Connor Mates nous a dit qu'ils avaient une suite, eux, avec des fauteuils et tout. C'est pas juste, monsieur. On a tous payé pareil pour ce séjour.

— Bon, allons voir cette chambre, concéda-t-il en décroisant les bras. Je vous suis, les filles.

Bess lança à Jenna un regard triomphant. Elle haussa les épaules.

Les autres se relevèrent quand elles virent M. Fitzwilliam à la porte de leur chambre.

— Eh bien, mesdemoiselles, commença-t-il après avoir inspecté la pièce du regard, je partage votre opinion. Cette situation n'est tout simplement pas acceptable. Je m'en charge. Je vais aller parler à la réception pour voir ce qu'ils peuvent nous proposer. Attendez-moi ici.

Il leur sourit et sortit de la chambre après une sorte de salut militaire. Une fois seules, les cinq collégiennes se regardèrent, sous le choc, avant d'éclater de rire.

— Il est tellement cool ! s'extasia Lottie.

— Grave ! s'exclama Tiana. Si ça avait été un autre prof, il nous aurait dit d'arrêter de pleurnicher.

— Clairement.

— Ouais, mais bas les pattes. Il est pour moi ! les prévint Bess.

— Beurk ! Il est trop vieux ! fit Ruby, la mine dégoûtée.

— C'est pas vrai. Il est mûr. Comme le bon vin. Ou le fromage. Je l'aime trop. Je crois même que je suis folle de lui.

— Ça, y'a pas de doute, confirma Jenna.

* * *

Une demi-heure plus tard, elle et Bess avaient leur propre chambre – une vaste suite avec vue sur un parc, un lit double, un canapé, et deux lavabos dans la salle de bains. La réception leur avait aussi fait porter un panier de fruits pour s'excuser. Elles étaient maintenant assises en tailleur sur le canapé, mangeant des grains de raisin juteux comme s'il s'agissait de truffes au chocolat, souriant à leur bonne fortune.

— Santé ! s'exclama Bess en tapant sa bouteille d'eau en plastique, cadeau de la maison, contre celle de Jenna. À M. Fitzwilliam, un dieu parmi les hommes.

Les élèves avaient trente minutes pour se reposer dans leurs chambres avant de se retrouver dans le lobby pour ce que M. Phipp avait appelé « un sandwich à la culture ». L'itinéraire que Jenna avait pris soin de glisser dans son sac à dos ce matin-là indiquait qu'ils iraient au marché de la Plaza de España pour observer les étals, qu'ils devaient commander eux-mêmes, en espagnol, leur déjeuner, avant de commencer tous ensemble la visite des ponts de la ville. Il faisait beau. Pas aussi chaud que l'été où Jenna était venue en Espagne, mais largement meilleur qu'à Bristol, où il faisait cinq degrés et pleuvait sans arrêt.

Elle sortit ses trousses de maquillage de sa valise et les organisa sur le côté de son évier. Elle vit dans le miroir encadré de porcelaine qu'elle avait le teint terne, l'air fatigué.

— Elle est comment sa femme, à ton avis ? lui lança Bess depuis la chambre.

Jenna leva les yeux au ciel.

— J'imagine qu'elle est belle, jeune et sportive.

— Ouais, probablement.

— Avec des seins énormes. Et ils doivent passer leur temps à niquer, poursuivit-elle en se mettant du mascara. Comme dans un porno.

— Jen, arrête !

Elle s'interrompit pour observer son reflet, puis sortit un tube de gloss rose d'une des trousses.

— Ça va, je déconne. Je l'ai vue, sa femme. Elle est pas comme ça.

Bess apparut dans un coin du miroir.

— Elle est jeune ?

— Oui, plutôt. Plus jeune que lui. Elle est tout le temps en tenue de sport, avec une casquette de baseball.

— Comme toutes les vieilles meufs de Melville, quoi.

Le téléphone de Jenna vibra. Elle y jeta un œil. C'était un message de sa mère.

Tu as déplacé la poubelle jaune ce matin ? Elle n'est pas dans le bon sens !!!

Elle ferma les yeux. Non, elle n'avait pas touché à la poubelle jaune. Il faisait encore nuit quand elle était partie, elle n'avait même pas *vu* cette poubelle. Elle répondit aussitôt :

Oui, je l'ai bougée.

Pourquoi ?

Il y avait un chat coincé derrière.

Un chat ???

Oh non, maintenant, même les chats du quartier seraient mêlés à ce terrible complot dont sa mère se croyait victime.

Oui, un chat noir. T'inquiète pas.

Et tu as vu la trace bizarre dans le beurre ? On dirait une svastika. Non ?

Les épaules de Jenna s'affaissèrent. Une seconde plus tard, son téléphone vibra à nouveau. Elle avait reçu une photo du beurre, avec la trace qu'elle y avait faite, la veille au soir, quand elle avait mangé sa tartine, et qui ne ressemblait absolument pas à une croix gammée.

J'ai mangé une tartine hier soir. C'était moi.

Bien.

Puis un instant plus tard :

Tu me rappelles quand tu rentres ?

Vendredi après-midi.

Et tu es où déjà ?

À Séville.

C'est super. Je t'aime.

Moi aussi maman.

Elle éteignit son téléphone et fixa son écran un instant. Puis on frappa à leur porte. Bess ouvrit, et c'était M. Fitzwilliam – encore lui ! –, toujours enjoué, vêtu d'un pull à capuche bleu marine et d'un pantalon en coton léger.

— Vous êtes prêtes, les filles ? demanda-t-il en jetant un coup d'œil à leur chambre.

— Oui ! Merci mille fois, monsieur. On est genre, trop reconnaissantes. Vous êtes le meilleur.

— C'est gentil Bess, dit-il en lui souriant. Je n'ai fait que mon devoir. Mais le résultat est très satisfaisant. Je vous attends dans l'entrée dans… six minutes et demie, ajouta-t-il après avoir consulté sa montre.

C'était une montre ancienne avec un cadran d'acier et un bracelet en toile rouge et jaune.

— À tout à l'heure, monsieur Fitzwilliam ! lui lança Bess en fermant la porte avant de s'y adosser. T'as entendu, il connaît mon prénom ! M. Fitzwilliam connaît mon prénom ! gazouilla-t-elle, les mains sur la bouche.

— Il connaît le prénom de tout le monde, Bess.

— Oui, je sais. Mais il a *dit* le mien !

Jenna avait du mal à partager l'excitation de son amie. Quelque chose d'étrange était en train de lui revenir en mémoire. Quelque chose qui était lié à la montre de M. Fitzwilliam. Avec le bracelet rouge et jaune. Elle avait déjà vu cette montre auparavant, quand elle était petite.

Tout à coup, le souvenir s'imposa. Le Lake District.

Quand elle avait dix ans.

Que son frère en avait six.

Quand sa mère n'était pas encore folle et que ses parents étaient ensemble. Ils avaient loué des chambres dans un sublime *bed and breakfast* avec des lits à baldaquins. Le propriétaire avait six bassets qui se traînaient sur le grand terrain de la propriété. Il faisait trente degrés ; c'était l'un des jours les plus chauds de l'année. Ils avaient décidé de faire une excursion en car dans la région et s'étaient arrêtés manger une glace au bord d'un lac quand, tout à coup, une femme était sortie de nulle part en criant. Elle portait un débardeur, un short en lin et des claquettes rose vif.

« *Toi!* avait-elle crié. *Toi!* »

Un homme qui était derrière eux s'était avancé. Un homme grand, confiant. Il faisait partie de leur groupe, et était avec sa femme et leur jeune fils. Il s'était approché de la femme qui criait et avait attrapé ses bras pour la contenir alors qu'elle poussait toujours des hurlements.

« *Comment est-ce que tu as pu faire ça?* »

L'homme lui avait parlé à voix basse, l'air grave, puis il l'avait éloignée fermement du reste du groupe. Et il portait cette montre que Jenna avait remarquée parce qu'elle était assortie à sa chemise. C'était lui. M. Fitzwilliam. Sa mère avait donc raison.

Ils n'avaient jamais su pourquoi cette femme l'avait agressé, ni ce qui était arrivé ensuite. C'était resté une petite zone d'ombre dans le souvenir de leurs vacances, un début de phrase déconcertant sans point final. Vous vous souvenez de cet homme? se demandaient-ils encore des semaines plus tard. Et de cette femme qui criait? Qui le frappait? Vous vous souvenez? À votre avis, qu'est-ce qui s'était passé entre eux?

Pendant si longtemps, Jenna avait cru que l'insistance de sa mère à associer son nouveau proviseur et l'homme du lac était simplement une nouvelle élucubration. Sa mère avait régulièrement l'impression d'avoir déjà croisé des inconnus. S'ils étaient plus grands que la personne en question, c'était qu'ils portaient des talons cachés dans leurs chaussures. S'ils étaient plus blonds, c'était une teinture. S'ils étaient plus jeunes, c'était le résultat d'un lifting. Ils n'avaient pas besoin de ressembler beaucoup à la personne qu'elle croyait reconnaître. Elle trouvait toujours un moyen de justifier ses délires.

Mais cette fois, sa mère avait raison.

Elles avaient déjà croisé la route de Tom Fitzwilliam.

C'était bien l'homme du lac, celui que la femme avait agressé.

Un frisson de malaise traversa son corps.

Chapitre 19

Freddie était assis en haut des escaliers. On venait de sonner à la porte et il avait entendu la voix d'un homme qu'il ne reconnaissait pas. Il recula subitement et son pouls s'accéléra en comprenant de qui il s'agissait. C'était le type costaud aux cheveux roux et aux tatouages, le mari de Chaperon Rouge. Pourquoi était-il là ? Avait-il découvert que Freddie faisait des photos de sa femme ?

En tendant l'oreille, il distingua des intonations enjouées. Des rires.

— Entrez, entrez ! Vous voulez une tasse de thé ?

— Non merci, c'est gentil.

Il portait des chaussures élégantes, qu'il passa un long moment à essuyer sur le paillasson, comme un représentant de commerce. Freddie descendit au palier inférieur sur la pointe des pieds pour mieux entendre les voix qui provenaient de la cuisine. Il comprit leur conversation dans les grandes lignes. Le type allait repeindre le séjour et la cuisine.

— Des couleurs classiques. Du blanc cassé, je pense.

— Et du papier peint ?

— Oh non, non. Je préfère les murs à nu.

Freddie retourna dans sa chambre jusqu'à ce qu'il entende sa mère remercier le peintre et lui ouvrir la porte, puis il descendit.

— Qu'est-ce qu'il faisait ici ?

— Je l'ai croisé en rentrant de mon footing. Il était en tenue, couvert de taches de peinture, et je me suis dit que c'était bête d'avoir un peintre comme voisin et de ne pas en profiter. Ça fait quelque temps que j'ai envie de changer des choses dans cette maison, expliqua-t-elle en jetant un regard désespéré autour d'elle. Tout ça, ce n'est pas vraiment à notre goût, si tu vois ce que je veux dire.

Freddie aimait bien la maison dans son état actuel. Les murs étaient bleu sombre, les meubles en acajou, et il y avait des bandes de papier peint sombre à fleurs par endroits. C'était un peu n'importe quoi, mais au moins ça avait du caractère, contrairement aux maisons dans lesquelles ils avaient habité jusqu'à présent.

— Je ne veux pas qu'il peigne ma chambre. J'aime ma chambre comme ça.

— De toute façon, on ne peut pas commencer tant que je n'ai pas eu son devis. Et je dois parler à ton père.

Freddie s'assit sur le banc de l'entrée.

— Il est comment ?

— Le peintre ?

— Tu ne connais même pas son prénom ?

— J'ai oublié de demander ! Attends, s'interrompit-elle pour sortir une carte d'un tiroir. Voilà. Alfie Butter. Tiens, c'est marrant comme nom ! Il est très gentil, mais un peu jeune. Il n'a pas l'air très… fin.

Elle le regarda d'un air vague puis ouvrit grand les yeux, comme si elle venait de se souvenir de quelque chose d'important.

— Tu as faim ? Qu'est-ce que tu veux manger ?

— Qu'est-ce qu'il y a ?

C'était une question piège. Bien entendu, elle n'avait pas fait les courses. Elle ne les faisait que quand son mari était à la maison. Du matin au soir, son mari était sa priorité absolue, et seule préoccupation.

— Mince, pas grand-chose. Des pâtes ? Il y aussi du bon pain. Je peux te faire des œufs pour aller avec.

Les tartines aux œufs brouillés étaient le repas préféré de son père. Il hocha la tête, sachant pertinemment qu'il ne pouvait pas espérer mieux.

Après le dîner, qu'il mangea seul pendant que sa mère se douchait et se changeait, il remonta dans sa chambre. Il avait pris le chemin le plus long après les cours afin de passer devant St Mildred's, l'école de filles à trois rues de son collège. Il espérait apercevoir Romola Book, la nouvelle dont tout le monde parlait.

Il avait pris quelques photos d'elle pendant qu'elle discutait avec un élève de seconde. Il s'était approché, et l'avait photographiée alors qu'elle écartait une mèche de cheveux de son visage, effleurant délicatement ses lèvres, les yeux baissés. Puis il l'avait suivie jusque chez elle. Elle vivait dans une petite maison moderne construite dans un nouveau lotissement à la sortie de la ville. Dans la cour, il y avait un bouddha, et à l'intérieur, derrière la fenêtre, un chihuahua à poils longs qui attendait son retour. Il l'immortalisa en train d'ouvrir la porte, puis se baissa pour caresser le tout petit chien.

Il était maintenant en train de charger ses photos et vidéos sur son ordinateur pour les modifier. Il sauvegarda ses modifications puis ouvrit ses paramètres de sécurité, comme chaque soir, pour vérifier qu'aucun fichier n'était corrompu. Son cœur s'arrêta de battre une seconde.

Quelqu'un avait tenté de se connecter à sa session cinq fois de suite, sans succès.

Le souffle court, il cliqua sur sa barre d'accès rapide pour vérifier si certains fichiers avaient été ouverts.

JT1.jpg. JT2.jpg. JT3.jpg. JT&BR1.jpg. JT&BR2.jpg. JT4.jpg.

C'étaient ses premières photos de Jenna Tripp et Bess Ridley. Il ne les avait pas regardées depuis des mois. Il n'avait pas ouvert ces fichiers. Pourtant, quelqu'un venait de le faire. Et Freddie n'avait pas la moindre idée de qui il s'agissait.

Chapitre 20

Bess et Jenna riaient aux éclats en essayant de garder l'équilibre dans les rues pavées malgré leurs talons. Elles avaient acheté ces bottes ensemble à Primark la semaine précédente en prévision de leur séjour à Séville. Les instructions du séjour spécifiaient pourtant noir sur blanc que les chaussures des élèves devaient être « confortables et pratiques ». Comme d'habitude, elles n'en avaient fait qu'à leur tête.

Ce soir, les élèves sortaient dîner dans la vieille ville. La lune ronde nimbait la nuit d'une lueur douce et les adolescents étaient surexcités. Ils criaient, chahutaient, riaient fort, et pouvaient perdre le contrôle d'une seconde à l'autre. Au restaurant, on les installa à quatre grandes tables dans une salle réservée. Chaque table avait son professeur. Jenna sentit Bess lui donner un petit coup dans la cheville quand M. Fitzwilliam vint s'asseoir avec elles.

— Pas de chance, groupe B. Vous tombez sur moi !

De grands menus aux pages plastifiées circulaient. M. Fitzwilliam en tendit un à Jenna en souriant.

— Je ne sais pas vous, mais moi, je meurs de faim.

— Vous n'avez pas assez mangé au déjeuner, monsieur ?

— Si, et c'était délicieux. Des *albóndigas*. Quelqu'un sait ce que c'est ?

— Des boulettes de viande ! s'écria un élève de l'autre côté de la table.

— Exactement ! Des boulettes de viande. Et si je me souviens bien, votre collègue, Thomas, lui, a dégusté un délicieux *bocadillo de tortilla*, ajouta-t-il en posant sa main sur l'épaule du Thomas en question. Qui sait ce dont il s'agit ?

— Un sandwich aux chips ?

— Non, pas aux chips. C'est un autre type de *tortilla*, dans ce cas-là. Alors ?

— Un sandwich avec une omelette ? suggéra Jenna.

— Oui, c'est ça. Et qu'est-ce qu'on met dans les omelettes, en Espagne ?

Des mains se levèrent.

— Des œufs !

— Des patates !

Jenna vit Bess lancer à M. Fitzwilliam un regard fervent. Elle regarda autour d'elle et remarqua que presque tout le monde le regardait avec la même intensité, dans l'espoir de se faire remarquer, d'être félicité. Ils essayaient tous de l'impressionner, filles comme garçons, d'abord en répondant à ses questions, puis en faisant des traits d'humour auxquels il riait avec un plaisir non dissimulé.

Jenna scruta son visage, essayant de comprendre ce que Bess lui trouvait. Oui, il avait dû être assez beau quand il était jeune. Il avait un sourire agréable. Mais pour elle, c'était juste un vieux. Il y avait même un endroit au sommet de sa tête où l'on distinguait son crâne. Ses mains étaient ridées. Et il avait des dents de vieil homme, recouvertes d'un vernis grisâtre peu ragoûtant.

M. Fitzwilliam se retourna vers elle et la regarda droit dans les yeux. Elle inspira profondément en reconnaissant quelque chose dans ce regard, quelque chose d'inquiétant qu'elle était incapable de décrire. Elle n'avait jamais été douée avec les mots. Elle utilisait toujours un dictionnaire des synonymes en ligne quand elle faisait ses devoirs. Mais c'était quelque chose de primitif, de mauvais.

Elle baissa les yeux et sentit ses joues rosir. Il avait vu sa curiosité, et cela avait déclenché quelque chose en lui. Il avait réagi. Elle se sentait soudain prise au piège, complice de quelque chose d'étrange, de répugnant.

Et le mot lui apparut, cet adjectif qui lui manquait pour qualifier le regard que M. Fitzwilliam lui avait adressé.

Prédateur.

* * *

Ils devaient se coucher à 23 heures, et éteindre les lumières à 23 h 30, dans dix minutes. Les professeurs n'allaient pas tarder à passer faire leur ronde pour vérifier que tout le monde était bien au lit. Bess n'était toujours pas revenue de sa visite dans la chambre de Lottie, Ruby et Tiana à l'étage du dessus. Jenna était partie avant elle pour avoir le temps de se faire un masque. Elle écrivit à Bess sur WhatsApp.

Qu'est-ce que tu fous??? Tu vas te prendre un avertissement!!!

Elle ne quitta pas des yeux son message, attendant de voir les deux petites coches grises devenir bleues. Ce qui n'arriva pas. Il était maintenant 23 h 25. Elle envoya un autre message, mais Bess ne le lut pas non plus. Elle se leva, ouvrit la porte de leur chambre et jeta un œil dans le couloir. Mlle Mangan était dans l'embrasure de la porte de Kat et Mia, et leur disait d'éteindre leurs portables.

— Je ne bougerai pas tant qu'ils seront encore allumés, les filles, je vous préviens. J'ai toute la nuit, vous savez.

Elle avait deux chambres de plus à vérifier avant d'arriver à la leur. Jenna écrivit à Lottie.

Dis à Bess de bouger son cul. Mlle Mangan arrive dans deux minutes !

Le message fut lu immédiatement, et la réponse lui parvint un instant plus tard.

Elle est pas ici. Elle est partie y a au moins vingt minutes !

Elle rouvrit la porte et regarda encore dans le couloir. Mlle Mangan n'était plus qu'à une chambre. Et de l'autre côté, Bess marchait vers elle, avec M. Fitzwilliam. Son estomac se noua immédiatement.

Alors qu'ils s'approchaient, M. Fitzwilliam regardait Jenna, un petit sourire caché sous son faux air sérieux.

— Je te rends ton amie. Je l'ai trouvée cachée sous un lit dans la chambre des garçons. Ça reste entre nous pour cette fois, c'est la première nuit, et je sais que tout le monde est un peu agité. Mais notre règlement a une raison d'être, Bess. Ce n'est pas pour vous empêcher de vous amuser, mais pour vous protéger. Que se serait-il passé si tu avais dû retourner dans ta chambre au milieu de la nuit ? Dans ces couloirs sombres ? Qui sait sur qui tu serais tombée ?

— Je suis désolée, monsieur Fitzwilliam, murmura Bess, les yeux baissés.

Il regarda Jenna, qui avait le visage lavé, exfolié, les cheveux coiffés et les dents brossées.

— Garde un œil sur elle, d'accord ? Je peux compter sur toi ?

Jenna hocha la tête rapidement.

— Je ne veux pas avoir à téléphoner à vos parents, c'est bien compris ?

Les deux adolescentes acquiescèrent. Le silence qui suivit cette dernière remarque fut bref mais lourd, chargé de sens. Les deux jeunes filles, l'une encore dans sa tenue de la journée, décoiffée et ses chaussures dans une main, l'autre en pyjama, prête à se mettre au lit, se tenaient derrière la porte, et entre elles, il y avait cet homme à la carrure imposante qui n'était ni leur père ni leur ami. À l'arrière-plan de ce tableau, sur le double lit, étaient éparpillés les attributs classiques de ces adolescentes : un soutien-gorge rouge accroché à la rambarde du lit, un mouchoir froissé, taché de rouge à lèvres sur la table de chevet. De la chambre émanait le parfum acidulé d'un magasin de produits de beauté, l'odeur acide d'une crème anti-imperfections. La scène, qui ressemblait à une toile pointilliste, allait s'évaporer au contact des mots de M. Fitzwilliam.

— Eh bien bonne nuit, mesdemoiselles. C'est l'heure de se coucher, leur annonça-t-il en souriant. Je vous retrouverai demain matin au petit déjeuner à 8 h 30 précises.

Bess se précipita à l'intérieur et Jenna referma la porte. Quand elle colla son œil au judas, elle le vit devant la porte, les mains dans les poches, le regard encore fixé sur elle.

Chapitre 21

21 février

Quand Josephine rentra du travail ce mardi soir, Rebecca était à la maison, dans le salon, un ordinateur portable posé devant elle, des écouteurs dans les oreilles. Josephine resta un moment dans l'embrasure de la porte, observant la scène. Elle voyait rarement Rebecca dans la maison. Quand elle y était, elle passait le plus clair de son temps enfermée dans son bureau au premier étage.

D'où venait-elle, cette femme qui occupait désormais la place autrefois pleine de promesses de la personne que son frère choisirait un jour pour partager sa vie ? Et elle ne correspondait pas aux attentes de Josephine. Un peu comme si Rebecca était entrée dans la mauvaise pièce le jour de l'audition, et qu'on lui avait attribué un rôle qui ne lui allait pas. Son frère ne semblait pas avoir remarqué l'erreur de casting. Pour lui, les choses n'auraient pas pu être différentes. Josephine avait l'impression qu'on la privait d'une meilleure distribution qui aurait impliqué une autre belle-sœur, une fille chouette qui aurait aimé boire et faire la fête de temps en temps. Ou quelqu'un de maternel et aimant qui aurait pu remplir le vide causé par la disparition de sa mère. Josephine avait été invitée à l'enterrement de vie de jeune fille de Rebecca, une journée avec quelques amies dans un spa à Bath, puis un dîner dans un restaurant chic. Elle avait décliné la proposition. Ça ne valait pas la peine de quitter Ibiza. Quoiqu'elle aurait peut-être dû faire l'effort à ce moment-là ; peut-être qu'elles se seraient rapprochées autour d'une tranche de foie gras et que leur relation ne serait pas aussi crispée aujourd'hui.

— Salut ! lança-t-elle d'une voix forte.

Rebecca ne l'entendit pas.

— Salut ! répéta-t-elle.

Cette fois, Rebecca se retourna.

— Ah ! s'écria-t-elle en retirant un écouteur. Salut.

— Tu es rentrée tôt aujourd'hui.

— Oui, j'avais un rendez-vous médical, je ne suis pas retournée au travail ensuite.

— Tout va bien ?

— Oui, juste un contrôle de routine. Une prise de sang, expliqua-t-elle en lui montrant une marque bleue sous un pansement au creux de son bras. Rien à signaler.

— Super ! Il te reste combien de semaines maintenant ?

— Une douzaine.

— Ah ouais ? réagit Josephine, ne trouvant rien de plus pertinent à dire.

Un court silence s'ensuivit. Rebecca jouait distraitement avec l'écouteur qu'elle avait retiré de son oreille. Josephine vit ses yeux revenir à son écran d'ordinateur.

— Tu veux une tasse de thé ?

— Non merci, déclina Rebecca.

— Tu es sûre ?

— Oui, oui, marmonna-t-elle, l'écouteur presque au niveau de son oreille.

Josephine allait quitter la pièce, quand elle se tourna soudain vers sa belle-sœur.

— Je me demandais… Comment est-ce que vous avez décidé que vous vouliez un bébé ?

Rebecca lâcha son écouteur et cligna des yeux.

— Je te pose la question parce que… Alfie voudrait qu'on ait un enfant aussi.

— Oh, hésita Rebecca, une main posée sur sa clavicule. C'est…

— C'est génial, bien sûr. C'est une super nouvelle. Je l'aime et je veux le rendre heureux. Je vais avoir vingt-sept ans cette année, donc ce n'est pas comme si j'étais trop jeune ou quoi que ce soit. Et imagine comme ils seraient mignons, nos bébés. Mais je… je ne suis pas sûre d'être faite pour ça. Pour être mère. Quand je vois des femmes avec leurs enfants, j'ai l'impression d'avoir affaire à une lointaine tribu étrangère, tu vois ? Je me dis que je ne suis pas comme elles. Et si je pense ça maintenant, j'ai peur de ne pas changer d'avis, et du coup…

— Tu l'as dit à Alfie ?

— Non. Comment est-ce que je peux dire à l'homme que je viens d'épouser que je ne suis pas sûre de vouloir faire un bébé avec lui ?

— Moi non plus, je n'adore pas les bébés, confia-t-elle en posant sa main sur son ventre. Je n'ai jamais voulu avoir d'enfant. En fait, je n'en veux toujours pas.

— Mais…

— Jack en voulait un, l'interrompit-elle. Et je veux rendre Jack heureux. Voilà, conclut-elle avec un sourire triste, en se caressant le ventre.

— Tu l'adoreras quand elle sera là, la rassura Josephine maladroitement.

— Et si je te disais : « Fais un bébé avec Alfie, tu l'adoreras quand il sera né » ?

— Je dirais…, répondit-elle sur un ton hésitant, que tu as raison.

— Tu penses que tu vivras encore ici quand le bébé arrivera ?

— Je ne sais pas. Est-ce que tu veux que je vive encore ici ?

Josephine pensa que Rebecca cherchait une façon polie de lui demander de partir.

— Oui, murmura-t-elle en regardant son ventre. Je crois que Jack et moi… Je crois que nous aurons vraiment besoin de toi.

Chapitre 22

Ce matin-là, Jenna envoya un message à sa mère.

Quand est-ce qu'on est allés dans le Lake District ?

La réponse ne se fit pas attendre.

Pendant les vacances d'été, il y a cinq ans. Quand tu avais dix ans. Pourquoi ?

Pour rien, je me souvenais pas de l'année.

Sinon, tu as arrosé les cactus au fond du jardin ? Il n'a pas plu et ils sont humides.

Non. Mais il a plu avant-hier. Tu te souviens ?

Ils sont plus humides qu'ils ne devraient l'être. Comme si quelqu'un venait de les arroser.

Pourquoi est-ce que quelqu'un arroserait nos cactus ?

Exactement ! C'est dingue ! Ces gens, je ne sais pas ce qu'ils vont inventer encore !

— Tu écris à qui ?

— À ma mère.

— OK, répondit Bess d'une voix compréhensive. Elle va bien ?

— Elle pète un câble parce qu'elle est persuadée que quelqu'un arrose nos cactus quand nous avons le dos tourné.

Bess soupira.

— La pauvre…

À part son père et son frère, Bess était la seule personne au courant de la maladie de sa mère, et elle n'avait pas la moindre idée de ce qu'elle pouvait dire ou faire pour aider. Ce qui convenait à Jenna. Au moins, elle pouvait lui parler sans craindre d'être jugée, sans peur des conséquences.

Elle ouvrit son navigateur sur son téléphone et tapa *Lake District 2011 Tom Fitzwilliam*. Tous les résultats parlaient de l'illustre carrière du proviseur, des écoles qu'il avait sauvées, des changements mis en place, des miracles réalisés. Il y avait plusieurs photos de lui devant les portails de différents établissements, toujours l'air imposant. Mais rien ne le liait à cette partie de l'Angleterre, cinq ans et demi plus tôt.

— Ah ! s'exclama Bess en jetant un œil par-dessus son épaule. Ça y est, la potion magique Fitzwilliam commence à faire effet !

Jenna cacha son téléphone.

— Dégage ! s'écria-t-elle, l'air outré. C'est pas ça du tout ! Je me suis souvenue d'un truc par rapport à lui. On a fait une excursion quand j'étais petite, et il était là. Il s'est passé quelque chose de bizarre ce jour-là. Ça m'est revenu, c'est tout.

— C'est cela, oui, répliqua Bess d'un ton incrédule.

— Putain Bess, j'en ai rien à cirer de Fitzwilliam, OK ? Je le trouve dégueu.

— Hmm, hmm.

— Et qu'est-ce qui t'est arrivé hier soir, d'ailleurs ? Qu'est-ce que tu foutais dans la chambre des gars ?

— J'étais pas dans la chambre des gars, rectifia Bess d'un ton supérieur.

— Hein ?

— Enfin, j'étais dans leur chambre au début, jusqu'à ce que M. Fitzwilliam me trouve cachée sous un lit. Et après, on a un peu discuté.

Jenna se raidit et planta son regard dans les yeux de Bess.

— Comment ça « un peu discuté » ?

— Oui, sur le canapé du palier.

— Je comprends pas. Pourquoi vous discutiez sur le canapé du palier ?

— Je sais pas. Il m'a demandé si c'était ma première fois à l'étranger et en remontant on est tombés sur ce canapé et on s'est assis. Et on a continué à parler.

— De quoi ?

— De trucs. Des pays qu'il a visités, s'il pensait que je les aimerais. Il m'a dit qu'il avait fait une année de césure et qu'il avait fait un tour d'Europe en train avec ses copains. D'ailleurs, on devrait grave faire la même chose ! Voilà, des trucs comme ça.

— Et vous êtes restés combien de temps sur le palier ?

— Genre dix minutes. Et puis il a regardé l'heure et il m'a dit qu'il fallait qu'il me ramène avant que Mlle Mangan se rende compte que j'étais pas dans la chambre.

— Pourquoi tu m'as rien dit hier ?

— Tu m'as pas demandé, répondit Bess en haussant les épaules. Tu m'as juste dit : « Je vais me coucher. » T'avais l'air fâchée.

— J'étais pas fâchée.

— Si.

— Trop pas ! J'étais fatiguée. J'étais debout depuis 5 heures du mat', merde !

Jenna lança un regard en coin à son amie.

— Tu trouves pas ça bizarre ? continua-t-elle. Qu'il fasse ça ?

— Qu'il fasse quoi ? Qu'il me parle ? Pourquoi ce serait bizarre ?

— Je sais pas. Il a genre cinquante ans, t'en as quinze. C'était l'heure de se coucher. Il aurait dû te ramener ici direct. C'est carrément chelou.

— Et sur une échelle de 1 à 10, tu dirais que tu es jalouse à quel point, Jenna Tripp ?

— Ferme-la ! rugit-elle en attrapant un coussin et le jetant à la figure de Bess, qui explosa de rire et le lui renvoya.

Elles s'interrompirent soudain en entendant un de leurs téléphones tomber sur le carrelage. Elles se raidirent et échangèrent un regard effrayé avant de se pencher hors du lit.

Jenna attrapa son téléphone et le regarda à la lumière pour évaluer les dégâts.

— Putain. *Putain* !

Il y avait une fissure dans le coin de l'écran. Elle la toucha doucement. Elle venait d'avoir ce téléphone.

— Je suis désolée…

Puis Jenna pensa à sa petite Bess assise sur le palier avec M. Fitzwilliam, parlant de son adolescence, et une vague d'inquiétude l'envahit. Son amie si belle, si innocente, si vulnérable.

— C'est pas grave, concéda-t-elle en la prenant dans ses bras, inspirant l'odeur familière de ses cheveux blonds. C'est juste un téléphone.

* * *

Ce soir-là, après le dîner, Jenna fit en sorte de rester aux côtés de son amie. Lottie, Ruby et Tania vinrent dans leur chambre, elles traînèrent sur Snapchat, firent des canulars téléphoniques aux garçons et rirent aux éclats jusqu'à 23 h 15, quand les trois invitées regagnèrent docilement leur chambre à l'étage supérieur. Jenna entendait Mlle Mangan passer dans le couloir, le bruit des portes qui s'ouvraient et se fermaient. Elle se mit en pyjama et se brossa les dents, se démaquilla et se perça un bouton. Au moment où Bess entrait dans la salle de bains après elle, Jenna entendit quelqu'un frapper doucement à la porte. Elle l'ouvrit, prête à découvrir le visage pincé et inquiet de Mlle Mangan. Mais c'était M. Fitzwilliam qui l'attendait de l'autre côté.

Elle croisa les bras, soudain consciente qu'elle ne portait pas de soutien-gorge sous son débardeur.

— Oh…

— Bonsoir, Jenna. Je voulais simplement vérifier que Bess était dans les parages. Je ne l'ai trouvée sous aucun lit ce soir, bizarrement. Elle est avec toi ?

— Oui, elle se brosse les dents.

— Tu es sûre ? lui demanda-t-il en regardant la porte de la salle de bains.

— Sûre et certaine. Elle se prépare à aller au lit. Elle a passé la soirée ici avec moi.

— Bess ?

Jenna sursauta légèrement en entendant la voix forte de M. Fitzwilliam.

— Oui ? entendirent-ils Bess répondre d'une voix étouffée.

M. Fitzwilliam sourit à Jenna comme si on venait de lui donner raison.

— Bien, très bien.

Et il disparut. La porte se referma derrière lui et Bess sortit de la salle de bains, sa brosse à dents dans la bouche, une serviette autour du corps.

— Ch'était meuchieu Fitchwilliam ? demanda-t-elle, les yeux écarquillés.

— Oui, il venait vérifier que tu étais bien là. Il est parti.

Bess fit la moue et retourna vers l'évier pour cracher son dentifrice. Elle revint un instant plus tard, un grand sourire aux lèvres.

— Tu vois, c'est l'homme le plus gentil et le plus adorable du monde. Il est *incroyable.*

Chapitre 23

22 février

Depuis sa découverte de lundi, le cerveau de Freddie ne fonctionnait plus normalement. Il passait son temps à échafauder des hypothèses pour expliquer qui avait pu s'introduire dans son ordinateur, et il s'était même fait remonter les bretelles par Mme Johnson en cours de latin parce qu'il avait fait le mauvais exercice alors que le numéro de page était clairement écrit au tableau. Freddie n'aimait pas se tromper, et détestait encore plus qu'on souligne ses erreurs en public. Il ressassa cette petite humiliation et l'horripilant mystère du hacker tout le reste de la journée, si bien qu'à la fin de ce mercredi après-midi il avait vraiment besoin de donner un coup de pied dans quelque chose.

Puis il pensa à Romola Brook, à ses yeux étincelants. S'il la voyait, il se sentirait mieux. À la sortie du collège, il prit à gauche vers St Mildred's et patienta de l'autre côté de la rue pendant quelques minutes en attendant qu'elle sorte. Cette fois, elle ne discutait pas avec un lycéen mielleux, non. Elle était seule, les yeux baissés vers son téléphone, ignorant le regard vorace du garçon qui l'épiait.

— Maman, l'entendit-il dire lorsqu'elle traversa le passage piéton. Je rentre un peu plus tard. Je dois passer à la papeterie pour acheter des classeurs. Tu pourras me rembourser quand je rentrerai ? Ou me faire un virement ? D'accord. À dans une demi-heure.

Il pressa le pas pour ne pas se faire semer dans la rue principale. Il la vit mettre ses écouteurs et choisir une chanson sur son téléphone. Elle s'arrêta un moment devant Forever 21 et regarda avec envie une jupe en daim et un débardeur en vitrine. Il l'imagina les porter. Le daim couleur cannelle irait parfaitement avec ses cheveux châtains, remarqua-t-il en commençant à divaguer. Dans sa rêverie, il entrait dans le magasin, achetait le vêtement pour Romola et le lui offrait dans la rue, en la complimentant sur ses cheveux et ses yeux, ce pour quoi elle le remerciait avec un grand sourire. *Waouh, merci ! Je l'adore !*

En réalité, elle avait déjà repris sa route vers la papeterie Ryman. Ses cheveux mi-longs et épais étaient coupés droit. La partie supérieure était attachée, le reste était lâche et se balançait de droite à gauche à chacun de ses pas. Elle avait des jambes fines, presque trop fines, comme des baguettes, et sa démarche était un peu étrange, comme si elle avait un caillou coincé dans l'une de ses chaussures, mais cela renforçait son charme. Elle était un peu moins parfaite, un peu plus à sa portée.

Freddie s'apprêtait à sortir son téléphone pour prendre en photo ces bâtons de jambes quand elle s'arrêta juste avant de rentrer dans la papeterie. Son corps se raidit et s'immobilisa comme celui d'une biche aux abois. Freddie se retourna un moment, et quand il voulut vérifier qu'elle ne l'avait pas repéré, elle avait disparu. Il traversa la rue et attendit en face du magasin. Quelque chose d'étrange lui arrivait. Il avait déjà espionné, suivi et photographié des gens des centaines de fois. D'habitude il n'était pas nerveux, il n'avait pas peur de se faire prendre. Mais le fait que quelqu'un se soit introduit dans son ordinateur le rendait imprudent et vulnérable. Quelqu'un avait pénétré son univers, avait bouleversé la logique de l'espace où il devait tout maîtriser, et il n'aimait pas du tout ce que cela impliquait. Il avait désormais l'impression de faire quelque chose de tordu, ou pire encore, d'être lui-même un tordu.

Freddie n'aimait pas l'idée d'avoir tort. Il n'avait jamais tort.

Il sentit une émotion étrange se propager en lui. Il s'imagina entrer dans le magasin et pousser volontairement Romola, la plaquer contre une étagère sans dire un mot. Il voulait entendre son souffle sucré se couper sous le choc, puis reprendre contre sa joue, ses fines jambes se dérober sous elle. Il ressentait l'envie irrépressible de lui faire du mal. Cela lui permettrait d'oublier la voix de sa prof de latin, de supprimer la sensation qu'une personne qu'il connaissait ou non était peut-être en train de parcourir ses fichiers, ses photos, sans comprendre de quoi il s'agissait, en le jugeant et le condamnant.

Il attendit patiemment qu'elle sorte et réussit à prendre une photo parfaite de son visage. Quand il rentra chez lui, il s'enferma dans sa chambre, tira les rideaux, colla la tête de Romola sur le corps d'une femme nue, afficha le résultat en grand écran et baissa son pantalon. Il regardait fixement l'image, une main dans son caleçon, quand soudain, il vit quelque chose dans les yeux de ce visage privé de son corps originel, quelque chose qui lui coupa le souffle. Un vrai être humain le regardait. Une jeune fille mince qui venait d'arriver dans une nouvelle ville, dans un nouveau collège. Une fille qui aimait un petit chien ridicule et qui voulait des vêtements de chez Forever 21 qu'elle n'avait pas les moyens de s'acheter. Une fille qui était allée à la papeterie pour acheter des classeurs sans se rendre compte qu'un mec bizarre l'attendait dehors.

Il remonta son pantalon et ferma l'image, bouleversé par cette sensation nouvelle et extraordinaire qui n'en finissait plus de jaillir dans son cerveau.

Chapitre 24

24 février

Il était revenu. Josephine avait entendu un scooter remonter la rue, avait jeté un œil par la fenêtre et vu un livreur Deliveroo retirer son casque et ouvrir la caisse de livraison à l'arrière de son véhicule. Il déposa un sac chez les Fitzwilliam. Tom, vêtu d'un jean et d'un pull gris en laine, ouvrit, prit le sac, tendit un pourboire au livreur et referma derrière lui.

Le cœur de Josephine battait la chamade. Elle se sentait à la fois nauséeuse et surexcitée. Toute la semaine, elle avait eu une boule au ventre à l'idée de le revoir. Cette boule avait enflé à mesure que les jours passaient. Le mercredi, elle avait croisé sa femme dans le village. Elle l'avait dévisagée comme si elle venait de voir un fantôme. La femme de Fitzwilliam avait remarqué son regard insistant et lui avait adressé un petit sourire avant de poursuivre son chemin sans rien dire. Tom ne lui avait donc pas raconté ce qui s'était passé au *Weaver's Arms*. Malgré cela, la boule dans son ventre, ce nœud d'angoisse et de terreur, n'avait pas disparu.

Sa voiture était restée garée au même endroit toute la semaine. Josephine en avait conclu qu'il devait être en déplacement.

Mais il était enfin rentré. Il se trouvait à quelques mètres d'elle.

Elle voulait quitter cet endroit, s'échapper.

Elle écrivit à Alfie.

Où es-tu ?

Au boulot.

Tu peux rentrer ?

Impossible. Sous-effectif.

Je peux venir et m'asseoir au bar ?

Bien sûr, chérie.

Elle passa un pull noir aux épaules dénudées et accrocha de grandes créoles dorées à ses oreilles, mit du rouge à lèvres et ses bottines rouges en daim avant de se diriger vers l'arrêt de bus, le cœur battant. Une fois assise sur le banc, elle leva la tête vers les maisons colorées. Elle pouvait distinguer l'éclat bigarré et kaléidoscopique du vitrail de la maison de son frère, et, juste à côté, la douce lueur dorée qui provenait de la maison de Tom. Au dernier étage de la maison, une silhouette passa devant la fenêtre, tenant quelque chose dans la main. Elle pensa d'abord qu'il s'agissait de Tom, mais quand la silhouette se rapprocha de la vitre, Josephine se rendit compte qu'elle faisait fausse route : Tom était bien plus grand. Sans doute était-ce sa femme ou son fils. Sa respiration s'accéléra. Puis elle entendit une voix féminine qui venait de derrière elle.

— Je te vois. Toi, là-haut !

Josephine sursauta et se retourna. Derrière elle se tenait une petite femme, belle, aux traits délicats, d'une quarantaine d'années. Elle se retourna vers Melville Heights et observa la silhouette dans la fenêtre étendre lentement son majeur et le plaquer contre la vitre avant de s'en éloigner.

— Vous l'avez vu, là-haut ? lui demanda la femme en s'approchant d'elle.

Josephine acquiesça. Cette femme dégageait quelque chose d'inquiétant, une intensité sombre qui s'exprimait à travers son regard et ses gestes. Ce n'était pas le genre de personne avec qui on avait envie de discuter à la nuit tombée.

— Il est toujours là, à prendre des photos, à nous épier avec ses jumelles. Il est jeune, c'est un ado. Il travaille pour son père.

Josephine se contenta de répondre par un hochement de tête poli. Elle ne voulait surtout pas alimenter la conversation.

— Vous le connaissez, son père ? Le proviseur ?

— Non, pas vraiment.

— Pourtant, il vous a ramenée chez vous en taxi la semaine dernière.

— Pardon ?

— Je vous ai vus ensemble vendredi dernier. Il vous a raccompagnée jusqu'à votre porte.

Soudain, Josephine comprit. C'était elle, la femme tapie dans les fourrés.

— Il me fait suivre, poursuivit-elle en plaçant une main fine sur sa gorge. Et son fils nous prend en photo, ma fille et moi. C'est lui qui dirige les opérations, mais en tout, ils sont une dizaine. Tous sous ses ordres. C'est à cause d'une scène dont on a été témoins, avec ma famille, il y a des années. Cette femme qui l'avait agressé... Il a essayé de mettre tout ça sous le tapis en prétendant qu'elle était folle. Mais vous savez ce qu'on dit : pas de fumée sans feu. Pourquoi est-ce qu'une femme viendrait jusqu'au Lake District pour lui crier dessus s'il n'avait rien fait de mal, hein ?

Josephine jeta un coup d'œil à l'autre bout de la rue, espérant que le bus arrive rapidement pour lui permettre de se soustraire à cette rencontre déplaisante.

— Les gens parlent de lui comme si c'était un dieu vivant. Ça me rend malade. Si les gens savaient, s'ils les connaissaient vraiment, lui et son fils...

La silhouette aperçue à la fenêtre de la maison jaune avait disparu et, petit à petit, la femme commença à s'éloigner.

— Ne vous faites pas avoir, gardez vos distances. Ou vous finirez comme moi. Torturée. Complètement torturée.

Chapitre 25

— Maman ?

Jenna venait d'entendre la porte s'ouvrir.

— Oui !

Jenna descendit quelques marches et passa la tête au-dessus de la rambarde.

— Tu étais où ?

— C'est ce garçon, là-haut, dans la maison jaune. Il m'a fait un doigt d'honneur.

— Ça m'étonne pas ! Il doit en avoir marre que tu passes ton temps à le regarder.

Jenna était rentrée depuis deux heures, et sa grande chambre ensoleillée de Séville, les dîners dans des restaurants bruyants, le grille-pain géant de la salle à manger de l'hôtel et le sentiment de liberté qui émergeait quand on ne lui rappelait pas constamment qu'elle était observée, harcelée et persécutée lui manquaient déjà cruellement.

— Elle était là, elle aussi. À l'arrêt de bus. La jeune femme que Tom Fitzwilliam a ramenée en taxi la semaine dernière. Je lui ai parlé. Elle prétend ne rien savoir de lui, mais je sais qu'elle ment.

— Oh non, maman, ne me dis pas que tu as raconté tout ça à des inconnus… S'il te plaît.

Ce type de discussion était nouveau. Un pas de plus sur le chemin de la folie.

— Ce n'est pas vraiment une inconnue. Elle vit ici. C'est normal de discuter entre voisins.

— Et qu'est-ce qu'elle t'a dit, cette voisine ?

— Pas grand-chose, répondit sa mère en haussant les épaules. Son bus arrivait.

— Oh là là, soupira Jenna en s'asseyant lourdement sur les marches de l'escalier. Maman, il faut que tu arrêtes tout ça maintenant. Tu deviens aussi envahissante que les gens qui soi-disant te harcèlent. Imagine que tu te trompes. Imagine que M. Fitzwilliam ne soit pas un psychopathe, que son fils ne te prenne pas en photo, que tout ça n'existe que dans ta tête. Ils doivent se sentir tellement mal, sachant que tu es là, que tu les épies, que tu parles à leurs voisins. Tu crées autant de malaise que ce que tu ressens. Tu ne penses pas que c'est un problème ?

Sa mère leva les yeux au ciel.

— Quand est-ce que tu vas enfin ouvrir les yeux, Jenna ? Quand est-ce que tu vas mesurer la gravité des faits ? Je sais bien que tout ça peut paraître insensé, mais c'est la vérité. Pure et simple. Et je ne suis pas la seule victime. Ça arrive à des centaines d'autres personnes. J'en connais trois rien que dans la région de Bristol. Tous suivis, tous espionnés, tous persécutés. C'est un véritable fléau, Jenna, mais personne ne veut en parler. Et pendant ce temps-là, les hommes comme Tom Fitzwilliam se pavanent dans leur grosse voiture, et tout le monde continue à penser qu'ils sont absolument merveilleux.

Jenna prit une profonde inspiration. Elle pensa à Bess, assise sur le palier avec leur proviseur au milieu de la nuit, aux visites répétées dans leur chambre qui l'avaient mise mal à l'aise, à la montre au bracelet jaune et rouge.

— Je voudrais que tu me racontes encore ce qu'il s'est passé au lac, pendant nos vacances.

Sa mère s'assit quelques marches plus bas qu'elle et se mit à lui masser les pieds distraitement.

— C'était notre troisième jour, il faisait une chaleur étouffante, quasiment trente-cinq degrés à l'ombre. On ne pouvait pas aller marcher ni faire du vélo. On a réservé des tickets pour une excursion en car climatisé autour des lacs. Il y avait cette famille avec nous. Lui, dit-elle avec un grand geste vers Melville Heights, sa femme et leur fils. Je les avais tout de suite repérés parce qu'ils avaient l'air de ne pas se prendre pour n'importe qui, si tu vois ce que je veux dire. Apparemment, lui était trop bien pour monter dans un car. Sa femme et son fils étaient en admiration devant lui, c'était comme si personne d'autre n'existait. Dès que le car s'arrêtait, ils attendaient qu'il leur montre le chemin. Bref, il y avait quelque chose qui n'allait pas. Au premier arrêt après le déjeuner, je crois que c'était à Buttermere, au moment où on allait remonter dans le car, cette femme est apparue. Elle est sortie de nulle part. Brune, la cinquantaine, en débardeur noir, avec un collier en or. Elle était très élégante, vraiment belle, mais son visage était complètement déformé par la colère. Elle s'est jetée sur lui, l'a poussé contre le car et s'est mise à crier : « Salaud ! Tu vas payer ! Comment est-ce que tu peux vivre après ce que tu as fait ?! » Et elle répétait sans cesse le mot « viva ». Tu te souviens ? *Viva, viva, viva*. C'est tout ce dont je me souviens. Et qu'elle lui donnait des coups de poing sur le torse. Et puis un autre car est arrivé, nous barrant la vue, et quand il est reparti, elle avait disparu et lui était en train de défroisser sa chemise. Il était très embarrassé, mais il essayait d'agir comme si de rien n'était. Quand on est remontés dans le car, je suis passée à côté de lui et je lui ai demandé si tout allait bien. Il m'a regardée comme si je débarquais de Mars, puis il a hoché la tête, mais je te jure, ce regard… Ça m'a transpercée comme une lame. Et c'est là, à ce moment-là, que tout a changé. Je l'ai vu, il m'a vue, et pour une raison qui m'échappe, il a décidé de me prendre pour cible.

— Il était là pendant le voyage à Séville, confia Jenna, sachant immédiatement qu'elle n'aurait pas dû dire cela.

— Tom Fitzwilliam ?

— Oui. Le prof d'espagnol n'a pas pu venir parce que sa femme a accouché. C'est lui qui est venu à sa place.

Sa mère leva le regard vers elle.

— Il était dans le même hôtel que toi ?

— Oui.

— Toute la semaine ? demanda-t-elle en posant une main sur son cœur, l'air bouleversé.

— Oui, oui.

— Oh non ! s'exclama-t-elle en fixant désormais le sol, comme si elle allait y trouver une réponse. Tu vas bien ?

— Mais oui, maman, bien sûr. C'est un homme comme les autres.

— Est-ce qu'il a parlé de moi ? De nous ? Du lac ?

— Non, pas du tout ! Mais tu avais raison, c'est bien l'homme qu'on a vu pendant ces vacances. Il était là et il s'est passé quelque chose de bizarre. On ne sait pas ce que c'est, ça n'avait rien à voir avec nous, et maintenant il vit dans le quartier, mais c'est tout. C'est juste une coïncidence.

— Non, rétorqua sa mère en secouant la tête. Ce n'est *pas* une coïncidence. Je ne sais pas pourquoi tu t'obstines à nier l'évidence, mais ça m'inquiète, Jenna. Promets-moi que tu garderas tes distances, s'il te plaît.

Jenna soupira et se leva.

— Faut que je défasse ma valise.

— Ne t'approche pas de lui ! lui cria sa mère alors qu'elle refermait la porte de sa chambre. Sinon je te change de collège.

Chapitre 26

Ils mangeaient une pizza devant la télé. Son père avait repris sa place habituelle à côté de sa mère sur le canapé, et Freddie était relégué au fauteuil, comme d'habitude. De temps en temps, sa mère tournait discrètement sa tête vers son père, comme pour vérifier qu'il n'avait pas disparu.

Il régnait une tension palpable dans la pièce, comme si chacun cachait un secret qui ne demandait qu'à être exposé au grand jour. Freddie lança un regard à son père. Quand allait-il lui poser la question ? Quand allait-il le prendre à l'écart pour l'informer tranquillement qu'il s'était introduit dans son ordinateur, qu'il avait trouvé les photos, qu'il savait pertinemment ce qu'il avait fait ? Quand allait-il lui annoncer qu'il méritait d'être sanctionné ?

— Tu as passé une bonne semaine ? lui demanda son père d'un ton lourd de sous-entendus.

Freddie entendit : « Ta semaine a-t-elle été affectée par mon intrusion dans ton ordinateur et ma découverte de tes centaines de photos de collégiennes ? »

Mais son père lui posait peut-être la question innocemment.

— Bof, la routine habituelle. Et l'Espagne ?

—Je te remercie pour cette question, répondit son père avec ironie, haussant un sourcil. C'était magnifique ! Les élèves étaient super, les encadrants aussi, on a appris plein de choses tout en s'amusant. Je crois pouvoir dire sans exagérer que c'était un voyage inoubliable.

—Et le bébé ? intervint sa mère.

—Le bé… ? Ah oui, le bébé ! Apparemment tout va très bien. Toujours en soins intensifs, mais ses jours ne sont plus en danger.

—C'est un garçon ou une fille ?

—Une fille, je crois. Mais ne me demande pas son nom ou son poids, je n'en ai pas la moindre idée !

Son père sourit et tapota le genou de sa mère. Le geste n'était pas tout à fait naturel. Freddie avait l'impression que ses parents ne croyaient pas vraiment en l'existence de ce bébé prématuré. L'atmosphère déjà tendue se chargea de particules d'une nouvelle substance, une sorte de malaise fébrile.

Depuis qu'ils étaient arrivés à Melville un an auparavant, les choses étaient revenues à la normale. Il n'y avait pas eu de week-end passé dans le silence, ni de bruits suspects provenant de la chambre de ses parents. Freddie n'avait plus peur que quelque chose de terrible se passe entre eux, mettant son existence en péril, sans qu'il ne puisse rien y faire. Melville avait été une très bonne idée. Tout se passait à merveille ici.

Après le dîner, il remonta dans sa chambre. Il regarda les photos de Romola, remarqua sur son visage et son corps plusieurs détails encore inconnus et les rangea dans un tiroir de son esprit comme dans une boîte à souvenirs. La mèche la plus proche de son visage était deux tons plus clairs que le reste de sa chevelure. Il aimait bien ses grands pieds, jugeant que cette imperfection la rendait accessible et attachante. Les boucles d'oreilles dépareillées, un clou en or à gauche, un diamant à droite. Une tache de vernis noir sur un ongle rongé. Des mots griffonnés au dos de sa main, qu'il ne pouvait pas lire même en zoomant au maximum.

Dans la photo où elle se baissait pour saluer son petit chien dans l'entrée, Freddie s'attarda sur ses doigts placés sous la gueule du chien, sur son nez si proche du museau, pour immortaliser la tendresse de ce moment. Il observa également le fond, essayant de deviner à quoi ressemblait sa maison, son mode de vie, et quel type de personne elle était.

Puis, avant qu'il n'ait le temps de se rendre compte de ce qu'il était en train de faire, il ouvrit son navigateur, alla sur le site de Forever 21 et acheta la jupe en daim cannelle.

INTERROGATOIRE ENREGISTRÉ

Date : 25/03/2017
Lieu : Commissariat de police de Trinity Road, Bristol, BS2 0NM
Agent : Officiers de la police du Somerset et de l'Avon

POLICE : Madame Mullen, reprenons. Nous avons discuté avec votre employeur, Mme Dawn Pettifer.
JM : Oui ?
POLICE : Elle s'est rendue au commissariat d'elle-même ce matin pour nous faire part d'une discussion récente entre vous. Vous lui auriez dit que votre obsession pour Tom Fitzwilliam vous rendait « folle », pour reprendre ses termes. Confirmez-vous ces paroles ?
JM : Non, pas du tout, je n'ai jamais dit ça.
POLICE : Mme Pettifer nous a donc menti ?
JM : Non, pas vraiment. J'ai dû lui dire que je l'aimais bien. Que je pensais beaucoup à lui. Mais je n'aurais jamais dit que ça me rendait folle.

POLICE : Elle prétend que vous étiez nerveuse quand vous avez quitté votre lieu de travail hier soir.
JM : Oui, elle a raison. J'étais sur le point de retrouver un homme marié dans une chambre d'hôtel. J'étais très nerveuse.
POLICE : D'accord, très bien. Nous voulions aussi vous parler de cet objet. Dans le cadre de cet enregistrement, je dois préciser qu'il s'agit de la pièce à conviction 4501. Un pompon rouge en daim. Le reconnaissez-vous, madame Mullen ?
JM : Oui, je crois bien. On dirait l'un des pompons de mes bottines. Et j'en ai perdu un récemment.
POLICE : Vous l'avez perdu ? Quand exactement ?
JM : Euh... je ne sais pas. Il était là, puis je me suis rendu compte qu'il était tombé. Je ne sais pas quand c'est arrivé.
POLICE : Madame Mullen, ce pompon a été retrouvé sur la scène du crime, juste à côté de la victime. Pouvez-vous nous expliquer ce qu'il faisait là ?
JM : Non, pas du tout. Enfin, ça ne peut pas être mon pompon, du coup. Je n'étais pas sur la scène de crime. Ça doit venir d'autres chaussures.
POLICE : Nous avons fouillé la maison de la victime très méthodiquement pour trouver un élément auquel ce pompon aurait pu être attaché, mais nous n'avons rien trouvé. Je vous repose la question, madame Mullen. Pouvez-vous nous expliquer ce que ce pompon faisait dans une flaque de sang au beau milieu de cette scène de crime particulièrement violent ?
JM : Non, je n'en sais rien ! C'est... c'est de la folie ! Quelqu'un a dû le mettre là...

POLICE : Vraiment ? Et qui, à votre avis ?

JM : Je n’en sais rien. Je ne sais pas qui pourrait faire ça. Mais ce n’est pas moi.

Deuxième partie

Chapitre 27

7 mars

JOSEPHINE S'ÉTAIT CRUE EN SÉCURITÉ AU VILLAGE, AU beau milieu de l'après-midi. Tom Fitzwilliam aurait dû être au travail. Et pourtant, il était là, avançant à grands pas vers elle, en costume noir, avec ses chaussures en cuir et son sac en bandoulière. Si elle s'éclipsait en vitesse, il ne la verrait pas. Mais elle était incapable de faire le moindre mouvement. Elle sentit le sang affluer brusquement vers son cou, son visage. Elle était à bout de souffle, à tel point qu'elle en eut le vertige.

Elle se tenait devant le pressing. Elle aurait pu y trouver refuge. Mais elle n'avait rien à y déposer, rien à y récupérer, le magasin était vide, et l'employé se tenait derrière la caisse, affichant un air d'ennui profond. Le temps de passer en revue ses options, il était trop tard. Tom l'avait vue.

Son expression passa de l'insouciance à l'inquiétude en une fraction de seconde. Elle essaya de se donner une contenance qui rendrait la situation moins embarrassante, en vain. Puis quelque chose d'incroyable se produisit. Tom Fitzwilliam lui sourit.

— Josephine ! s'écria-t-il. Comment vas-tu ?

Son intonation suggérait qu'il se souciait vraiment de sa personne, comme s'il éprouvait de l'inquiétude ou une certaine empathie envers elle.

Comment vas-tu, toi, depuis la dernière fois où tu m'as mis la main au paquet en sortant du pub et que j'ai dû te ramener chez toi en taxi tellement tu étais saoule ?

— Oh, salut, répondit-elle avec un air faussement désinvolte. Ça va bien, merci, tout va bien, je vais bien, et je... je suis tellement désolée !

Il leva une main pour l'arrêter avant même qu'elle ait fini de parler.

— Ne t'en fais pas. Ça peut arriver à tout le monde.

— Pas à toi, j'imagine.

— À tout le monde, répéta-t-il avec un sourire compréhensif.

— Quoi qu'il en soit, merci infiniment de m'avoir raccompagnée. J'aurais dû te remercier plus tôt, mais j'avais honte. J'ai même pensé quitter le pays.

Sa remarque le fit rire.

— Oh non, ça aurait été une très mauvaise idée ! Tu viens à peine de rentrer.

Il se souvenait donc de leur conversation. Elle lui rendit son sourire.

— Et si je ne m'abuse, il semblerait que tu sois condamnée à rester dans ce pays au moins deux semaines de plus, étant donné que ton mari s'apprête à repeindre ma maison.

— C'est vrai ! Il commence la semaine prochaine, je crois.

— C'est ce qu'on m'a dit. C'est une idée de ma femme.

— Mais c'est ta maison ? le moqua-t-elle après sa remarque condescendante envers sa femme.

Il lui lança un regard entendu.

— Oui, ma maison. Enfin, je suis locataire. Ma vraie maison est dans le Kent. Malheureusement, on n'y vit plus.

— À cause de ta carrière ?

— Oui.

La conversation s'interrompit un instant, et Josephine baissa les yeux, attendant qu'il lui annonce qu'il devait reprendre son chemin, qu'il était pressé, qu'il *devait filer*.

— J'ai vraiment passé une bonne soirée avec toi l'autre soir. Je n'ai pas souvent l'occasion d'apprendre à connaître mes voisins. On devrait refaire ça, un de ces quatre. Peut-être que vous pourriez venir dîner à la maison avec ton mari ? Et aussi ton frère et sa femme ?

— Quelle bonne idée ! s'entendit-elle dire avec un peu trop d'enthousiasme. On pourrait faire ça quand Alfie aura fini le chantier ?

— Parfait ! s'exclama-t-il, l'air ravi. Oui, ce sera comme une petite pendaison de crémaillère. Je vais demander à Nicola ce qu'elle en pense. Elle ne cuisine pas très bien, mais…

Elle lui lança un regard désapprobateur.

— Mais toi, tu sais cuisiner, n'est-ce pas ?

Il grimaça, pris en flagrant délit une fois de plus.

— Non, je suis un piètre cuisinier, moi aussi. Désolé, je ne suis pas très malin… Je suis un pur produit des années 1970 ! Je m'émerveille toujours devant les radios-réveils. Une petite mise à jour ne serait pas du luxe.

— J'imagine qu'on se recroisera bientôt, dit-elle dans un sourire.

— Oui, ça me ferait plaisir.

— Et encore une fois, je suis vraiment désolée pour ce qui s'est passé l'autre soir au pub.

Il mit ses mains dans ses poches de pantalon et se balança légèrement d'avant en arrière. Il la toisa un instant avec empathie.

— Ne t'excuse pas. Je suis sincèrement flatté. Tu ne peux pas savoir comme…

Il s'interrompit, un sourire amer aux lèvres, avant d'ajouter :

— … Enfin, tu n'as rien à te reprocher. À bientôt, j'espère.

— À bientôt.

Elle resta immobile un moment après son départ. Sa boule au ventre s'était dissoute et transformée en une sensation de chaleur et de clarté. Tom Fitzwilliam était flatté qu'elle l'ait presque agressé sexuellement. Il avait apprécié le temps qu'ils avaient passé ensemble. Il avait de l'affection pour elle et voulait apprendre à la connaître. Elle se retourna et son regard croisa celui de l'employé du pressing, pris en flagrant délit d'indiscrétion.

Elle lui fit un signe de main et doucement, l'air ahuri mais ravi, il lui répondit.

Chapitre 28

8 mars

Jenna était en train de déjeuner quand elle vit Mlle Farooqi traverser la classe jusqu'à elle.

—Jenna, quand tu auras fini, M. Fitzwilliam voudrait te voir dans son bureau.

Un silence complet s'installa dans la classe le temps que la secrétaire referme la porte derrière elle, puis éclata en une cacophonie de bruits d'animaux. Bess lui lança un regard teinté d'appréhension et d'admiration.

—Oh là là, murmura-t-elle.

Jenna termina sa barre de chocolat Weight Watchers, jeta l'emballage et ceux de son repas dans la poubelle et marcha lentement jusqu'aux bureaux où travaillaient M. Fitzwilliam, ses deux adjoints et leur secrétaire.

L'air avait une autre odeur ici, loin des effluves de viande en sauce de la cantine et des émanations âcres des vêtements de sport sales. Ici, il flottait un parfum de fleurs fraîches et de livres neufs. Elle passa la tête dans le bureau de Mlle Farooqi, qui s'apprêtait à retirer le film plastique d'une salade toute faite.

— Tu peux y aller, lui indiqua-t-elle en retirant une fourchette en plastique de l'emballage. Il t'attend.

Jenna acquiesça et tourna au bout du couloir pour atteindre la porte du dernier bureau. C'était l'antre de M. Fitzwilliam. Son bureau était deux fois plus grand que les autres, et il y avait une immense baie vitrée sur le mur du fond, donnant directement sur l'entrée principale et le parking. M. Fitzwilliam n'était pas assis à son bureau au centre de la pièce, mais à une petite table sur la gauche, autour de laquelle étaient disposés quatre sièges confortables d'un rouge sombre. Un pull lavande en laine d'agneau était posé sur le dossier de sa chaise et les cheveux du proviseur étaient en désordre, pleins d'électricité statique, comme s'il venait de le retirer.

— Jenna ! l'accueillit-il chaleureusement. Je suis désolé de te recevoir pendant la pause déjeuner. Il n'y en a pas pour longtemps, ne t'inquiète pas. Viens, assieds-toi, l'invita-t-il en désignant l'une des chaises.

Elle s'installa.

— Comment vas-tu aujourd'hui ? lui demanda-t-il d'une voix un peu infantilisante, comme s'il ne s'intéressait pas vraiment à la réponse.

— Bien.

Elle s'éclaircit la gorge.

— Aucune raison d'être nerveuse, poursuivit-il en se penchant légèrement vers elle et en la fixant droit dans les yeux. C'est simplement que... Il y a quelque chose qui me trotte dans la tête. Je voulais t'en parler, avant qu'il ne se passe quoi que ce soit.

Le cœur de Jenna se mit à battre de plus en plus fort.

— Tu vis dans le village, non ? À côté de l'hôtel ?

Elle hocha la tête.

— Avec ta mère ?

Elle réitéra son hochement de tête.

M. Fitzwilliam soupira, les mains jointes. Il baissa les yeux puis les releva soudain sur Jenna, qui en eut la chair de poule. Elle y décela un éclat glacial et vif, comme des rayons de soleil se reflétant sur une surface gelée. Elle remarqua une nouvelle fois le bracelet jaune et rouge de sa montre.

— Et ton frère vit avec ton père sur la côte ?

— Oui, répondit-elle en essayant de soutenir son regard.

Mais elle était si gênée que ses yeux étaient comme aimantés vers le sol. Elle regarda fixement les ongles de ses mains posées sur ses genoux, observant le vernis saumon qu'elle y avait mis deux jours plus tôt.

Elle entendit M. Fitzwilliam prendre une profonde inspiration avant de se lancer.

— Ma femme a l'air de penser que ta mère nous espionne.

Elle lui jeta un regard rapide et découvrit un sourire sur son visage.

— Ah, d'accord.

— Il n'est pas exclu que ma femme se fasse des idées. Elle n'est pas toujours très raisonnable. Mais en général, elle ne ment pas. Alors j'ai pensé, et ce n'était peut-être pas une bonne idée, que je pourrais te demander si tu savais quoi que ce soit à ce sujet.

— Qu'est-ce qu'elle a dit, votre femme ?

— Eh bien, d'après elle…

Il s'interrompit, sentant l'énormité de ce qu'il s'apprêtait à exprimer.

— Elle aurait vu ta mère devant notre maison, prenant des photos. Elle dit que ta mère la suit souvent quand elle se rend au village. Qu'une fois, elle l'a poursuivie quand elle faisait son jogging. Tout ça est un peu… bizarre.

Jenna rentra ses mains dans les manches de son pull, puis les sortit. Elle ne savait pas comment réagir.

— Est-ce que tout se passe bien chez toi, Jenna ? Est-ce que tu vis dans des conditions qui te permettent d'étudier sereinement ?

Elle hocha la tête. Elle ne voulait pas retourner vivre chez son père. Elle ne voulait pas changer de collège. Elle voulait rester à Melville jusqu'à ses examens. Il ne lui restait que trois mois. Il fallait que les choses restent stables jusque-là.

— C'est parce qu'elle a l'impression de vous connaître. C'est tout, commença-t-elle. Je suis sûre qu'elle n'a pas fait exprès de suivre votre femme. Elle essaie juste de s'assurer que vous êtes bien la personne qu'elle croit avoir déjà croisée.

Les cris hystériques d'adolescentes leur parvinrent du fond de la cour, comme des cris de sorcières. M. Fitzwilliam plissa les yeux et se redressa dans sa chaise, jouant avec sa cravate.

— Je vois. C'est possible. Et tu sais quand elle pense nous avoir déjà vus ?

— Pendant des vacances.

— Des vacances où ?

Elle haussa les épaules.

— Je ne sais pas trop. C'était il y a longtemps.

— Ça lui arrive souvent d'avoir des impressions de déjà-vu ?

— Non, pas vraiment.

— Parce qu'il se trouve, et c'est tout à fait intéressant, poursuivit-il en s'affaissant un peu, si bien que son visage n'était plus très éloigné du sien, que le fait de penser reconnaître des gens peut être le signe d'un trouble mental. D'un trouble schizophrénique, par exemple.

Jenna acquiesça. Elle était si proche qu'elle sentait son haleine à présent, sucrée et maltée.

— Je ne pense pas qu'elle ait ça.

Il se redressa et sourit. Jenna inspira profondément.

— Non, bien sûr que non. Mais peut-être autre chose ? Parce que la majorité des gens qui pensent reconnaître quelqu'un rencontré lors de vacances lui dirait bonjour, je pense. Plutôt que de le suivre, ajouta-t-il avec un ricanement nerveux.

— Je ne sais pas quoi vous dire.

— Eh bien, tu pourrais peut-être en toucher un mot à ta mère ? Lui suggérer de venir nous parler, la prochaine fois qu'elle nous voit. Dire bonjour. On pourra peut-être retrouver à quelle occasion on s'est croisés. Non ?

Il lui souriait chaleureusement. Son regard perçant s'était adouci.

— D'accord, répondit Jenna en hochant la tête avec vigueur, sentant la fin de la conversation approcher.

— Bien. Et n'oublie pas que tu as des amis, ici. Moi et les autres adultes, mais aussi tes camarades. Bess, par exemple. Des gens qui tiennent beaucoup à toi. Tu sais que tu peux te confier à eux, hein ?

— Oui, dit-elle en commençant à se lever de sa chaise.

Elle sentit la main de M. Fitzwilliam se poser sur sa manche, et elle eut l'impression qu'un liquide gelé se déversait en elle. Glacial mais brûlant. Elle retira aussitôt son bras et effleura l'endroit où elle avait eu l'impression de recevoir une décharge électrique.

— Merci. Au revoir.

— Au revoir, Jenna. N'hésite pas à venir me voir.

* * *

Bess la rattrapa à la fin des cours. Jenna pensa à l'ignorer, mais cela n'aurait servi à rien. Bess n'aurait même pas compris qu'elle essayait de la snober.

— Alors ? lui demanda-t-elle quand elle arriva à sa hauteur, au niveau de la porte d'entrée. Qu'est-ce qu'il te voulait ? Balance !

— Rien, rien du tout.

— Impossible. Personne ne se fait appeler sans raison dans le bureau du proviseur. Alors ?

— Pfff… capitula Jenna. Sa femme lui a dit que ma mère la suivait. Il me demandait si je savais quelque chose, c'est tout.

— Oh…

Bess souffla et s'arrêta un instant avant de revenir à sa hauteur.

— Tu lui as dit, c'est ça ? demanda froidement Jenna en regardant son amie. Il sait quelque chose. Tu lui as dit, pour ma mère.

— Non ! Je te jure. J'ai rien dit ! Il… il m'a juste demandé à quoi elle ressemblait, c'est tout.

— Quand vous étiez en grande discussion sur le palier au milieu de la nuit ?

Bess hocha la tête, inquiète.

— C'était pas du tout ce que tu crois. Il m'a juste dit : « Elle ressemble à quoi, la mère de Jenna ? » Je lui ai répondu et voilà.

— Et tu t'es pas demandé pourquoi il posait cette question ? Ça sortait pas de nulle part. Il y avait forcément un contexte. Il a dû demander d'autres choses, non ?

— Il m'a demandé si elle allait bien. Si tu allais bien. J'ai dit…

Jenna inspira un grand coup.

— J'ai dit que ta mère avait des problèmes mais que c'était pas à moi d'en parler et qu'il valait mieux qu'il te pose directement la question. Voilà, conclut-elle en relevant le menton d'un air convaincu.

— Putain, Bess !

— Quoi ? C'est rien ! J'ai rien dit, j'te jure !

— Si, je t'assure, t'en as dit trois fois trop. Assez pour qu'il vienne me faire chier. Assez pour que d'autres gens s'en mêlent. Et maintenant ça va être la merde !

— Mais c'est *déjà* la merde ! Je vois pas comment ça pourrait être pire. Tu sais que tout le monde parle d'elle ? Ma mère m'a dit que quand on était à Séville elle a passé son temps dans le village, à parler aux gens, à se comporter comme une folle. Peut-être que c'est une bonne chose que M. Fitzwilliam veuille t'aider. Peut-être que tu devrais l'écouter.

Chapitre 29

La jupe en daim cannelle avait été livrée le lundi suivant.

— Qu'est-ce que c'est, mon poussin ? lui avait demandé sa mère en lui tendant le paquet. Forever 21. C'est un magasin de filles, ça, non ?

— C'est rien, répliqua-t-il en le lui prenant des mains, c'est pour un costume. Un projet pour l'école.

— J'aurais pu le commander pour toi. Tu ne devrais pas payer avec ton argent de poche si c'est pour l'école.

— Je sais, mais t'étais pas là et il fallait que je le commande vite.

Elle attrapa son sac à main.

— D'accord, dit-elle en sortant un billet de 20 livres. Ça coûtait combien ?

Il ne voulait pas qu'elle paye pour cette jupe. Il voulait que ce cadeau vienne de lui.

— Pas grand-chose. Quatre livres, ou quelque chose comme ça. Laisse tomber.

— Non, non, insista-t-elle en ouvrant son porte-monnaie.

Elle lui tendit deux pièces de 2 livres.

— Merci maman.

Une fois dans sa chambre, il avait ouvert le paquet. La jupe ne payait pas de mine dans l'emballage plastique, mais une fois qu'il l'en avait sortie et qu'il l'avait emballée lui-même dans un papier argenté trouvé dans le sac des fournitures de Noël sous l'escalier, c'était beaucoup mieux.

Il l'apporta à l'école le mercredi dans son sac à dos, rangée dans une grande enveloppe en kraft. Il y avait glissé un petit mot où était écrit: « De la part d'un admirateur ». Dès qu'il plongeait la main dans son sac pour en sortir quelque chose, il en sentait les contours et avait l'impression qu'on lui murmurait un secret à l'oreille. Il sortit de classe aussi vite que possible à 16 heures, courut dans les couloirs et passa la porte d'entrée d'une démarche convaincue. Il s'empressa de marcher vers la ville, jetant régulièrement des regards en arrière pour vérifier qu'aucun blazer bleu roi ne le suivait. Quand il arriva devant la maison de Romola, il était à bout de souffle et en sueur. Il entendit l'aboiement strident du chihuahua en s'approchant du portail. Il glissa l'enveloppe sans hésiter dans la boîte aux lettres, sans vérifier s'il y avait déjà quelqu'un chez elle.

Il la croisa quelques minutes plus tard en rebroussant chemin. Ses cheveux étaient séparés en deux tresses disposées sur sa tête comme une couronne. Il la vit jeter un coup d'œil au badge sur son blazer avant de baisser à nouveau le regard vers ses grands pieds. Elle ne le regarda pas, ne le remarqua pas. Elle le dépassa, laissant dans son sillage une étrange mélancolie et une beauté déchirante. Freddie sentit la tête lui tourner et, pendant un moment, il ne savait plus comment aligner un pas devant l'autre. Après quelques mètres, il s'arrêta et se retourna. Il observa Romola de dos, sa démarche singulière, ses tresses, et vit sa splendeur s'évanouir au loin.

* * *

Le lendemain matin, il surprit une conversation entre ses parents. Ils étaient dans la cuisine. Derrière la porte, Freddie pouvait distinguer le bruit des tiroirs, le cliquetis des couverts, les assiettes qu'on empilait à la sortie du lave-vaisselle, la faible rumeur du flash info de la BBC en fond sonore.

— Je lui ai parlé hier. À la fille.

— Ah, très bien.

— Je lui ai raconté ce que tu m'as dit.

Le bruit de la vaisselle s'arrêta aussitôt.

— Et ?

— Selon elle, sa mère a l'impression de nous connaître. Elle nous aurait aperçus pendant des vacances, il y a quelques années.

Freddie entendit claquer la porte d'un placard.

— Ce qui est vrai ?

Un silence.

— Je n'en sais pas plus. Elle est restée vague. Elle ne savait même pas de quelles vacances il s'agissait.

— De toute façon, il n'y a pas beaucoup de possibilités. Ces dernières années, on n'est pas vraiment partis en vacances. À part cette fois dans le Lake District, et quelques jours chez ta mère… Moi, je ne crois pas avoir déjà vu cette femme.

Freddie retint son souffle. Il détestait se souvenir de ce séjour au Lake District. Ça avait été le pire moment de sa vie. Son père avait horreur de partir en vacances. Il leur avait bien fait comprendre dès le début qu'il était là contre son gré ; il leur en voulait de lui avoir forcé la main. Toute la semaine, il avait été d'une humeur massacrante. Sa mère s'était montrée encore plus prévenante que d'habitude pour le ménager, prenant garde de ne jamais le vexer. Il avait fait une chaleur étouffante.

Les fenêtres de la chambre dans laquelle ils logeaient ne s'ouvraient pas, Freddie dormait sur un lit d'appoint posé au pied du lit de ses parents, comme un bébé alors qu'il avait neuf ans. Sa mère lui ordonnait de se taire dès qu'il ouvrait la bouche pour se plaindre. Puis il y avait eu ce jour où ils avaient fait l'excursion en car. Et cette femme qui avait frappé son père. De toutes ses forces, comme une furie. Son visage déformé par la colère, les postillons qui fusaient de sa bouche quand elle criait. Freddie n'avait jamais vu quelqu'un dans cet état-là. Un état second.

Elle avait crié des insultes qui n'auraient sans doute pas beaucoup ému Freddie aujourd'hui, mais à l'époque, il avait été profondément choqué par les mots que la femme avait employés.

« *Comment est-ce que tu peux vivre après ce que tu as fait ?! Comment ?* »

Son père avait brutalement empoigné la femme par le bras, et l'avait déplacée de l'autre côté de la rue comme si elle était un sac de gravats. Freddie les avait observés gesticuler l'un et l'autre, leurs mots couverts par le bruit de la circulation. Trente secondes plus tard, son père avait traversé la rue vers eux, l'air furieux, et leur avait ordonné de remonter rapidement dans le bus.

« *Monte !* avait-il sifflé à l'oreille de Freddie, tenant fermement son bras. *Tu montes, maintenant !* »

À l'intérieur, tout le monde avait assisté à la scène, tout le monde les regardait, et Freddie avait senti son visage rougir de honte.

Une fois assis, Freddie s'était collé à la vitre pour regarder l'endroit où son père s'était tenu avec la femme. Elle était toujours là, mais une autre femme la prenait dans ses bras, une femme plus jeune qui lui ressemblait beaucoup. La jeune s'était tournée vers le car et avait croisé le regard de Freddie. Ce qu'il avait lu dans ses yeux ressemblait à de la haine à l'état pur. Il s'était écarté de la fenêtre et avait enfoui son visage dans le cou de sa mère.

Quand il avait regardé à nouveau, les deux femmes avaient disparu.

Ses parents ne s'étaient pas attardés sur cet événement.

« *Une tarée*, lui avaient-ils dit. *Elle a confondu papa avec quelqu'un d'autre. C'était une erreur. N'y pense plus. Il y a des gens vraiment bizarres, tu sais.* »

La suite des vacances avait été encore pire. Sa mère avait cessé de se montrer serviable pour devenir irritable et mutique. Ses parents n'avaient quasiment pas échangé un mot jusqu'à leur retour à la maison. Tout ce dont ils parlaient, c'était la direction à prendre. Les choses étaient revenues à la normale seulement une ou deux semaines plus tard.

— Enfin, je lui ai dit qu'on était là pour elle si elle avait besoin de se confier à quelqu'un. Sa mère a sûrement des problèmes psychologiques. Penser reconnaître quelqu'un, soit. Mais se tapir dans les buissons pour prendre des photos…

Freddie comprit enfin. Mais bien sûr, ils parlaient de la femme étrange du village. Celle qui le regardait la regarder. Celle à qui il avait fait un doigt d'honneur. La mère de Jenna Tripp. Était-il possible qu'elle et sa fille aient croisé les Fitzwilliam en vacances ? Séjournaient-elles dans le même gîte qu'eux ? Étaient-elles là ce jour-là ? Savaient-elles la vérité ?

Une silhouette floue se dessina derrière leur porte d'entrée, puis la sonnette retentit poliment. Freddie alla ouvrir. C'était lui, le grand type couvert de tatouages, le mari de Josephine. Il portait une tenue de chantier couverte de taches de peinture et de grosses bottes marron. Il baissa les yeux vers Freddie.

— Salut bonhomme, commença-t-il avant d'essuyer ses chaussures une bonne dizaine de fois sur le paillasson. Comment ça va ?

— Ça va, répondit-il en fermant la porte derrière le peintre.

— Super. Ta mère est dans le coin ?

Freddie fit un geste en direction de la cuisine.

Il regarda le grand type se mouvoir dans le couloir, frapper doucement à la porte, puis l'ouvrir.

— Bonjour madame Fitzwilliam. Monsieur Fitzwilliam.

— Alfie, je vous en prie. Je vous ai déjà dit de m'appeler Nicola. Une tasse de thé ?

La porte se referma derrière lui et Freddie resta seul. Il s'agrippa à la rampe d'escalier. Des pensées déconcertantes tourbillonnaient dans sa tête. Des événements apparemment sans lien les uns avec les autres entraient en collision. L'étrange femme du village et la femme en colère du lac. Chaperon Rouge et son père. Son père et ses photos. Ses photos et Romola. Sa mère et le grand type dans la cuisine qui allait repeindre leurs murs sans aucune raison, puisque de toute façon ils ne tarderaient sans doute pas à déménager. Ça s'était toujours passé comme ça. Dès que Freddie commençait à s'attacher à un endroit, son père lui annonçait qu'il était temps de mettre les voiles.

Il posa son front contre le bois froid de la rampe et envoya un grand coup de pied dans la première marche. Il avait envie de… Il ne savait pas de quoi il avait envie. Son cerveau performant ne lui était pas d'une grande aide à ce moment-là. Son QI de génie ne pouvait rien pour le guider dans ce labyrinthe d'étrangeté. Tout ce dont il avait envie, c'était de toucher les cheveux de Romola. C'était tout. Caresser ses cheveux et la faire sourire.

Chapitre 30

9 mars

Le lendemain matin, Jenna aperçut M. Fitzwilliam à son poste habituel, devant la grille d'entrée, accueillant les élèves en les appelant par leur nom, leur lançant des salutations affables comme on récompense un chien. Et elle remarqua les réactions enthousiastes des élèves, qui s'en délectaient. Elle comprenait pourquoi il était si reconnu dans son métier. Il savait parfaitement ce qu'il faisait et avait un flair imparable pour déterminer ce dont un collégien avait besoin, quand il devait le réprimander et quand il fallait le caresser dans le sens du poil. Les élèves étaient sensibles à son charisme et à son autorité naturelle.

Et alors ?

Ce n'était pas une raison suffisante pour qu'elle se mette à l'apprécier.

Il n'aurait pas dû lui toucher le bras comme ça dans son bureau. Ce n'était pas professionnel. Et discuter avec une fille de quinze ans dans un hôtel en pleine nuit, ça ne l'était pas non plus. Il n'aurait pas dû l'interpeller ainsi au sujet de sa mère. Il y avait sûrement une autre façon de procéder, un protocole auquel il aurait dû se référer.

Elle distinguait le marcel blanc qu'il portait sous sa fine chemise bleue. L'idée qu'il puisse porter un marcel la répugnait.

Elle passa devant lui le visage pincé, avec une démarche raide et forcée.

— Bonjour mademoiselle Tripp.

— Bonjour monsieur, répondit-elle sans le regarder.

Elle pouvait sentir qu'il lui souriait. Elle savait qu'il la regardait avec un éclat dans le regard, les mains dans ses poches de pantalon, ce qui accentuait la courbe de ses hanches. N'était-ce d'ailleurs pas un peu déplacé de l'appeler ainsi ?

Elle passa les grilles et marcha jusqu'à son casier. Bess était déjà là. Elle ne l'avait pas attendue pour aller au collège ce matin. Jenna l'avait vue marcher loin devant elle, sur la route qui sortait du village. Elle lui avait écrit : « Attends-moi connasse », mais n'avait pas envoyé le message. Puis elle l'avait vue se dépêcher pour rattraper Lottie et Tiana avec un pincement au cœur.

— Désolée de pas t'avoir attendue. Je me sentais pas trop bien après hier, expliqua-t-elle en se rongeant un ongle.

Jenna mourait d'envie de lui dire « Moi non plus » et de faire la paix. Mais elle s'en sentait incapable. Ces mots étaient enfouis trop profondément, sous des tonnes d'autres sentiments, et elle ne pouvait pas les atteindre.

— Pas de problème, se contenta-t-elle de répondre.

Elle ouvrit son casier et y rangea son manteau bien plié. Elle voulait que Bess dise quelque chose, mais elle ne le fit pas. Elle ferma son casier, prit ses livres et s'en alla. Jenna la regarda s'éloigner, des sanglots coincés dans la gorge.

* * *

Bess ne déjeuna pas dans la salle de classe et n'attendit pas Jenna à la fin des cours pour faire avec elle le trajet du retour. Elle rentra seule, écoutant sa playlist Sam Smith sur son téléphone. En passant devant *Caffè Nero* dans la rue principale, elle y aperçut Bess, riant à gorge déployée avec Tiana, Lottie et Ruby. Jenna monta le volume de sa musique et pressa le pas.

En approchant de chez elle, elle sentit une présence dans son dos. Quelqu'un la suivait. Elle se retourna et vit un garçon qui portait le blazer noir du collège privé situé de l'autre côté du village. Elle avait l'impression de l'avoir déjà vu quelque part. Quand leurs regards se croisèrent, il accéléra et la rattrapa.

— C'est toi, Jenna Tripp ?

Il avait une allure étrange. Il faisait à peu près sa taille, le teint blême, des cheveux très raides et trop longs qui retombaient autour de son visage et un air prétentieux, vaguement méchant.

Elle se rendit compte que c'était le fils de M. Fitzwilliam. Elle retira ses écouteurs et hocha la tête.

— Freddie Fitzwilliam, se présenta-t-il en lui tendant la main. Mon père est le proviseur de ton collège.

Elle le scruta, interloquée, ne sachant pas quoi répondre.

— Je vis là-haut, continua-t-il en désignant les façades colorées de Melville Heights au loin. Pas loin de chez toi.

Il fit une pause et prit une grande inspiration.

— Je peux te demander quelque chose ?

— Je sais pas. Ça dépend.

— C'est à propos du lac.

Elle s'arrêta net et se tourna vers lui.

— Quoi ?

— Est-ce que c'est là que ta mère a aperçu mon père la première fois ?

— Pardon ?

— J'ai entendu ma mère dire que, si ta mère la suit, c'est parce qu'elle se rappelle l'avoir vue pendant des vacances. Et on est partis en vacances qu'une seule fois, du côté de Lake District. Alors, est-ce que c'était là ? Vous y étiez aussi ?

— J'en sais rien, répondit-elle en haussant les épaules. Je me souviens pas. Qu'est-ce que ça peut faire, de toute façon ?

Le garçon fixait avec intensité l'épaule de Jenna en se balançant d'un pied sur l'autre. Il plaqua sa main délicate contre sa joue et fit un bruit étrange, comme s'il avait envie de dire quelque chose, mais à la place il leva les yeux de son épaule vers son visage.

— Rien du tout, en fait. Oublie ce que je t'ai dit. Et n'en parle pas à mon père.

Elle secoua doucement la tête.

— Tu le jures ?

— Ouais, si ça peut te faire plaisir, dit-elle en haussant les épaules.

Elle voulait que ce garçon disparaisse, que cette discussion prenne fin.

Il baissa à nouveau les yeux vers son épaule et se remit en marche comme s'il essayait de mettre le plus de distance possible entre eux. Elle ne bougea pas et le suivit du regard jusqu'à ce que sa silhouette disparaisse au loin, puis elle rentra chez elle.

* * *

Sa mère était assise devant l'ordinateur quand elle rentra. Elle était sur l'un de ses forums, là où elle trouvait des gens pour justifier sa folie.

Persécution en groupe.

C'est ce que Jenna avait cherché sur Internet la première fois que sa mère lui avait lancé d'un air triomphant, relevant la tête de son écran d'ordinateur : « C'est vrai ! Ça arrive à des milliers d'autres personnes, dans le monde entier ! Je suis victime de *persécution en groupe.* » Les victimes appartenaient au même groupe de malades que ceux atteints par la maladie des Morgellons ou que les gens qui pensaient s'être fait enlever par des extraterrestres. Sa mère était convaincue d'être persécutée par un gang d'inconnus dont le chef était M. Fitzwilliam. Elle pensait que ces gens s'introduisaient chez elle pendant qu'elle dormait pour déplacer, voler ou endommager des objets, dans le but de la rendre folle. Pour ses bourreaux, il s'agissait d'un passe-temps sadique, d'une sorte de jeu de destruction auquel ils s'adonnaient pour le plaisir. Si elle était devenue victime, c'était à cause de ses prises de position politiques contestataires. Selon elle, M. Fitzwilliam n'était pas un simple proviseur de collège mais un homme très influent que le gouvernement envoyait sous couverture pour qu'il puisse diriger les communautés de harceleurs.

— Regarde ! lui intima-t-elle en posant sa cigarette électronique sur la table et orientant vers Jenna son écran d'ordinateur. Regarde ce qu'ils font dans le Nord, à Mold. Il y a cette femme, même âge que moi, mêmes antécédents politiques. Fitzwilliam était le proviseur du collège là-bas avant qu'il n'arrive ici, et elle a vécu les mêmes choses que nous. Dès qu'il est arrivé, ça a commencé. Des éraflures sur sa voiture. Des marques sur ses meubles. Des ampoules dévissées. Des morceaux de verre dans sa baignoire. Et apparemment, elle est aussi allée au Lake District.

Jenna, qui était en train d'ouvrir son sac à dos, s'arrêta et regarda sa mère droit dans les yeux.

— Quoi ? Quand on y était ?

— Non, répondit-elle en reprenant sa cigarette et tirant une grande bouffée. Non, quand elle était petite, je crois. Mais quand même.

Jenna leva les yeux au ciel et sortit ses livres de son sac. Elle savait que M. Fitzwilliam avait travaillé dans un collège au Pays de Galles avant d'être muté à Melville. Ça, c'était probablement vrai. Mais le reste…

Elle alla dans la cuisine se préparer une tasse de chocolat chaud avec quelques mini marshmallows. Elle prit ses cahiers, monta dans sa chambre et s'installa en tailleur sur son lit.

— Il est là ? lui cria sa mère depuis le salon.

Jenna ne prit même pas la peine de regarder par la fenêtre pour vérifier que l'homme à lunettes inoffensif qui passait toutes ses soirées devant son ordinateur dans la maison au bout de leur jardin était là. Il était forcément là.

— Non, je le vois pas.

Elle sortit son téléphone, brûlant d'envie d'écrire à Bess ou de l'appeler sur Facetime, de lui raconter sa rencontre avec le fils de M. Fitzwilliam après le collège. Elle ouvrit WhatsApp et plaça son doigt au-dessus du bouton appel vidéo, mais elle n'appuya pas. Bess devait encore être au *Caffè Nero* avec les autres. Elle ouvrit son ordinateur et tapa « *Tom Fitzwilliam Mold* » dans son navigateur.

Il avait été nommé dans ce collège en 2014. Sous son égide, ce qui avait été un établissement très difficile était devenu un prestigieux collège en deux ans à peine. Il avait quitté Mold à la fin de l'hiver 2016, pour Melville. Avant ça, il avait travaillé à Tower Hamlets. Et à Manchester. Et avant Manchester, en 2001, l'année de naissance de Jenna, il avait été promu directeur adjoint dans le collège de Burton on Trent où il travaillait depuis qu'il avait vingt-huit ans.

M. Fitzwilliam était irréprochable. Sa réputation était immaculée. Partout où il allait, il apportait lumière et harmonie. Des enfants heureux et un soleil radieux. Pourtant, cette femme du Lake District le détestait. Sa propre mère s'en méfiait, et maintenant, elle aussi, sans savoir pourquoi, ne le portait pas dans son cœur.

Et si la femme du lac était aussi folle que sa mère ? Jenna n'était-elle pas elle aussi en train de perdre la raison ? Elle repensa à sa discussion avec Freddie Fitzwilliam et sa curiosité grandit. Qu'avait-il voulu lui révéler ? Cela aurait-il pu lui apporter des éclaircissements ?

Elle ferma son ordinateur et attrapa son téléphone. Elle ouvrit Snapchat pour voir ce que Bess faisait, mais elle n'avait rien posté. Jenna sentit un vide immense se créer en elle. Elle était absolument seule. Elle l'avait toujours été. Les frontières de son existence avaient commencé à se rétracter, à rétrécir, et elle ne pouvait rien y faire.

Chapitre 31

Freddie reprit son souffle en haut de la colline avant d'arriver chez lui. Il n'avait pas prévu d'appréhender Jenna Tripp. Il n'avait même pas prévu de la voir. Cela arrivait qu'il la croise en rentrant chez lui, mais elle était en général en compagnie de Bess ou d'autres filles. Il avait été surpris de la voir toute seule. Ça ne pouvait être qu'un signe, alors que le terrible souvenir de la journée au bord du lac avait refait surface. En marchant derrière elle, il s'était convaincu que cette coïncidence, sa solitude à ce moment précis, lui donnait le droit d'agir. Pas de doute, c'était le destin. Il avait eu le temps de penser à beaucoup de choses stupides de ce type (comment quelqu'un d'aussi intelligent que lui pouvait-il croire au destin, nom de nom ?) jusqu'à ce qu'elle se retourne, le regarde droit dans les yeux, et qu'il doive faire quelque chose, malgré la panique qui montait en lui, alors qu'il se rendait compte qu'il était beaucoup plus proche d'elle que ce qu'il croyait, terriblement proche, et que la seule façon de ne pas passer pour un fou était de prétendre que tout ceci était prémédité, de se planter à côté d'elle et d'engager la conversation.

Une fois qu'il avait commencé à parler à Jenna, il avait été peu à peu submergé par le fait que non seulement il était en train de s'entretenir avec une inconnue de choses étranges, mais que cette inconnue était une fille, et que c'était la première fois qu'il parlait à une fille depuis qu'il était adolescent. Et Jenna Tripp, se rendit-il compte rapidement, puisqu'il était si proche d'elle, était encore plus jolie que ce qu'il s'imaginait, avec ses lèvres pleines et douces, et la forme de sa poitrine sous le tissu de sa veste, en même temps inoffensive et impressionnante. Il n'arrivait ni à regarder son visage parce que cela lui donnait envie de toucher sa bouche, ni à regarder loin de son visage, parce qu'alors il y avait ses seins. Il avait donc choisi un point neutre entre les deux, sur son épaule, presque sur le mur du magasin derrière elle, et n'en avait plus bougé.

C'est à ce moment précis qu'il avait pris conscience que la teneur de sa conversation était très inquiétante, que Jenna pouvait très bien en parler à son père, qui saurait ensuite qu'il l'avait entendu parler avec sa mère. De toute façon, Freddie ne savait pas très bien où il voulait en venir avec ses questions. Il n'aurait jamais dû approcher Jenna avant d'avoir défini une ligne d'enquête bien précise. Toute la scène avait été chaotique, embarrassante et même humiliante, et c'est pourquoi il avait besoin d'un sas de décompression avant de se confronter à ce qui l'attendait de l'autre côté de sa porte d'entrée.

En l'ouvrant, il se retrouva nez à nez avec un escabeau, des bâches en plastique couvertes de taches dans l'escalier, une odeur de peinture fraîche et les éclats de rire de sa mère dans la cuisine.

Il suivit ce son inattendu et trouva sa mère adossée au plan de travail, tenant entre ses mains une tasse de thé, et Alfie le peintre assis en face d'elle, les jambes croisées, tapotant des doigts le rebord de sa tasse, au beau milieu d'une histoire qui était de toute évidence la chose la plus drôle que sa mère avait jamais entendue.

— Bonsoir bonhomme !

— Bonsoir, répondit Freddie avec un air supérieur.

— Bienvenue mon chéri, l'accueillit sa mère en se tournant vers lui et en lui lançant un sourire qu'il ne l'imaginait pas capable de produire. Alfie me racontait ses histoires de gardien dans un horrible hôtel d'Ibiza ! Tu ne peux même pas t'imaginer ce que les gens font pendant ce genre de séjour tout compris !

Alfie regarda Freddie avec un air de malaise et de regret. Son but n'avait probablement pas été de faire rire, mais il avait décidé de continuer à partager ses souvenirs malgré cet effet involontaire.

— Enfin, je ferais mieux de m'y remettre, conclut-il en donnant une dernière pichenette à la tasse avec un ongle large et taché de peinture, tout en reposant son immense pied à terre. Il me reste une couche à passer sur les plinthes. Merci pour le thé, Nicola.

Freddie le dévisagea. Il essaya de découvrir dans son visage quelque chose qui laisserait supposer une mauvaise intention, une zone d'ombre, un soupçon de ténèbres. Mais non, rien. Il était exactement ce qu'il avait l'air d'être : un grand homme inoffensif aux ambitions et à l'intellect limités. Pourtant, il avait quelque chose qui avait poussé sa mère à remettre à plus tard son footing de l'après-midi, à boire un thé avec lui dans la cuisine, à sourire, à rire à gorge déployée, à rayonner.

Freddie ajouta ce mystère au casse-tête grandissant qu'était devenue sa vie et monta dans sa chambre.

* * *

Il avait complètement mis de côté *L'Affaire Melville*. Il ne consignait plus aucun des événements qu'il observait depuis sa fenêtre – pas même Jenna Tripp et Bess Ridley en tenue de sport. Ce qui se passait dans le village n'avait désormais plus aucun intérêt pour lui. Car en réalité, tout son temps ces derniers jours avait été dédié à Romola Brook. Il ne voulait pas l'espionner, il voulait lui rendre hommage. La comprendre. L'adorer. L'étudier. L'analyser. Il avait entamé un nouveau carnet. *L'Affaire Romola*.

Il la suivait jusqu'à son domicile chaque fois qu'elle finissait les cours à la même heure que lui. La veille, elle s'était arrêtée au supermarché pour acheter un paquet de biscuits et de la nourriture pour chien. Il avait ajouté cet événement à son registre, et noté la marque des biscuits, au cas où il voudrait lui en offrir un jour. Ce soir, il ne l'avait pas vue. Il avait attendu dix minutes, puis le concierge avait fermé les grilles de son collège et il avait abandonné la partie. Ce qui n'était pas dramatique parce qu'il pouvait la retrouver sur Internet.

Il posa sa tasse de camomille sur son bureau, enleva sa cravate et ouvrit Instagram. Romola était en train de discuter avec une personne nommée LouisaMeyrickJones. Ce n'était pas palpitant. Un prof avait été injuste pendant leur pause déjeuner avec unetelle, qui avait pleuré, et untel s'en était mêlé. Fallait-il qu'elles fassent remonter l'injustice ? Freddie était sur le point de fermer la fenêtre et de s'occuper autrement quand quelqu'un d'autre se joignit à la conversation et mentionna le bal de printemps.

Il poursuivit sa lecture.

Cet événement, organisé en partenariat avec le collège de Freddie, aurait lieu dans une quinzaine de jours.

Quelques semaines plus tôt, il n'aurait pas prêté attention à ce genre de festivités. Mais aujourd'hui, il y voyait une occasion en or.

— Maman, on fait quelque chose le 24 mars ? cria-t-il vers le rez-de-chaussée depuis le haut de l'escalier. C'est un vendredi, non ?

— Oui, ça doit être un vendredi, et non, on n'a rien de prévu, il me semble, répondit-elle après un moment. Pourquoi ?

— Il y a une fête à laquelle je voudrais aller. Une sorte de bal. À l'école. Je peux ?

— Bien sûr mon chéri ! Quelle bonne idée !

— Par contre les tickets coûtent assez cher. Vingt-cinq livres. Tu es d'accord ?

— Oui, répondit sa mère en apparaissant dans l'entrée. Pas de problème. C'est génial que tu aies envie d'y aller. On pourra te louer un costume ! Tu vas être beau comme un dieu. Imagine !

Chapitre 32

10 mars

Josephine entendit une voiture klaxonner à plusieurs reprises et entreprit de l'ignorer. C'était soit un gros relou dans une camionnette qui voulait la draguer, et elle n'avait vraiment pas envie de discuter avec un abruti et ses potes qui la déshabilleraient du regard, soit une personne qui voulait attirer l'attention de quelqu'un d'autre, et si elle regardait elle aurait l'air d'une pauvre fille espérant que des abrutis dans une camionnette la klaxonnent.

Puis elle entendit une voix masculine crier son prénom. Josephine. C'était Tom Fitzwilliam, qui l'appelait par la fenêtre baissée de sa voiture, et lui faisait signe.

— Je peux te déposer quelque part ? Je vais dans le centre.

Il arrêta sa voiture à côté d'elle. Elle regarda dans la direction de Bristol. Elle était presque arrivée à l'arrêt de bus.

— Oui, pourquoi pas. Merci. Tu es sûr que ça ne te dérange pas ?

— Bien sûr que non ! Monte.

Elle se glissa dans la voiture et attrapa la ceinture de sécurité.

— C'est très gentil, merci.

— De rien. Je te vois souvent à l'arrêt de bus, mais normalement je vais dans la direction opposée, lui avoua-t-il avec un sourire.

Je suis dans la voiture de Tom Fitzwilliam. Avec Tom Fitzwilliam. Voilà. J'y suis. Maintenant.

— Merci en tout cas, répondit-elle en lui rendant son sourire et en s'attachant. Tu vas dans quel coin ? Le collège est fermé aujourd'hui ?

— Non, reprit-il en jetant un coup d'œil dans son rétroviseur. Mais aujourd'hui j'ai une réunion au rectorat. J'aimerais pouvoir t'en parler, mais je serais ensuite dans l'obligation de te tuer.

Josephine décela quelque chose d'inquiétant sur son visage qui lui fit penser qu'il serait sans doute capable d'un tel acte.

— Tu travailles toujours au centre de loisirs ? demanda-t-il après un coup d'œil à son tee-shirt.

— Malheureusement, oui. Mais je m'y habitue, j'aime bien mes collègues.

— C'est tout ce qui compte. Quand on est entouré des bonnes personnes, c'est qu'on est au bon endroit !

— Sauf quand on est en prison, commenta-t-elle avec un éclat de rire.

Elle se détesta immédiatement pour son sarcasme.

— Non, même quand on est en prison. Vraiment ! Enfin, si on est en prison parce qu'on le mérite, et pas à cause d'une erreur judiciaire.

Elle posa ses mains sur les bords de son siège en cuir. Combien de fois avait-elle rêvé d'être la personne assise sur ce siège passager en voyant la voiture de Tom garée devant leur maison ? Elle n'en revenait pas. Elle avait du mal à réaliser que c'était justement ce qui lui arrivait. Elle se redressa dans le siège et secoua la tête doucement.

— Alors, tu as toujours envie de quitter le pays ? lui demanda-t-il avec un petit sourire.

— Non, ça m'est passé.

— Bien. Tant mieux.

La circulation pour sortir de Melville était dense, et puisqu'ils ne pouvaient pas emprunter les voies de bus, elle allait probablement arriver en retard au travail. Mais c'était le cadet de ses soucis. Elle respirait le parfum de cette voiture, des sièges en cuir, de l'homme à côté d'elle qui sentait prodigieusement bon. Elle regarda ses mains posées sur le volant. De si belles mains. Elle ne pouvait pas les observer sans les imaginer sur son visage, sous ses vêtements, touchant sa peau. Elle sentait le désir monter en elle, si rapide et si brûlant qu'elle était persuadée qu'il pouvait le deviner.

À l'approche de son collège, ils se retrouvèrent entourés de blazer gris à perte de vue. Chacun de ces adultes en devenir était placé sous la responsabilité de l'homme doux qu'elle avait à côté d'elle.

— Et toi ? Tu penses rester à Melville longtemps ?

— Ça ne fait qu'un an qu'on est arrivés. J'aimerais rester au moins une année de plus. C'est le temps qu'il faut pour s'assurer que les changements mis en place au départ sont bien ancrés dans la vie de l'établissement. J'ai un petit côté inspecteur des travaux finis. Je veux pouvoir vérifier que rien n'a été oublié pendant qu'on remplissait le cahier des charges.

— Et tu as déjà échoué ?

Il lui lança un regard rapide avant de se concentrer à nouveau sur la route.

— Échoué ?

— Oui, dans un de tes établissements. Est-ce que tu as déjà été nommé quelque part sans réussir à améliorer la situation ?

— Non ! répondit-il en souriant. Pas encore, tout du moins.

— Et qu'est-ce que tu ferais, si ça ne marchait pas ?

— Je ne sais pas. Je ne me suis jamais posé la question.

Un silence s'installa entre eux. L'embouteillage s'était densifié, et les véhicules devant eux étaient à l'arrêt. Tom fit un geste de la main.

— Regarde, c'est le bus dans lequel tu serais si tu n'étais pas montée avec moi.

Le bus les dépassa dans un nuage de gaz de pot d'échappement.

— Je suis désolé, tu vas être en retard à cause de moi.

— Tu es tout pardonné.

Il se retourna avec un grand sourire.

— Tant mieux !

— Ça fait combien de temps que vous êtes ensemble, avec Nicola ? s'enquit-elle après un moment.

— Alors ça ! Je ne suis pas sûr… Une vingtaine d'années, je pense. Quelque chose dans ces eaux-là.

— Et ton fils… c'est ton fils, ou votre fils ?

— Tu en as d'autres, des questions comme ça ? demanda-t-il en riant.

— Désolée, c'est juste que Nicola a l'air si jeune. Je pensais que c'était peut-être ta deuxième femme.

— Non, c'est la seule et l'unique.

Josephine acquiesça en s'adonnant à un rapide exercice de calcul mental. Si Nicola avait l'âge qu'elle semblait avoir, c'est-à-dire grosso modo l'âge de Jack et Rebecca, ça voulait dire qu'ils s'étaient rencontrés quand elle avait… Non. Elle devait être plus âgée que ça.

— Comment vous êtes-vous rencontrés ?

— Ce n'est pas très romantique, mais nous nous sommes rencontrés dans un bus, à Burton-on-Trent. Elle m'a vu et est venue me dire que j'avais été prof dans son collège.

— Elle était au collège ?

— Non ! s'exclama-t-il en riant. Plus à ce moment-là. Elle avait dix-neuf ou vingt ans. Elle se souvenait de moi, mais je ne savais pas qui elle était. Je ne l'avais pas eue comme élève. Elle était dans un groupe plus faible que celui auquel j'enseignais.

— Ouf, parce que ça aurait été assez horrible, quand même.

— Ah bon ? Pourquoi ?

— Je ne sais pas. Un prof. Une élève. C'est un peu glauque, non ?

Il se retourna vers elle et pendant un moment elle crut qu'il allait lui crier qu'elle avait tort, qu'elle ne comprenait rien. Mais son visage s'adoucit et il lui sourit.

— J'imagine que ça pourrait l'être. Mais il n'y avait rien de glauque dans ce cas-là, je t'assure.

Josephine sourit d'un air gêné et changea de sujet.

— Ton fils est dans ton collège ?

— Non, bien sûr que non. Pas que mon collège ne soit pas assez bien. C'est un très bon établissement, mais c'est plus simple de scolariser ses enfants dans le privé quand on déménage souvent. Sinon, on doit passer un temps incalculable à trouver une maison dans le bon secteur, à être mis sur liste d'attente... Dans le privé, il faut juste un chéquier, les derniers bulletins scolaires, et c'est plié.

— Jack dit que ton fils est un génie.

— Si on veut. Il a un QI très développé. Il est très doué en langues et en technologie. Il a déjà été champion régional d'échecs deux fois. Et il a passé plusieurs de ses examens de fin de collège en avance. Oui, il est très intelligent. C'est un bon petit gars.

— Ah oui ?

— Oui, vraiment. Et c'est drôle, je crois qu'il commence à prendre conscience de l'existence des filles. On ne va pas s'ennuyer avec ses premiers émois ! Je ne suis pas sûr que la séduction soit l'un de ses atouts, mais on verra.

Tom la regarda. Elle remarqua pour la première fois qu'il avait les yeux verts, comme elle. Sa mère lui avait souvent répété que seuls trois pour cent de la population mondiale avaient les yeux de cette couleur. C'était sans doute pour qu'elle se sente unique en son genre. Jack avait les yeux bleus, ce qui était beaucoup plus courant. Sa mère avait bien perçu que sa fille se sentait inférieure à son frère si parfait, et essayait toujours de lui redonner confiance en elle.

— Tu as les yeux verts, fit-elle remarquer sans s'en rendre compte.

— Ah bon ?

— Oui ! Tu sais bien de quelle couleur sont tes yeux, non ?

— Pas vraiment. Je pensais qu'ils étaient d'un bleu un peu bizarre.

Josephine le regarda d'un air circonspect. Est-ce qu'il se moquait d'elle ?

— Non, ils sont verts, c'est officiel. Et je peux te le dire parce que les miens sont verts aussi.

Il se tourna pour vérifier.

— Oui, c'est vrai. Tu as des yeux magnifiques. Si je suis autorisé à te dire ce genre de choses.

— Ça dépend du contexte.

— Est-ce que je suis dans un contexte approprié ?

— Je ne sais pas. J'imagine que… oui.

— Quel soulagement !

Ils arrivaient à Bristol. Les rues étaient bondées de gens qui allaient au travail. Un silence gêné s'installa entre eux.

— Je pense que tu arriverais plus vite si tu descendais là, lui annonça-t-il en désignant le bouchon qui s'annonçait au prochain feu.

— Oui, tu as raison.

— Au prochain feu rouge, tu peux sortir.

— D'accord.

Elle détacha sa ceinture. Le signal de sécurité retentit. Elle attendit que la voiture soit à l'arrêt.

— Merci de m'avoir déposée.

— Il n'y a pas de quoi.

Elle chercha dans son regard un sens caché, un signe du fait qu'il ne voulait pas qu'elle parte, qu'il réprimait un besoin ardent de l'attirer contre lui, de l'embrasser à pleine bouche, de faire klaxonner toutes les voitures derrière lui en oubliant de redémarrer. Elle chercha pendant cinq bonnes secondes, jusqu'au moment où Tom détourna le regard et déclara :

— Dépêche-toi, ça va repasser au vert.

Elle s'empressa de sortir de la voiture. Le feu passa au vert, et elle regarda Tom s'éloigner.

Elle frissonna, envahie par un mélange de gêne et de désir, et se mit en route vers son travail.

INTERROGATOIRE ENREGISTRÉ

Date : 25/03/2017

Lieu : Commissariat de police de Trinity Road, Bristol, BS2 0NM

Agent : Officiers de la police du Somerset et de l'Avon

POLICE : Quand diriez-vous que votre passion pour Tom Fitzwilliam s'est déclarée ?

JM : Je n'appellerais pas ça une passion. C'est plutôt… une attirance mutuelle.

POLICE : Très bien. Dans ce cas, à quand remonte cette attirance mutuelle ?

JM : Je ne sais pas. La première fois que je l'ai vu, j'imagine.

POLICE : C'est-à-dire ?

JM : Il y a quelques semaines. Au mois de janvier.

POLICE : Et comment se manifestait cette attirance mutuelle ?

JM : Qu'est-ce que vous voulez dire ?

POLICE : Y avait-il des regards langoureux, des rendez-vous galants ?

JM : Des regards oui, probablement. Je ne sais pas s'ils étaient langoureux.

POLICE : Pour les progrès de l'enquête, nous montrons plusieurs photographies à Mme Mullen. Pièces à conviction 2866 à 2872. Pourriez-vous nous décrire ces photographies, s'il vous plaît ?

JM : Ce sont des photos de moi.

POLICE : Et que faites-vous sur ces photos ?

JM : Je regarde la maison de Tom Fitzwilliam.

POLICE : Où ces photos ont-elles été prises ?

JM : Sur le chemin derrière nos maisons.

POLICE : Vous avez donc connaissance de ce chemin qui passe derrière les maisons de Melville Heights ?

JM : Oui, tout à fait.

POLICE : Et sur celles-ci, madame Mullen ? Nous montrons une autre série de photographies à Mme Mullen, numéro 2873 à 2877. Pouvez-vous nous décrire ces photographies ?

JM : C'est la maison de Tom Fitzwilliam.

POLICE : Plus précisément, ce sont des photographies de l'intérieur de la maison de Tom Fitzwilliam, n'est-ce pas ?

JM : Oui, en effet.

POLICE : Nous avons trouvé ces clichés dans votre téléphone portable, madame. Pourriez-vous nous expliquer pourquoi vous vous trouvez en possession des photographies de l'intérieur de la maison de Tom Fitzwilliam ?

JM : Oui, sans problème. Mon mari a fait de la peinture chez eux. J'ai pris des photos pour lui, pour qu'il puisse les montrer à ses autres clients.

POLICE : Pourriez-vous décrire ce cliché plus précisément, s'il vous plaît ?

JM : Oui. C'est une sorte de véranda au fond de la maison des Fitzwilliam.

POLICE : Diriez-vous que la fenêtre cassée est particulièrement visible sur cette photo ?

JM : Pardon ?

POLICE : Je montre à Mme Mullen un détail de la pièce à conviction 2876. Pourriez-vous décrire ce détail, s'il vous plaît ?

JM : C'est une fenêtre. À côté de la porte du jardin. Elle est fermée par une ficelle.

POLICE : Merci, madame.

JM : Mais c'est la première fois que je vois ça. Je ne le savais pas…

POLICE : Merci, madame Mullen. Ce sera tout pour le moment.

Chapitre 33

10 mars

— Maman !

Jenna passa la tête dans la chambre de sa mère, qui n'y était pas. Elle retourna dans la sienne et s'agenouilla sur son lit pour jeter un œil dans le jardin. Avant de se mettre à la cigarette électronique, sa mère y passait des heures à fumer. Le fauteuil terne où elle s'asseyait était encore là, à côté d'une table de jardin couronnée d'un triste cendrier où moisissaient de vieux mégots détrempés, mais sa mère n'était pas là. Ces jours-ci, elle ne sortait presque plus. Ce qui représentait une toute petite amélioration.

Jenna enfila ses baskets et son sweat à capuche avant de sortir dans l'obscurité naissante de cette fin d'après-midi et de marcher jusqu'à l'arrêt de bus en face du *Melville*. C'était le poste d'observation préféré de sa mère pour épier les Fitzwilliam. Elle n'y était pas non plus. Jenna traversa la route et s'arrêta au pied de la colline, essayant de l'apercevoir dans les fourrés devant leur maison, comme la dernière fois. Jenna était plantée là, les mains jointes, sans savoir quoi faire, quand elle remarqua une lueur bleu vif qui se reflétait sur les fenêtres des maisons et les carrosseries des voitures. Elle marcha vers la source de cette lumière, une voiture de police qui s'approchait silencieusement. Le véhicule ralentit en empruntant la rue principale et s'arrêta à hauteur de Jenna, devant le *Melville*. Deux policiers en sortirent et ajustèrent leur uniforme. L'un d'eux parla dans son talkie-walkie et ils entrèrent dans le bar.

Le cœur de Jenna se serra puis se mit à battre à tout rompre. Elle traversa vers l'hôtel et observa ce qui se passait à l'intérieur par la fenêtre. Elle y vit précisément ce qu'elle redoutait. Sa mère était assise à l'une des tables et l'un des policiers lui parlait tandis que, de l'autre côté de la salle, un couple à l'air effrayé s'entretenait avec l'autre agent.

— Merde, marmonna-t-elle. Putain !

Elle prit une profonde inspiration et entra à son tour.

— Ah, voilà ma fille ! Elle va vous expliquer, elle va tout vous dire. Jen, viens.

Le silence s'installa dans le bar. Tous les yeux s'étaient tournés vers Jenna et sa mère.

— Que se passe-t-il ? demanda-t-elle à l'agent.

— Vous êtes bien la fille de Mme Tripp ?

— Oui.

— Quel âge avez-vous ?

— J'ai quinze ans, presque seize.

— Elle n'est pas majeure, c'est grave ? demanda l'agent en se tournant vers le patron du bar, qui fit non de la tête. Je suis l'agent Drax. Nous avons été appelés parce que votre mère aurait proféré des menaces à l'encontre d'autres clients et refuserait de quitter les lieux.

— Il ne s'agissait pas de menaces, monsieur l'agent ! s'écria sa mère en levant les yeux au ciel. On discutait, c'est tout !

Jenna jeta un coup d'œil au couple assis au fond de la salle, qui évitait son regard. Elle ne les avait jamais vus avant.

— Mais c'est ça le problème, continua sa mère. Personne ne veut parler de ça. Tout le monde nie l'évidence. On continue à vivre dans nos petits cocons bien confortables et à faire comme si l'univers était empli de douceur, de sécurité et d'amour parce qu'on ne peut pas accepter la réalité. Mais ils sont tous complices ! Lui, là-haut…

Elle fit un geste vers Melville Heights.

— Et probablement la moitié du village. Je ne suis pas la seule victime. Je ne suis pas bête au point de croire que je suis la seule à me prendre toute… toute cette merde. Et lui, là…

Un nouveau geste.

— Il n'est pas tout seul. Il y en a d'autres, des gens puissants. Dans le monde entier. Si on n'en parle pas, ils vont continuer. Et ces deux-là, sans doute des gens très agréables, je les entends parler de lui. Ils disaient que le proviseur faisait un travail exceptionnel. Alors je les ai mis en garde. « *Vous n'avez aucune idée de qui il est.* » Mais personne ne veut entendre la vérité, personne, jamais !

Sa mère continuait sa diatribe, et Jenna la dévisageait en se disant que la situation était désormais complètement hors de contrôle.

— Il y a quelqu'un que vous pouvez prévenir ? lui demanda l'agent. Un adulte ?

Jenna regarda le téléphone qu'elle serrait dans sa main. Elle devrait probablement appeler son père. Mais s'il s'en mêlait, il voudrait qu'elle vienne vivre avec lui. Ce qui n'était pas envisageable, puisque sa vie était à Melville. Puis elle pensa à Bess qui, une fois de plus, ne l'avait pas attendue pour aller au collège. Elle regarda à nouveau sa mère, qui s'approchait dangereusement de la limite que l'on peut atteindre sans perdre son autonomie, et se demanda si cette vie à Melville, qu'elle croyait si précieuse, l'était réellement.

— Mon père vit à Weston-super-Mare, je pourrais l'appeler.

— Bonne idée.

Elle sélectionna le numéro de son père et observa l'homme et la femme en train de parler avec l'autre agent. Ils répétaient en secouant la tête : « Ce n'est pas la peine. »

— Vous savez, tout compte fait, c'est moi qui aurais dû appeler la police pour déclarer une agression. Cet homme n'a vraiment pas été tendre avec moi, expliqua-t-elle en désignant le patron.

L'intéressé leva les yeux au ciel.

— Je l'ai à peine touchée. J'ai posé ma main sur son épaule pour la faire sortir, c'est tout. Et elle a refusé.

La sonnerie du téléphone retentissait dans le vide, encore et encore. Jenna raccrocha.

— Il ne répond pas, déclara-t-elle, une pointe de soulagement dans la voix.

— Où habitez-vous ?

— Juste à côté. À une minute, vraiment.

— Vous pensez pouvoir convaincre votre mère de vous suivre ? Il n'y a pas matière à main courante ou plainte dans cette affaire. Il vaut mieux que chacun rentre chez soi et qu'on oublie cet incident, n'est-ce pas ?

— Oui, répondit-elle avec enthousiasme. Je vais la ramener à la maison. Maman ?

Elle se plaça à côté d'elle et posa sa main sur son épaule. Sa mère la recouvrit de sa propre main.

— Ma fille sait ce que j'endure. Elle peut tout vous raconter. Peut-être que vous l'écouterez, elle ?

— Maman, viens, on rentre à la maison.

Elle la releva doucement et la guida vers la sortie.

— J'ai écrit trois lettres au commissaire ces six derniers mois. Ainsi qu'au conseil municipal et à la députée.

Personne ne veut rien savoir. Tout ce que je reçois, ce sont des réponses types. Mais peut-être que, maintenant, quelqu'un va finir par me prendre au sérieux. Et vous deux ! s'écria-t-elle au moment d'atteindre la porte en se retournant vers le couple. Excusez-moi pour cette entrée en matière un peu virulente, mais tant que d'honnêtes gens comme vous continueront à croire ce qu'on vous dit sur des hommes comme lui, ça ne s'arrêtera pas.

— Viens, maman, insista Jenna.

L'agent leur ouvrit la porte et elles sortirent enfin du *Melville.* Dans la rue, les gens formaient un attroupement pour les regarder. Les automobilistes ralentissaient.

Les deux agents escortèrent Jenna et sa mère jusqu'à leur maison et restèrent avec elles pendant une demi-heure. Ils avaient posé quelques questions à Mme Tripp et auraient dû alerter les services sociaux vu les réponses qu'ils avaient obtenues, qui ne laissaient pas le moindre doute sur ses troubles mentaux. Jenna leur expliqua que sa mère n'avait jamais interpellé des inconnus jusqu'alors, à sa connaissance. La plupart du temps, elle était sur son ordinateur. D'habitude, elle était complètement normale. Mais oui, sa paranoïa s'était intensifiée ces derniers temps. Oui, sa mère avait ses bons et ses mauvais jours, elle était peut-être légèrement bipolaire, mais non, cela ne lui avait jamais posé de problème. Tout allait bien. Sa mère allait bien. Donc non, il n'y avait aucun problème.

Son téléphone sonna quelques minutes après le départ de la police.

— Allô ma chérie ? C'est papa. Tout va bien ? Je suis désolé d'avoir manqué ton appel, j'étais au tai-chi.

Jenna ne répondit pas tout de suite, se demandant un instant si le moment était venu de lui raconter à quel point sa vie était devenue chaotique. Mais elle soupira et se força à sourire.

— Tout va bien papa, t'inquiète. Je voulais juste savoir si on allait se voir aux vacances de Pâques, c'est tout.

Chapitre 34

Freddie se propulsa de la fenêtre vers la porte de sa chambre dans son fauteuil de bureau à roulettes.

— Papa ! cria-t-il dans les escaliers. Papa ! La dame ! La mère de Jenna ! Ils viennent de l'arrêter !

— Mais de quoi tu parles ? lui répondit son père depuis le rez-de-chaussée.

— Cette dame ! Celle qui nous espionne ! Mme Tripp, je crois. Deux policiers en uniforme l'escortent hors du *Melville*.

Il entendit son père qui commençait à monter, et sa tête apparut entre les barreaux de la rampe d'escalier.

— Tu en es sûr ?

— Absolument certain. Je l'ai vue parler à deux personnes dans la rue, elle avait l'air hors d'elle et les a suivies dans le bar. Un quart d'heure plus tard, j'ai vu le gyrophare de la police, ils sont entrés, et cinq minutes après la mère et la fille sont sorties du bar avec eux.

— Ils les ont installées dans la voiture de police ?

— Non, dut-il concéder. Je crois qu'ils les ont raccompagnées chez elles.

— Mince. Ce n'est pas bon signe.

— Pourquoi est-ce que tu ne vas pas au *Melville* demander ce qui s'est passé ? Tu connais tout le monde là-bas, non ?

— Oui, c'est vrai. Je pourrais y aller pour en avoir le cœur net, dit-il en regardant son fils. Tu veux venir ? Je t'offre un Coca et une assiette de bacon frit ?

Freddie hocha la tête. Il n'avait pas vraiment envie de sortir. Il faisait bon dans sa chambre ; il faisait froid et noir dehors. Mais il n'avait jamais l'occasion de passer du temps seul en compagnie son père. D'habitude, il n'était même pas encore rentré à la maison à cette heure-là. Il n'était jamais de retour avant 22 heures en temps normal, mais il était arrivé plus tôt ce soir-là parce qu'il avait été en réunion au rectorat toute la journée. Freddie mangeait son dîner quand il était entré d'un pas joyeux, le sourire aux lèvres, et avait passé la main dans les cheveux de son fils, son *grand garçon*. Il leur avait préparé des tartines de Nutella en guise de dessert. Il s'était réjoui de leur hall d'entrée fraîchement repeint, s'était servi un grand verre de vin rouge, avait enlacé sa femme, toujours d'excellente humeur, devenant enfin le genre de père que l'on voudrait voir rentrer du travail tous les jours à 18 heures.

Maintenant, il proposait à Freddie un soda, du bacon frit et une occasion d'aller enquêter sur ce qui s'était passé avec Jenna et sa mère. Il récupéra ses chaussures dans le coin où il les avait envoyées valser et les enfila.

* * *

Freddie adorait le *Melville*. Il y allait de temps en temps avec ses parents pour le déjeuner du dimanche. Une fois, ils étaient venus avec sa grand-mère pour boire le thé dans la petite salle derrière la réception. On leur avait apporté des gâteaux avec des perles de sucre, des pétales de rose, le tout généreusement fourré à la crème pâtissière. Ils avaient chacun leur théière avec une passoire ancienne et un petit bol rempli de carrés de sucre roux. Le feu brûlait dans l'âtre, une mélodie de jazz en fond sonore, et Freddie avait eu l'impression d'être en train de vivre dans l'un de ses rêves.

Son père lui ouvrit la porte du bar et, soudain, il fut submergé par le brouhaha des discussions adultes, l'odeur puissante de la bière mêlée à celle des bougies parfumées. Il aimait la lumière tamisée du *Melville*, provenant des appliques murales qu'on devinait à peine entre les hauts vases emplis de fleurs tropicales.

Son père s'avança vers le comptoir et commanda un Coca pour Freddie et une pinte de bière locale pour lui.

— J'ai cru apercevoir la lueur d'un gyrophare plus tôt dans la rue, dit-il au jeune serveur qui lui tendait le Coca. Rien de sérieux, j'espère ?

— Pas vraiment, non. Une femme un peu dérangée. Elle a pris à partie le couple assis là-bas. On a dû lui demander de quitter les lieux, mais elle ne voulait pas, lui apprit le garçon qui n'avait pas l'air beaucoup plus vieux que Freddie.

Il releva le robinet pour que la bière ne coule plus et attendit que la dernière goutte tombe dans le verre.

— Mince… Et vous avez dû appeler la police ?

— Oui, elle refusait de partir, ça devenait gênant pour notre clientèle. Rob lui a pourtant demandé gentiment, mais ça l'a énervée encore plus. Vous voyez le genre.

— Quelle histoire. On va prendre une assiette de bacon frit en plus, s'il te plaît.

Son père sortit son portefeuille. Le serveur acquiesça et posa la bière sur le comptoir.

— Qu'est-ce qu'elle racontait au juste, cette femme ?

— Je sais pas trop. Elle délirait à propos *d'hommes haut placés*. Elle disait qu'ils essayaient de la contrôler. Et elle a dit à ces deux personnes qu'elles feraient mieux de se méfier de ce qu'on raconte dans les journaux. Enfin, elle était en plein délire de théorie du complot, quoi. Elle était *folle*.

— Luke… Ce n'est peut-être pas le meilleur mot à utiliser, « folle », le rappela à l'ordre son père, saint Tom Fitzwilliam. On pourrait peut-être dire « dérangée », qu'est-ce que tu en penses ?

Alors qu'il parlait au serveur, l'homme du couple invectivé par la mère de Jenna s'approcha de lui.

— Monsieur Fitzwilliam, bonsoir. Je suis Ralph Gross. Notre fils Felix est scolarisé dans votre établissement, en cinquième. Je suis ici avec ma femme, Emma.

Mme Gross lui adressa un geste poli de la main avant de reprendre le grand verre de vin qu'elle buvait.

— Je voulais juste vous dire qu'on est très heureux de ce que vous avez fait pour le collège depuis que votre arrivée. On était à deux doigts de déménager. On avait fait une offre pour une maison à Wells. Mais depuis que vous êtes là, Felix s'épanouit à l'école, et il a de bons résultats. Et cette pauvre femme, je suis désolée pour elle, mais ce qu'elle disait sur vous, c'est complètement faux, franchement.

— Qu'est-ce qu'elle disait ?

— Oh, c'était vraiment n'importe quoi. Que vous essayiez de la contrôler, que vous aviez été envoyé ici pour détruire la ville de l'intérieur, etc. Ridicule. Mais j'ai pensé qu'il valait mieux vous le dire. Au cas où la rumeur se propage. Ne vous en faites pas, personne n'y prêtera attention. Ici, tout le monde sait que vous êtes génial.

— Merci beaucoup, c'est très gentil de votre part. Je connais Felix, c'est un garçon charmant. Je suis content qu'il soit resté parmi nous.

L'homme lui serra la main et retourna aux côtés de sa femme, qui souriait à son père d'un air franchement étrange et qui avait dans les yeux cette lueur que les femmes avaient toujours quand elles regardaient Tom Fitzwilliam.

Freddie fit la grimace et suivit son père jusqu'à une table située dans un recoin près de la porte. Ils trinquèrent et grignotèrent le bacon. C'était un peu bizarre, certes, se dit Freddie, mais il passait quand même un bon moment. Ils parlèrent un peu du collège de Freddie, et du bal auquel il voulait prendre part. Son père le taquinait gentiment au sujet des filles, ce que Freddie parvint à esquiver habilement grâce à un : « Je ne pense pas encore aux filles » bien rodé, même si ce n'était de toute évidence plus tout à fait vrai. Au cours de cette agréable discussion, Freddie prit conscience que son père allait peut-être saisir l'occasion de lui parler des photos trouvées sur son disque dur. Il se redressa bien droit et se prépara à entendre parler d'un projet éducatif lié aux troubles psychologiques, au *voyeurisme* par exemple, mais son père n'aborda pas le sujet. Il était trop occupé à se remémorer de vieux souvenirs, les différents endroits où ils avaient vécu, les gens étranges qu'ils avaient côtoyés. Son père était très démonstratif et à l'écoute ce soir, alors Freddie se décida à lui poser la question qui le taraudait.

— Papa, tu te souviens de cette femme en colère au Lake District ? Tu sais pourquoi elle s'en est prise à toi ?

Son père se crispa immédiatement.

— Quelle femme en colère ?

— Tu sais, quand on avait fait cette excursion en bus. Elle était sortie de nulle part et avait commencé à te frapper.

— Oh là là ! soupira-t-il en levant les yeux au ciel. Oui, je me souviens. Non, je ne sais pas pourquoi elle avait fait ça. C'était tellement… *bizarre*, non ?

— Et tu l'avais emmenée de l'autre côté de la rue. Je me suis toujours demandé ce qu'elle t'avait dit. Et ce qui tu lui avais dit.

— Oh, je ne sais plus. Je lui ai probablement demandé de se calmer, que j'étais là avec ma femme et mon fils, j'imagine.

— C'était horrible, ce jour-là, murmura Freddie. Terrifiant. Atroce.

— Vraiment ?

— Oui. Je m'en souviendrai toute ma vie. Et maintenant, la mère de Jenna aussi te déteste.

— Mais il y a une grande différence entre ces deux femmes. La femme du lac m'avait confondu avec quelqu'un d'autre, c'était une erreur. La mère de Jenna, eh bien... Elle a des problèmes psychologiques.

Freddie hocha la tête, comprenant la distinction, mais pas entièrement convaincu.

— Elles se connaissent, tu penses ?

— Qui ? La mère de Jenna et l'inconnue du Lake District ?

— Oui, parce que... hésita Freddie, choisissant ses mots avec précaution. Je vous ai entendus parler avec maman. Dire que la mère de Jenna se souvient de t'avoir vu ce jour-là, au lac.

— Tu nous as entendus ? Quand ?

— Dans la cuisine, l'autre matin.

Son père soupira.

— D'abord, tu n'étais pas censé entendre ça. Mais ce n'est pas très important, parce que la mère de Jenna n'était pas avec nous ce jour-là. Elle a peut-être l'impression d'avoir été avec nous, mais c'est à cause de sa maladie. C'est très triste.

— Est-ce que Jenna va aller dans une famille d'accueil ?

— Je ne lui souhaite pas, répondit son père, l'air désolé. Malheureusement, c'est une possibilité, si sa mère va à l'hôpital et que son père ne peut pas s'occuper d'elle. Mais on devrait trouver une meilleure solution. Je vais faire tout ce qui est en mon pouvoir pour que ce ne soit pas le cas.

Freddie hocha doucement la tête.

Son père, ce super-héros.

Chapitre 35

Josephine avait été aux premières loges. C'était arrivé quand elle descendait du bus, juste en face de l'hôtel. Elle avait tout vu : la femme qui criait, la lumière des gyrophares, les policiers.

Elle n'avait pas été la seule à observer l'incident, il y avait toute une rangée de spectateurs. À Melville, il ne se passait jamais rien. Il arrivait qu'il y ait des interpellations en ville, mais jamais dans ce petit bourg tranquille. Alors quand il arrivait quelque chose ici, c'était le clou du spectacle, et personne n'en ratait une miette.

Quand elle rentra, la maison était plongée dans le noir et il y régnait un silence de cathédrale. Elle distingua le bruit d'une goutte d'eau qui tombait dans l'évier de la cuisine, le léger bourdonnement du réfrigérateur. Était-elle seule ? Elle monta jusqu'au bureau de Rebecca et frappa à la porte.

— Oui ?

— Ah ! s'exclama Josephine en ouvrant la porte. Tu es à la maison !

Rebecca ouvrit rapidement un logiciel pour cacher l'image qu'elle regardait.

— En effet, salut.

Dans la lueur de ses écrans, elle avait le teint extrêmement pâle. Elle avait le regard fixe, comme si elle n'avait pas cligné des yeux depuis plusieurs heures. La fenêtre était entrouverte, la pièce était froide, mais Rebecca ne portait qu'une chemise fine et était pieds nus.

— Il fait super froid ici ! Tu dois être congelée !

Josephine s'approcha de la fenêtre pour la fermer, examinant au passage les reflets sombres de la fenêtre de la chambre de Tom Fitzwilliam pour voir si sa femme s'y trouvait. La chambre était vide, les lumières éteintes. Elle promena son regard sur le village. Entre deux voitures, elle crut apercevoir deux silhouettes se diriger vers le *Melville*. Tom et son fils.

Son pouls s'accéléra.

— Ça te dirait d'aller dîner au *Melville* ce soir ? proposa-t-elle à Rebecca, presque à bout de souffle. Je t'invite.

* * *

Une demi-heure plus tard, elles entraient dans le bar. Josephine s'était douchée, brossé les dents, avait enfilé un jean moulant et mis des boucles d'oreilles à strass qui devaient refléter la lueur des bougies. Il lui fallut un peu de temps avant de repérer Tom. Le cœur lourd, elle crut d'abord l'avoir manqué. Mais une fois accoudée au bar, elle se tourna légèrement et l'aperçut, assis avec son fils, à une petite table dans un recoin près de l'entrée. Elle croisa son regard et vit qu'il avait l'air agréablement surpris.

Elle répondit à son sourire et articula silencieusement un bonsoir.

Rebecca et elle allèrent s'asseoir à une table qui ne permettait pas de voir celle de Tom, malheureusement, mais c'était la seule disponible.

— Merci, lui dit Rebecca en faisant tinter son verre de jus de tomate contre le bloody mary de Josephine. C'était une très bonne idée. Parfois, ça fait du bien de se rappeler qu'il y a un monde en dehors. Je suis un peu…

Sa phrase resta inachevée. Elle venait de remarquer quelque chose derrière Josephine, qui sentit sa présence avant même de le voir. Son cœur se souleva dans sa poitrine et son sang ne fit qu'un tour. Elle se retourna en souriant.

— Bonsoir Tom ! Je serais venue te voir mais je ne voulais pas te déranger avec ton fils.

— Quelle délicate attention ! répondit-il en se penchant pour l'embrasser sur la joue, ce qui, s'agissant de Tom Fitzwilliam, lui paraissait être le comble de l'érotisme. Cette manœuvre complexe pouvait se terminer de tant de façons que Josephine en avait le vertige.

Elle se leva légèrement de sa chaise et la bise fut échangée sans incident. Josephine parvint à se maîtriser et articula :

— Tu connais sans doute ma belle-sœur, Rebecca.

— Oui, répondit Tom sur un ton enjoué. Bien sûr ! Je suis ravi de vous revoir, ça fait un bail. Je vous ai à peine croisée depuis que vous avez emménagé.

— C'est vrai que je ne sors pas beaucoup, admit-elle sèchement.

— Vous avez sans doute été très occupée, reprit-il en baissant les yeux vers le ventre de Rebecca.

Un silence un peu gênant suivit, et Tom s'exclama :

— Oh mon Dieu, c'est bien un bébé, n'est-ce pas ? Vous allez avoir un bébé.

Josephine attendit que Rebecca rassure Tom en lui disant que oui, bien sûr, c'était un bébé, mais elle ne le fit pas. Elle le dévisagea sans dire un mot.

— Oui, je vais avoir une nièce. Le terme est prévu dans deux mois.

— Formidable ! Toutes mes félicitations. Comment va Jack ?

— Il va bien, merci, répondit Rebecca d'une voix austère.

— Bien, conclut Tom en lançant à Josephine un regard en coin si complice qu'elle sentit le rouge lui monter aux joues.

Il se tourna vers sa table. Freddie fixait son téléphone avec intensité, entre deux coups d'œil furtifs au reste du bar.

— Je vais rejoindre mon fils. D'ailleurs, il est l'heure de rentrer à la maison. Je suis sûr qu'il a des devoirs à faire. Prenez soin de vous, Rebecca. À bientôt, Jo.

— *Jo* ? s'indigna Rebecca dès qu'il s'était éloigné de leur table. Pourquoi il t'appelle comme ça ?

— Parce que je lui ai dit que c'était mon surnom, répondit Josephine d'un air décontracté. Le soir où il m'a raccompagnée. Et depuis, il m'appelle comme ça.

— Mais pourquoi tu lui as dit ça ?

— Je ne sais pas, comme ça, parce que je trouvais ça sympa.

— Mais personne ne t'appelle Jo.

— Oui, c'est vrai. Je trouvais que ça faisait plus sympa, non ?

Rebecca cligna des yeux, incrédule.

— Mais pourquoi est-ce que tu voudrais faire ami-ami avec lui ?

— Parce que… hésita-t-elle, en remuant son cocktail avec la tige de céleri qui l'accompagnait. Je sais pas. Tu peux pas comprendre.

— Peut-être que si. Dis-moi.

— OK. Essaie d'imaginer ce que c'est de grandir dans l'ombre d'un type comme Jack. Imagine que tout ce que tu fais finit par foirer – absolument tout ! Et dès que tu te détournes du bordel que tu as créé, tu vois Jack, qui fait tout bien comme il faut. Tout en étant absolument adorable, bien sûr. Alors que toi, tu es juste une ratée. Du coup, quand j'ai eu la chance de discuter avec un autre être incroyable et si parfaitement adulte, qui fait tout bien comme il faut et résout les problèmes de tout le monde, j'avais envie qu'il se sente proche de moi. Tu vois ?

—Oui, je comprends. Moi aussi, je me sens comme ça parfois.

—Par rapport à Jack ?

—Oui. Par rapport à mes collègues, aussi. Par rapport à presque tout le monde, en fait, avoua-t-elle en haussant les épaules. Quand je t'ai rencontrée, la première fois, j'étais terrifiée. C'est toujours un peu le cas.

—Quoi ?!

—C'est vrai. Jack parlait toujours de toi comme d'une sorte d'aventurière intrépide qui faisait la fête toute la nuit, là-bas à Ibiza, multipliant les conquêtes. Et puis je t'ai rencontrée, et tu étais si jeune, si cool. Tu donnais l'impression de pouvoir monter des chevaux sauvages et tirer à la carabine. Tellement spontanée, tellement libre. Alors que Jack a beaucoup de succès, oui, mais il est mesuré, précautionneux. Tout doit être planifié et mûrement réfléchi. Il n'y a pas de place pour l'inattendu. Il est un peu plus comme moi, je crois. C'est pour ça que je t'admirais. Et que tu m'intimidais.

—Eh bien, inutile d'être intimidée une seconde de plus. Je ne sais pas monter les chevaux sauvages et je n'ai aucune spontanéité ! Tout ce que je suis, c'est une ratée.

—Arrête Josephine, franchement. Ne dis pas ça. Parce que plus tu te confortes dans l'idée que tu es une ratée, plus les gens te considéreront comme telle. Et ce n'est pas vrai du tout. Tu es géniale. Tu sais…

Elle hésita un instant, jouant avec le tissu de ses manches, avant d'ajouter :

— J'ai connu une fille comme toi, il y a bien longtemps. Elle était incroyable, pleine de vie, si belle, si vraie… Mais elle manquait terriblement de confiance en elle. Elle pensait que tout le monde était mieux qu'elle, et un jour, quand elle avait quatorze ans…

Rebecca s'interrompit, les yeux rivés sur ses mains. Puis elle plongea son regard dans celui de Josephine.

— Elle s'est suicidée.

— Oh mon Dieu… C'était qui ? demanda Josephine, bouleversée.

Rebecca enfonça ses mains dans ses manches.

— C'était ma petite sœur.

INTERROGATOIRE ENREGISTRÉ

Date : 25/03/2017

Lieu : Commissariat de police de Trinity Road, Bristol, BS2 0NM

Agent : Officiers de la police du Somerset et de l'Avon

POLICE : Déclinez votre identité pour l'enregistrement, s'il vous plaît.

AB : Alfie James Butter.

POLICE : Où habitez-vous ?

AB : Au 14 Melville Heights.

POLICE : Merci. Nous avons quelques questions simples à vous poser, monsieur Butter.

AB : Vous pouvez m'appeler Alfie.

POLICE : Très bien, Alfie. Où étiez-vous le soir du vendredi 24 mars ?

AB : J'étais chez ma mère jusqu'à 19 heures environ, puis je suis rentré à la maison.

POLICE : Où est situé le domicile de votre mère ?

AB : À Frenchay.

POLICE : Merci. Comment êtes-vous rentré chez vous ?

AB : J'ai pris le bus. Je n'ai pas encore de voiture. J'économise pour m'acheter une camionnette, pour transporter mon matériel de peinture.

POLICE : Quel bus avez-vous pris ?

AB : Le 218, qui passe dans le centre de Bristol.

POLICE : À quelle heure êtes-vous arrivé à Melville ?

AB : Vers 19 h 40, je crois.

POLICE : Racontez-nous précisément ce qu'il s'est passé quand vous êtes descendu du bus.

AB : D'accord. Alors, je me suis arrêté à l'épicerie pour acheter des bières. Je venais d'écrire à Josephine...

POLICE : Mme Mullen ?

AB : Oui, c'est elle. Elle m'avait dit qu'elle faisait les magasins en ville et qu'elle n'allait pas rentrer tout de suite. Moi, j'avais envie de boire un coup. Vendredi soir quoi, enfin, vous voyez bien. Ensuite j'ai grimpé la colline pour rentrer à la maison.

POLICE : Avez-vous vu ou croisé quelqu'un en rentrant ?

AB : Non, personne.

POLICE : Vous vivez avec le frère aîné de Mme Mullen et sa femme, c'est bien ça ?

AB : Oui, exactement.

POLICE : Étaient-ils chez vous quand vous êtes rentré ?

AB : Aucune idée. Je ne les ai pas vus, en tout cas. Ce n'est pas ma maison, alors j'essaie de ne pas trop me faire remarquer. Je ne veux pas les déranger. Je ne les cherche pas partout. Vous me suivez ? Donc j'ai pris mes bières et je suis monté direct dans notre chambre pour attendre Josephine.

POLICE : À quelle heure Mme Mullen est-elle rentrée du centre-ville ?

AB : Je pense qu'il était aux alentours de 20 h 15, 20 h 30 ?

POLICE : Pourriez-vous être plus précis ?

AB : Pas vraiment, je ne me souviens plus…

POLICE : Est-ce qu'elle est montée dans votre chambre tout de suite ? Selon vous ?

AB : J'étais en train d'écouter de la musique, je n'ai pas entendu la porte d'entrée. Mais oui, je pense qu'elle est montée directement. Elle avait encore son manteau et ses mains étaient froides. Ses joues aussi. Comme si elle venait de rentrer. Pourquoi ?

POLICE : Comment l'avez-vous trouvée ? Avait-elle l'air stressée ? À bout de souffle ?

AB : Non, pas vraiment… Elle m'a dit qu'elle avait passé une journée un peu dure, que les magasins étaient bondés, qu'elle était crevée. On ne peut pas dire qu'elle regorgeait d'énergie, mais ça allait.

POLICE : C'est-à-dire ?

AB : Elle était normale.

POLICE : Qu'a-t-elle fait, quand elle est entrée dans votre chambre ?

AB : Je ne sais plus trop. On a discuté un peu. Elle a pris une douche.

POLICE : Qu'avait-elle acheté ? Elle vous l'a dit ?

AB : Un nouveau soutien-gorge, apparemment.

POLICE : Elle vous l'a montré ?

AB : Oui, elle le portait. Bon, c'est quoi le problème ? Vous ne pensez quand même pas que Josephine a quoi que ce soit à voir là-dedans, si ?

POLICE : Merci, Alfie. Ce sera tout pour le moment.

Chapitre 36

10 mars

Les policiers étaient partis une heure plus tôt, et depuis, Jenna était restée prostrée en position fœtale sur son lit. Elle tenait son téléphone entre ses mains, les yeux rivés sur l'écran. Bess était avec Ruby et un type nommé Jed. Jenna ne le connaissait pas, mais apparemment il aimait tout particulièrement tirer la langue dès que quelqu'un le prenait en photo. Ils s'étaient retrouvés dans un KFC en ville, mais maintenant ils semblaient être dans une chambre. Pas celle de Bess. Jenna connaissait la chambre de son amie presque aussi bien que la sienne. Sur la carte Snapchat, Jenna voyait que Bess était au 24 Hawthorne Drive, une rue de Lissenden, le village jouxtant Melville.

Sa gorge se noua en pensant à cet univers parallèle dans lequel elle serait allée au KFC après les cours avec Bess, Ruby et Jed, univers dans lequel elle serait maintenant assise en tailleur dans une chambre, bavardant avec insouciance. Malgré sa langue bien pendue, Jed était plutôt mignon. Jenna aurait peut-être flirté avec lui. Jed serait peut-être devenu son premier amour, le garçon de sa première fois. Elle ne le saurait jamais, puisqu'elle était là, roulée en boule sur son lit, l'estomac encore retourné suite à l'incident du *Melville.* Elle se sentait humiliée d'avoir dû sortir escortée de policiers pendant que leurs voisins les dévisageaient, bouche bée. Elle était aussi stressée à l'idée d'avoir menti aux policiers, à son père, à la terre entière.

Elle cliqua à nouveau sur la carte : Bess était encore au 24 Hawthorne Drive. Il était 22 h 45. La mère de Bess ne l'autorisait pas à rentrer après 23 heures le week-end. Il fallait qu'elle parte maintenant si elle voulait être à l'heure.

Jenna entendait sa mère au rez-de-chaussée, en train de vaquer à ses occupations. Avant de sombrer dans la paranoïa, sa mère aimait se coucher à 22 heures avec une tisane et un bon livre, mais ces jours-ci, elle n'allait jamais se coucher avant minuit, elle veillait parfois jusqu'à 2 heures du matin, discutant sur des forums en ligne avec des Américains, vérifiant tout et n'importe quoi, prenant des photos, des notes. En ce moment, elle fouillait probablement dans les tiroirs de la cuisine, faisant un inventaire mental de tous les objets qui s'y trouvaient pour s'assurer au matin que personne ne s'était introduit dans la pièce pour modifier l'organisation de ses couverts.

Jenna roula de l'autre côté du lit et jeta un nouveau coup d'œil à son téléphone. Bess avait quitté la maison de Jed. Elle se déplaçait rapidement. Soit elle était à bord d'un taxi, soit sa mère était venue la chercher, ce qui était peu probable, puisqu'elle rechignait à déplacer sa voiture le week-end pour ne pas perdre sa place. Elle observa l'avatar de son amie avancer vers Lower Melville. Elle s'imagina Bess sur la banquette arrière, mal à l'aise, ne sachant pas si elle devait engager la conversation avec le conducteur. Elle était probablement en train de se donner une contenance en regardant son téléphone. Jenna voulut lui envoyer un message, mais elle se ravisa.

À 22 h 55, l'avatar s'arrêta dans la rue principale et Jenna attendit de voir son amie arriver saine et sauve chez elle pour quitter Snapchat. Mais la petite icône restait fixée à cet endroit, en face du *Melville*. Il était maintenant 23 h 05. Jenna se releva pour s'asseoir au bord de son lit. Pourquoi ne rentrait-elle pas ? Elle redémarra l'application, au cas où celle-ci aurait planté, mais l'avatar de Bess se trouvait toujours à l'endroit où le taxi l'avait déposée. Soudain, Jenna s'imagina les portières verrouillées, les vitres teintées, sa minuscule amie plaquée sur la banquette arrière par un homme baraqué, dégoulinant de sueur, essayant en vain d'attirer l'attention d'un passant. Elle se leva d'un bond, dévala les escaliers, enfila le manteau de sa mère et ses vieilles bottes de jardin et sortit en courant.

Au bout de la rue, il n'y avait pas de taxi aux vitres teintées. Elle observa les alentours, cherchant la forme claire de la tête blonde de son amie, et quand elle la distingua enfin, elle sentit ses jambes se dérober sous elle. De l'autre côté de la rue, devant la porte de la pharmacie, Bess était en grande conversation avec M. Fitzwilliam.

Chapitre 37

Le père de Freddie était sorti de chez eux bien après 23 heures, avait descendu la colline vers le bourg et était revenu un quart d'heure plus tard avec une boîte de céréales. Pourtant, son père n'en mangeait pas et sa mère ne prenait jamais de petit déjeuner. Dans la maison, la seule personne qui aurait pu être intéressée par ces céréales, c'était lui, Freddie, mais son attrait pour les corn flakes achetés par son père était extrêmement limité et ne justifiait certainement pas une course en pleine nuit. Cette soirée avait été particulièrement éprouvante pour Freddie. L'incident avec la mère de Jenna, la police, son père qui lui avait proposé de l'accompagner au *Melville*, qui s'était montré si gentil avec lui et lui avait permis d'évoquer ce qui s'était passé au lac, Chaperon Rouge qui avait débarqué avec une amie, et son père qui avait soudain joué son insupportable numéro de séduction. Puis au moment où ils étaient sortis du *Melville*, Freddie s'était retourné pour regarder Chaperon Rouge, mais avait croisé le regard de son amie enceinte, qui lui avait donné la chair de poule.

Il sortit du lit et avança à tâtons jusqu'à sa porte. Il entendait ses parents discuter à voix basse dans leur chambre. Petit à petit, le ton de la conversation monta, comme s'ils se disputaient, et rapidement Freddie entendit des cris étouffés.

Son estomac se souleva. Il ne bougeait plus, à l'affût des bribes de leur conversation. Il distinguait un mot de temps en temps, un bout de phrase mais jamais assez pour comprendre la teneur de la conversation. « *Cette fille… Rien à voir avec moi… Du tout, du tout… Comment est-ce que j'aurais pu savoir ?* » Puis plus aucun son ne lui parvint. La peur s'empara de lui. Il retint son souffle, ferma les yeux en attendant de reconnaître le son cuisant d'un coup de poing ou d'une gifle, les grognements de douleur, les bruits sourds des corps projetés sur des surfaces dures. Il avait la nausée. Comment une soirée qui avait commencé avec un verre de Coca au *Melville* pouvait-elle se terminer de cette façon ? Il ne voulait pas y croire.

Le silence s'éternisa, et après un moment il ouvrit ses yeux à nouveau, desserra les poings, et expira, lentement, longuement. Il entendit le bruit de la chasse d'eau dans la salle de bains de ses parents, le cliquetis d'un interrupteur, le grincement rassurant de leur sommier. Il s'éloigna de la porte de sa chambre et s'approcha de la fenêtre.

Le village se préparait pour la nuit. Les derniers couche-tard quittaient le *Melville*, le restaurant thaïlandais avait déjà fermé, les rues étaient désertes. Quelque part là-bas, hors de sa vue, il y avait Jenna Tripp et sa mère. Il se demandait ce qu'elles faisaient, comment Jenna se sentait. Il posa sa main sur la vitre glacée jusqu'à ce qu'une empreinte de buée se forme, puis il tira les rideaux et se remit au lit.

Chapitre 38

11 mars

— Tu ne m'avais jamais dit que la sœur de Rebecca s'était suicidée.

Jack leva les yeux de la pile de lettres qu'il venait de poser sur la table. Il était en tee-shirt et bas de pyjama, les cheveux décoiffés, un peu sales. Il ne donnait pas l'impression d'avoir passé sept heures la veille à opérer des patients à cœur ouvert. Il ressemblait plutôt à un type qui aurait passé la soirée à boire dans un pub et aurait mangé un kebab sur le chemin du retour.

— Hein ?

Elle attrapa la boîte de Weetabix.

— Ta femme. Hier, elle m'a dit que sa petite sœur s'était suicidée quand elle avait quatorze ans. Pourquoi tu ne m'as jamais rien dit ?

— Josephine… J'en sais rien. Peut-être parce que tu n'étais pas là quand j'ai fait sa connaissance et que je me suis lié à elle.

— Mais c'est ma belle-sœur. Je *vis* avec elle. Ça explique tellement de choses ! Ça aurait été tellement plus facile…

Elle s'arrêta pour chercher le bon mot. Elle avait failli dire « de l'apprécier ».

— De la comprendre.

— Désolé, ça ne m'est pas venu à l'esprit. Et puis, ça ne te regarde pas vraiment. Rebecca est quelqu'un de très réservé, tu sais. Elle n'aurait peut-être pas apprécié que je te raconte ça.

— Je sais, mais quand même. C'est fou de ne pas savoir ça de quelqu'un.

— Bon. En tout cas maintenant tu es au courant.

— Pourquoi… ?

Josephine s'interrompit à nouveau. Elle ne voulait pas employer le mot approprié.

— Pourquoi elle s'est suicidée ? Rebecca m'a dit qu'elle n'en avait pas la moindre idée.

Jack soupira.

— Personne ne sait pourquoi. Elle n'a pas laissé de mot pour expliquer son geste. Tout le monde s'est rejeté la faute, ça a été vraiment horrible. Si j'ai bien compris, on a d'abord pensé que c'était en lien avec un de ses profs. Qu'ils auraient eu une sorte de relation. Puis on s'est rendu compte que c'était complètement faux. Elle était amoureuse de son prof, un point c'est tout. Elle s'est tuée sans raison. Le père de Rebecca s'est mis à boire, sa mère est morte quelques années plus tard, incapable de faire le deuil. Ça les a complètement détruits.

— Je n'ose même pas imaginer… Enfin, si tu avais fait ça à quatorze ans, si je t'avais perdu, puis maman… Je n'aurais pas… je n'aurais plus jamais été heureuse de ma vie. Putain ! s'exclama-t-elle en sentant une larme se former au coin de son œil.

— Tu pleures ?

— Non, non.

Il s'approcha d'elle.

— Nom de Dieu. Un triple pontage coronarien *et* des femmes en pleurs. Ce n'est pas mon jour. Viens là, lui dit-il, les bras grands ouverts.

Josephine se réfugia dans cette étreinte. Son frère sentait la grasse matinée et les cheveux sales. Son odeur lui rappelait leur enfance.

— Tu mourras jamais, toi, hein ? dit-elle en reniflant dans son tee-shirt.

— Je vais tout faire pour rester en vie.

— D'accord. Parce que je ne pense pas que je pourrais survivre sans toi.

* * *

Alfie était allongé au travers du lit, nu, dans un enchevêtrement de draps post-coïtal. Elle avait attendu qu'il rentre du bar la nuit précédente, à 1 heure du matin, et s'était jetée sur lui. Il avait été surpris, ravi, puis avait tout gâché au dernier moment en suggérant qu'ils n'utilisent pas de préservatif.

— Merde ! Mais non ! s'était-elle écriée dans le noir de leur chambre. On n'a pas encore décidé ! On n'a pas décidé ! Tu peux pas te mettre à en parler comme ça, dans le feu de l'action !

— Non, avait-il répondu doucement, tu as raison. Je suis désolé. J'ai eu l'impression que…

— Que j'avais envie de coucher avec toi ?

— Bah oui.

— Et pourquoi est-ce que ça voudrait dire que j'ai envie d'avoir un bébé, tout à coup ?

— Ça ne veut pas dire ça, je sais. Mais… Je suis désolé, OK ? On peut oublier que j'ai dit ça, s'il te plaît ?

Ils avaient réussi à reprendre là où ils avaient arrêté et à finir plus ou moins en harmonie. Après l'amour, Alfie avait sombré dans un profond sommeil, et Josephine avait soulevé son bras posé sur sa poitrine, l'avait reposé à côté d'elle et s'était tournée vers le bord du lit. Elle s'était endormie une heure plus tard, après avoir sondé son cerveau à la recherche des véritables raisons pour lesquelles elle ne tenait pas à avoir un bébé avec Alfie. Toutes les hypothèses la ramenaient vers Tom Fitzwilliam. Elle se repassait en boucle le trajet du matin dans sa voiture, la complicité qu'elle avait ressentie avec lui, ce moment où il lui avait dit que ses yeux étaient magnifiques, puis plus tard dans la soirée, au *Melville*, quand il avait rapidement posé sa main sur son bras en lui disant bonsoir. Elle s'était endormie à 2 h 30 et s'était réveillée six heures plus tard après avoir rêvé de lui.

— Bonjour mon amour, le réveilla-t-elle en s'asseyant sur le lit en tailleur.

— Bonjour, répondit Alfie d'une voix endormie, passant un bras autour des genoux de Josephine.

Elle embrassa son front.

— Ça te dit d'aller manger des dim sum en ville avec Jack et Rebecca ?

— Qu'est-ce que c'est ça ?

— Des raviolis chinois, cuits à la vapeur. Tu peux aussi prendre des nouilles ou autre chose.

— Génial, murmura-t-il en enfouissant son visage contre sa jambe. Des putain de raviolis !

Chapitre 39

13 mars

JENNA ATTENDAIT DEVANT LE BUREAU DE M. FITZWILLIAM. Il était 9 heures ce lundi matin et cette fois, elle savait pertinemment pourquoi elle avait été convoquée. Elle lissa le tissu de sa jupe à plis et joua un instant avec le pompon attaché à son sac à dos. Elle était en train de rater le cours de physique. En temps normal, ça ne l'aurait pas dérangée, mais elle aurait aimé pouvoir y assister ce jour-là, car c'était l'un des seuls cours qu'elle avait en commun avec Bess ce trimestre.

Elle entendit M. Fitzwilliam terminer un appel et s'éclaircir la gorge avant d'ouvrir la porte de son bureau et de lui faire signe d'entrer.

— Bonjour, mademoiselle Tripp.

Elle avait envie de lui répondre de ne pas l'appeler comme ça, de l'appeler Jenna, mais elle n'en fit rien. Elle se contenta d'un sourire.

— Bonjour.

— Comment ça va aujourd'hui ?

— Bien, répondit-elle en haussant les épaules.

Il la guida vers les sièges confortables où ils avaient pris place la semaine précédente.

—Parfait, commenta-t-il elle tirant la chaise qui lui était destinée. Bon, j'imagine que tu sais pourquoi je voulais te parler.

—À cause de ma mère ?

—Oui. Enfin non, pour être exact, c'est pour parler de *toi*. En tant que proviseur de ce collège, c'est surtout pour toi que je me fais du souci. Alors je t'en prie, tu peux me répondre en toute honnêteté : comment te sens-tu depuis l'incident ?

—Je vais bien, réitéra-t-elle.

—Tu me l'as déjà dit, ça. Tous les enfants de nos jours vont *bien*. Mais je sais que c'est un autre moyen pour vous de dire : « Je broie du noir, mais je préférerais mourir plutôt que de te faire part de ce qui me préoccupe, mon coco. »

Jenna eut la chair de poule en entendant l'expression « mon coco ». Il y avait encore des gens qui parlaient comme ça ?

—Je sais aussi que tu dois gérer un tas de trucs toute seule à la maison, parce que ton père et ton frère vivent à trente kilomètres d'ici. Après ce qu'il s'est passé vendredi soir, je me fais du souci pour toi. Jenna…

Il fit à nouveau ce mouvement en avant, rapprochant son visage à quelques centimètres du sien, plongeant son regard si profondément dans le sien qu'elle dut se faire violence pour le soutenir.

—Je sais que, dans quelques mois, tu passeras ton brevet. Je sais que tes amis sont ici et que tu as peur de devoir déménager si les services sociaux s'en mêlent. Je comprends tout à fait tes inquiétudes. Mais il y a beaucoup d'autres options qui pourraient te satisfaire. Il faut que tu le saches.

Elle cligna des yeux. Elle n'avait pas la moindre idée de ce dont il parlait.

— Tu ne serais pas obligée d'aller vivre avec ton père, je t'assure. Je ferais en sorte que tu puisses rester à Melville jusqu'à la fin des examens. Ou même plus longtemps, si tu le souhaites.

Elle mourait d'envie de savoir comment il comptait s'y prendre, mais elle se garda bien de lui poser la question. Si elle le faisait, il lui répondrait, et elle se ferait entraîner dans un tourbillon incontrôlable.

— Ton père est au courant de ce qui se passe ? Il sait à quel point ta mère est malade ?

— Oui, répondit-elle les yeux baissés. Il sait presque tout. C'est pour ça qu'ils se sont séparés en fait.

— À cause de sa maladie ?

— À l'époque, on ne savait pas que c'était une maladie. On pensait juste qu'elle était un peu parano. Un peu à l'ouest. Ils ne s'entendaient plus.

— C'était il y a combien de temps, ça ?

— Environ quatre ans.

— Et depuis, la situation s'est empirée ?

Elle voulait secouer la tête en répondant « Non, pas vraiment », mais à la place elle se vit acquiescer, puis, à sa grande horreur, sentit une larme couler sur sa joue droite, puis une autre sur sa joue gauche.

— Jenna, s'émut M. Fitzwilliam en se penchant vers une table basse pour attraper une boîte de Kleenex. Prends ça, continua-t-il en tirant sur un mouchoir d'un moulinet de bras et en le lui tendant.

Elle pressa le mouchoir sur son visage. Elle prit une profonde inspiration pour essayer de retenir ses larmes, mais elle sentait un tsunami lacrymal se former sous ses paupières. Soudain, des torrents se déversèrent sur ses joues. Elle pressa ses paumes contre ses yeux, mais cela ne changea rien.

M. Fitzwilliam demeura silencieux. Il était assis, ses mains jointes coincées entre ses genoux. Il la regarda pleurer. Une fois que les larmes commencèrent à refluer, elle lui jeta un coup d'œil furtif. Elle remarqua avec étonnement que ses yeux étaient verts.

— Désolée. Je suis vraiment désolée, renifla-t-elle.

— Ne t'excuse pas. Tu peux pleurer autant que tu en as besoin.

— C'est bon maintenant.

— Tu es sûre ? Parce que j'ai encore quarante-huit minutes devant moi, reprit-il en jetant un coup d'œil à sa montre au bracelet rouge et jaune. Tu as encore un peu de temps, si tu veux.

Elle ne put s'empêcher de sourire.

— Merci, mais ça va mieux. Vraiment.

Il lui tendit une corbeille pour qu'elle y jette son mouchoir.

— L'état de ta mère ne s'est pas arrangé, donc ?

Elle secoua la tête. Il était un peu tard pour prétendre le contraire.

— Pas vraiment, non. Depuis que vous êtes arrivé…

— Et tout ça, c'est parce qu'elle croit m'avoir aperçu pendant des vacances il y a quelques années ?

Elle hocha la tête et renifla, serrant un nouveau mouchoir dans ses mains.

— À ton avis, pourquoi est-ce qu'elle croit m'avoir vu ?

— Parce que c'est vrai. On vous a vraiment croisé pendant ces vacances. Moi aussi, je m'en souviens. À cause de votre montre.

Il posa rapidement sa main sur sa montre.

— Tu te souviens de ma montre ?

— Oui. Parce qu'elle était assortie à votre chemise. J'avais remarqué ça.

Il lui lança un regard incrédule.

— Tu as une très bonne mémoire, on dirait. Tu te souviens de l'endroit précis où nous nous sommes croisés ?

— Oui, c'était pendant une excursion en car. Dans le Lake District.

Elle le regarda droit dans les yeux en disant cela, guettant sa réaction. Il eut l'air tellement pris au piège qu'elle dut détourner le regard. Pourtant, après un quart de seconde, il avait retrouvé une contenance et son visage affichait son expression habituelle.

— Je vois oui, ce fameux voyage en car. J'imagine que tu te souviens de l'incident avec cette dame.

Elle hocha la tête.

— Tu sais, je n'ai jamais compris ce qu'il s'était passé, lui confia-t-il en se réinstallant dans sa chaise. C'était vraiment étrange. Et si je comprends bien, quoi qu'il se soit passé ce jour-là, ta mère en a été témoin et pense que ça a quelque chose à voir avec elle.

Jenna acquiesça d'un hochement de tête.

— Et maintenant elle pense que… que je la surveille ?

— En gros.

— Que je dirige un groupe de gens qui l'espionnent ?

— Ça s'appelle un délire de persécution, le coupa-t-elle sèchement.

Elle ne supportait pas de l'entendre s'approcher pas à pas du problème. Elle préférait aller droit au but.

— C'est une sorte de délire psychotique. Il y a des milliers et des milliers de gens dans le monde qui pensent en être victimes. Ils s'appellent les cibles. Ils communiquent sur des forums en ligne où ils parlent sans arrêt, et plus ils se parlent, plus ils alimentent leur délire. C'est ce qui est arrivé à ma mère. Ce qui a aggravé les choses, c'est Internet.

— Tu penses que si ça n'avait pas été moi, ça aurait été quelqu'un d'autre ?

— Probablement.

Il hocha la tête, la regarda avec intensité, puis soupira. Il avait l'air un peu rassuré.

— Tu ne peux pas continuer à vivre seule avec ça, tu sais ?

— Ça va bien, monsieur, je vous jure. Je gère la situation. J'ai pas besoin d'aide.

— Et les policiers, qu'est-ce qu'ils ont dit ?

— Rien. Ils nous ont posé des questions puis ils sont partis.

Il hocha la tête et posa sa main repliée sous son menton pendant qu'il réfléchissait à ce qu'il allait dire.

— Au moins, est-ce que tu pourrais raconter à ton père ce qu'il s'est passé vendredi, s'il te plaît ? C'est très important.

— Il n'a pas besoin de savoir. Il a d'autres chats à fouetter. Il gère un magasin et il s'occupe de mon frère.

M. Fitzwilliam soupira.

— Tu sais, Jenna, je pourrais aussi l'appeler. C'est ce que je devrais faire, d'ailleurs. Mais je vois bien que tu es une jeune fille très débrouillarde et que tu ne veux pas que d'autres gens soient impliqués dans cette histoire. Mais j'ai besoin de savoir que quelqu'un d'autre veille sur toi. Ton père. Je veux que tu me promettes que tu vas tout lui dire.

Elle hocha la tête.

— Aujourd'hui ?

— Oui, si vous voulez.

— Bien, conclut-il avec un sourire. Et en attendant, n'oublie pas que je suis là. À toute heure du jour ou de la nuit. Compris ?

Puis il lui lança un regard qui se voulait être rassurant et amical, mais qui lui fit froid dans le dos. Elle attrapa son sac à dos et se releva rapidement.

Puis au moment de sortir du bureau, quand elle sentait qu'il y avait assez de distance entre eux pour qu'elle puisse respirer et réfléchir librement, elle lui lança :

— Monsieur, pourquoi est-ce que vous parliez avec B…

— Pardon ? demanda-t-il en remettant sa cravate en place.

— Non rien, répondit-elle en se ravisant. Rien du tout.

Chapitre 40

Freddie n'avait pas d'amis au collège. Il n'avait personne pour faire le chemin avec lui. Même quand il croisait sur la route des garçons de sa classe, personne ne semblait remarquer sa présence. Personne ne lui faisait un signe de tête ou ne lui lançait un : « Ça va, Fred ? » Il mangeait tout seul le midi. Deux fois par semaine il allait jouer aux échecs pendant l'heure du déjeuner, mais l'atmosphère était peu propice au développement de nouvelles amitiés. Une fois par semaine, après ses cours, il allait au club informatique. Pas parce qu'il en avait envie, mais parce que son père lui avait dit que, s'il ne participait pas à au moins une activité extrascolaire, il lui couperait l'accès à Internet. En plus, il aimait bien coder. Il y avait un garçon, Max, qui faisait toujours un effort, lui disait bonjour, lui demandait comment il allait, se mettait en binôme avec lui quand il le fallait. Freddie ne le considérait pas vraiment comme un ami, mais il était ce qui s'en rapprochait le plus.

Cependant, pour ce qui l'occupait aujourd'hui, Max n'était pas d'une grande aide, parce qu'il faisait un mètre cinquante, pesait quarante kilos, avait les cheveux longs et portait des baskets horribles. Il était évident qu'il ne s'intéressait pas aux filles et qu'il n'aurait pas de conseils utiles à prodiguer.

Des affiches pour le bal de printemps avaient été placardées dans tout le collège, et les tickets étaient en vente. Romola en avait d'ailleurs parlé sur Instagram la veille : une fille avait posté une photo d'elle dans une cabine d'essayage avec une robe moulante et quelques hashtags : #baldeprintemps17 #miroirmiroir #estcequecamefaitungroscul.

Ce sur quoi une flopée de gens avaient commenté en disant tous à peu près la même chose :

OMG mais non t'as pas un gros cul, t'es folle! t'es tellement parfaite!

Romola avait répondu :

C'est une très belle robe, en effet.

Freddie avait zoomé sur la photo à la recherche d'un indice sur sa provenance et avait trouvé la moitié d'un logo peint sur le mur de la cabine qui ressemblait aux lettres URBN dans un carré. En faisant une recherche, il avait découvert qu'il s'agissait du logo du magasin Urban Outfitters. Il était allé sur leur site, avait trouvé la robe et l'avait commandée, même si elle coûtait 60 livres.

—Tu vas au bal de printemps ? demanda-t-il à Max, qui lui lança un regard circonspect à travers un rideau de cheveux.

—Hein ?

—Le bal de printemps, la semaine prochaine ? Tu sais, celui avec St Mildred's.

—Non, pourquoi j'irais ? s'insurgea-t-il avec une grimace.

—J'en sais rien, je te demandais juste.

—Tu y vas, toi ?

— Peut-être, répondit Freddie avec un air décontracté. Peut-être bien…

— Putain, moi j'aimerais mieux crever.

— C'est bien ce que je me disais.

— Pourquoi tu veux y aller ?

— Parce que j'ai envie d'y accompagner une fille.

— Genre, une fille en particulier, ou juste une fille ?

— Non, une fille en particulier.

Max lui lança un regard surpris.

— Quoi ?

— Rien, rien…

— Non vas-y, dis-moi ce que tu penses.

— Rien, mais c'est juste que, tu sais, les mecs comme nous, commença-t-il en les désignant tous les deux du doigt, on n'emmène pas vraiment les filles au bal. C'est contre les lois de la nature. Contre la sélection naturelle.

— Putain mais qu'est-ce que tu racontes ?

— Enfin sauf si c'est un cageot. Cette fille, c'est un thon ?

— Non, elle est sublime.

— Bon, alors il vaut mieux faire une croix dessus.

Freddie ferma les yeux un instant. Il sentait un tourbillon de fureur noire se former en lui. Il avait envie de défoncer Max. Pas seulement de se défouler en lui balançant un coup de poing, mais de le déchiqueter. De le disséquer, lentement, avec cruauté.

— Je ne suis pas un mec comme toi, lâcha-t-il, les dents serrées.

Max haussa les épaules et se retourna vers son ordinateur.

— Si tu le dis, marmonna-t-il.

Freddie se remit au travail et essaya de se concentrer sur la tâche qu'ils devaient effectuer, mais son cerveau était obscurci par la haine qu'il ressentait pour Max. Il tourna la tête et fixa le profil pathétique de son camarade : sa peau tendre et ses grosses joues de bébé, les cheveux ternes qui pendaient devant ses yeux.

— Je parie que tu dors encore dans le lit de ta mère et que tu te réveilles le matin avec ta petite bite toute dure, lui glissa-t-il dans l'oreille.

— Putain, mais t'es malade ! répondit Max avec un air dégoûté.

Quand l'aiguille de l'horloge de la salle informatique passa de cinquante-neuf à pile, Freddie attrapa sa veste du dos de sa chaise et sortit en trombe de la salle. Il prit ses affaires dans son casier en vitesse et quitta le collège sans retenir la porte derrière lui, si bien qu'un autre élève la prit en pleine tête.

Freddie se rendit directement devant la maison de Romola. Elle y était probablement déjà. Il attendit au coin de la rue, faisant mine d'écrire un message. Un homme apparut à côté de lui. Il s'arrêta un instant pour jeter un coup d'œil à son téléphone avant de le ranger dans sa poche. Freddie l'observa avec intérêt sortir de sa veste un jeu de clés et s'approcher de la maison de Romola. Le petit chien se mit à aboyer de toutes ses forces derrière la porte. L'homme l'ouvrit, fit reculer doucement le chien avec son pied puis referma derrière lui.

Le père de Romola.

En comprenant de qui il s'agissait, une vague de chaleur monta dans sa poitrine, comme une bouffée d'adrénaline, une sensation de victoire. C'était comme s'il venait de passer au niveau supérieur d'un jeu vidéo. Maintenant, il connaissait son chien *et* son père. Il observa les fenêtres du premier étage. C'étaient des petits carrés recouverts de jolis volets de bois. Derrière l'un d'eux se trouvait la chambre de Romola. Il aurait tant aimé voir à quoi elle ressemblait. Il aurait voulu pouvoir s'asseoir sur son lit et la regarder se préparer pour le bal.

Il se souvint du commentaire de Max sur les mecs comme eux, et la colère s'empara à nouveau de lui. Il donna un coup de pied dans le mur d'à côté et se mit à marmonner. Il n'était pas un mec comme Max, mais alors pas du tout. Il était trois mille fois mieux. D'ailleurs, il était bien mieux que la plupart des élèves de son bahut.

Il s'apprêtait à revenir sur ses pas pour rentrer chez lui quand il distingua le bruit si caractéristique d'un groupe de filles arrivant derrière lui, ce son à mi-chemin entre l'euphorie et la terreur. Il jeta un coup d'œil puis baissa à nouveau le regard vers son téléphone. Il se déplaça légèrement pour tourner le dos à la rue et s'adossa, le plus naturellement possible, contre le mur auquel il venait de donner un coup de pied. C'était Romola, avec deux filles qui avaient l'air de poufiasses.

L'une d'elles tenait dans la main un cornet de frites McDonald's, l'autre un gobelet en carton rempli d'une répugnante boisson Starbucks. Romola, elle, portait une bouteille d'eau. Elles le dépassèrent dans une nuée de ricanements horripilants et un nuage d'eau de toilette bon marché, non sans jeter un regard curieux à l'uniforme de son collège, non sans le dévisager pour voir si elles le connaissaient, avant de détourner le regard rapidement en découvrant que non. Il les suivit du regard jusqu'à la maison de Romola. De là où il était, Freddie comprit que Romola ne se sentait pas à l'aise, qu'elle s'était probablement retrouvée embrigadée dans cette virée après les cours, et que ces filles s'étaient invitées chez elle. Elle était nouvelle. Il savait bien comment ça se passait. Les premiers jours, elle saisirait toutes les occasions qui se présenteraient pour ne pas être seule.

Il entendit le chien aboyer de plus belle quand elle ouvrit la porte, les cancans des filles se transformer en cris surexcités en découvrant le petit animal (« *Oh, mais il est troooop mignon !* »), puis la porte se referma et le silence retomba sur la rue.

Il regarda sa montre. Déjà 17 h 35. Il avait faim. Il se mit en route.

* * *

Sa mère était dans la cuisine, elle regardait un jeu télévisé. Elle ne bougea pas quand il entra.

— Bonjour maman.

— Bonjour mon cœur, répondit-elle sans un geste.

— Ça va ?

— Ouais, tout va bien.

Il posa son sac à dos et s'approcha de la télé pour regarder sa mère.

Son visage était pâle. Elle semblait épuisée et peut-être même déprimée. Depuis qu'ils avaient déménagé à Melville, et surtout depuis que sa cheville allait mieux et qu'elle avait recommencé à courir, Freddie avait l'habitude de voir sa mère pleine d'énergie, les joues roses, le regard pétillant.

— Tu ne vas pas courir aujourd'hui ?

Elle le regarda enfin d'un air distrait, puis lui sourit.

— Non, pas aujourd'hui.

En disant cela, elle porta sa main vers sa gorge mais la reposa avant qu'elle ne puisse l'atteindre. C'était un petit geste machinal que Freddie avait déjà observé par le passé. Il savait ce que ça signifiait. Il chercha des yeux un petit morceau de peau bleutée, la forme d'un hématome au-dessus du col de sa chemise, et le trouva.

L'estomac retourné, sans dire un mot, il alla s'enfermer dans sa chambre.

Chapitre 41

14 mars

Ce matin-là, Jenna le regarda descendre lentement la rue menant à Melville Heights, reconnaissant sans peine ses étranges cheveux pleins de gel et son air supérieur. Elle attendit à l'arrêt de bus, au cas où il prenait les transports en commun, mais il poursuivit vers le centre du bourg, puis vers la ville où était probablement situé son collège huppé. Elle le suivit un moment, répétant ce qu'elle allait lui dire sans sa tête, puis pressa le pas pour le rattraper.

— Freddie ?

Il se retourna brutalement en entendant son nom et lui lança un regard où se lisait l'étonnement.

— Ah, c'est toi. Salut.

— J'ai repensé à ce que tu m'as dit l'autre jour. À propos du lac. Tu as raison, j'étais là. Avec ma mère, mon père et mon petit frère. Je m'en souviens.

— Vraiment ? s'enquit-il en se tournant vers elle.

— Je me souviens de vous dans le car, et de cette femme, sortie de nulle part, qui s'était mise à crier sur ton père.

Il semblait incapable de lui répondre, mais hocha la tête pour l'encourager à continuer.

— Tu m'as dit que tu voulais en parler. Qu'est-ce que tu veux savoir exactement ?

— Tu sais ce qu'il s'est passé ?

Elle vit des plaques rouges se former progressivement dans son cou et se répandre sur son visage.

— Non, je pensais que tu en saurais plus. C'était qui, cette femme ?

Freddie haussa les épaules, puis se caressa le menton pour se donner un air pensif, ce qui le faisait paraître plutôt maladroit.

— Je ne sais pas. Mon père m'a toujours dit qu'elle l'avait confondu avec quelqu'un, mais j'ai du mal à la croire. J'ai l'impression qu'il ne me dit pas tout. En fait, je suis à peu près sûr qu'il me cache quelque chose.

— Comme quoi ?

— Je pense qu'il la connaissait. Ça ne colle pas autrement.

Jenna acquiesça.

— Tu te souviens bien de la scène ? lui demanda-t-il.

— Oui, très bien. Je ne sais pas pourquoi, mais quand tu es petit et que tu vois des adultes très, très en colère, ça te marque.

— C'est vrai.

Plus aucun d'eux ne parlait. Jenna sentait que cette conversation n'était pas terminée, que Freddie avait autre chose à dire, mais qu'il n'osait pas. Ils étaient presque arrivés au croisement où Jenna devait bifurquer pour aller au collège.

— Tu te rappelles qu'elle répétait un mot… « viva » ? lâcha-t-elle.

— Oui. Oui, je me souviens de ça.

— Qu'est-ce qu'elle disait exactement ?

Il posa à nouveau sa main sur son menton.

— Que viva était toute sa vie, que viva était tout pour elle.

— C'était quoi viva, à ton avis ? Une personne ?

— Oui, c'est ce que je me suis toujours dit.

Jenna reconnut une silhouette familière au bout de la rue. Bess, toute seule. Elle se tourna brusquement vers Freddie, une question inattendue lui brûlant les lèvres.

— Tu penses quoi de ton père ?

— Quoi ?

— Ton père, tu t'entends bien avec lui ? Est-ce que c'est un bon père ?

— Ça va, ouais.

— Il est gentil avec toi ?

— Oui, plutôt. Il est beaucoup plus gentil avec moi que moi avec lui.

— Tu n'es pas gentil avec lui ?

— Non, pas vraiment. Je le trouve assez chiant. Enfin, pas chiant, mais bon… Tout le monde le trouve génial. Moi, je vis avec, je le vois tout le temps, et je sais bien qu'il n'est pas génial, que parfois il est difficile à vivre, qu'il a ses humeurs, et parfois il est…

Freddie s'arrêta et baissa les yeux.

— Parfois, ce n'est pas facile, voilà. Mais sinon, il est normal.

— Tu penses que ton père… Est-ce qu'il pourrait…

Elle voulait lui demander si M. Fitzwilliam avait un penchant pour les adolescentes. Elle voulait savoir si sa meilleure amie était en danger. Mais elle ne pouvait pas faire ça, bien sûr que non. C'était son fils.

— Non rien. Bon, je vais attendre ma copine ici. Tu devrais y aller. À un de ces quatre !

Freddie eut l'air complètement déconcerté pendant un moment, comme s'il avait espéré poursuivre cette conversation.

— OK, ça marche. À plus.

Elle le regarda s'éloigner vers la ville et soupira. Elle avait espéré que Freddie Fitzwilliam lui révélerait des informations sur son père qui auraient pu expliquer sa méfiance envers lui, l'obsession de sa mère et l'étrangeté de sa relation avec Bess. Mais elle ne savait rien de plus.

Elle inspira profondément, se retourna et attendit que Bess arrive à sa hauteur.

— Salut, lança-t-elle quand son amie s'approcha. Ça va ?

— Oui. Tu parlais à qui ? demanda-t-elle avec un geste du menton vers la ville.

— À un mec d'un collège privé.

— Pourquoi ?

— Pour rien, répondit-elle en haussant les épaules.

Elles attendaient au passage piéton que le feu passe au vert.

— Tu fais quelque chose ce midi ? interrogea Jenna avec maladresse.

— Non, je ne crois pas.

— Tu veux qu'on mange ensemble ?

— Ouais.

M. Fitzwilliam attendait les élèves devant la porte du collège. Il les observa entrer ensemble.

— Bonjour mesdemoiselles !

— Bonjour monsieur ! s'exclama Bess.

D'austère et monosyllabique elle était devenue adorable et enthousiaste en l'espace de deux secondes. Jenna lui adressa un sourire figé et le dépassa en forçant l'allure.

* * *

Elle retrouva Bess dans le foyer à l'heure du déjeuner. Elle était assise seule, son cahier d'espagnol ouvert devant elle. Elle leva les yeux vers Jenna et lui lança un sourire maladroit.

— Salut.

— Salut. Merde, t'as pas fini tes exos ?

— Non, j'ai oublié.

— Y'en avait plein à faire. Tu vas jamais avoir le temps…

— Je sais. Je vais dire que mon ordi a planté pendant que j'étais en train de les imprimer.

— C'était déjà ton excuse la dernière fois.

— C'était en physique, non ? lui demanda-t-elle, l'air inquiet.

— Nan, c'était en espagnol. J'en suis sûre.

— Merde… Qu'est-ce que je vais dire, alors ?

Jenna réprima un sourire. Après une semaine sans s'adresser la parole, il leur avait suffi de quelques minutes pour reprendre leurs rôles habituels.

— Ch'ais pas. Tu pourrais lui rendre et quand il te demande où est le reste, tu fais la meuf surprise et tu lui dis que tu pensais qu'il y avait tout, mais que tu as dû mélanger les autres feuilles avec d'autres devoirs, ou quelque chose comme ça… ou bien tu peux me laisser t'aider à terminer !

Bess lui lança un grand sourire.

— Option numéro deux, s'il te plaît !

Jenna rit et s'assit à côté de son amie.

— Tu manges pas ? lui demanda-t-elle en sortant son repas, une salade de pâtes au poulet.

Elle jeta un coup d'œil aux informations nutritionnelles. Six cent quatre-vingt-deux calories. Comment une salade pouvait-elle être aussi riche ?

— Non, j'essaie de ne pas manger le midi cette semaine.

— Pourquoi ?

— Parce que je suis énorme.

— Arrête, tu déconnes.

— C'est vrai, Jenna, poursuivit-elle en lui montrant sa taille serrée dans sa jupe. Regarde. Une grosse vache.

Jenna leva les yeux au ciel.

— C'est de la rétention d'eau, débile. T'es pas grosse. Tiens, aide-moi à manger cette salade, lui intima-t-elle en lui tendant une cuillère. C'est beaucoup trop pour moi toute seule.

— Si tu le dis, soupira Bess avant de lui sourire, d'attraper l'ustensile et d'avaler goulûment les pâtes.

Pendant une demi-heure, elles mangèrent et firent les exercices d'espagnol de Bess. Puis avant que la cloche sonne, Jenna s'arma de courage pour aborder le sujet qu'elle avait en tête depuis le week-end dernier.

— Tu étais à Lissenden vendredi ?

— Oui, chez le cousin de Ruby.

— Jed ?

— Ouais. Tu m'espionnes ou quoi ?

— Non mais c'était sur Snap. C'était bien ?

— Ouais, on s'est bien marrés.

— Il est beau, non ?

— Carrément, mais il est relou. Il se croit trop drôle. Tu vois, t'as juste envie de lui dire : « Arrête ton cirque, sois toi-même, et peut-être que les filles s'intéresseront à toi, parce que t'es carrément charmant à part ça. »

Jenna sourit. Jed n'était qu'un prétexte et il ne lui restait plus beaucoup de temps pour parler de ce qui lui importait vraiment.

— J'ai vu que tu avais pris un taxi pour rentrer.

— Ah ouais, mais tu m'as carrément espionnée.

Jenna secoua la tête.

— Quand j'ai vu que tu sortais pas du taxi, je suis allée voir si tu allais bien. J'avais peur que tu te sois fait agresser ou un truc comme ça.

— T'es folle !

— Quand je suis sortie, je t'ai vue. Tu parlais avec M. Fitzwilliam.

Elle s'arrêta, guettant la réaction de son amie.

— Pourquoi ? reprit-elle.

— Ah, ça. Ouais, quand je suis sortie du taxi il était là, dans la rue. Il m'a dit qu'il était sorti acheter un truc à l'épicerie.

— OK, et vous avez parlé de quoi ?

— De trucs, de rien de spécial.

— S'il te plaît, dis-moi.

— Mais j'ai rien à dire ! répondit Bess en riant. Il m'a juste demandé si j'allais bien, ce que je faisais, c'est tout.

— Vous parliez pas de ma mère ?

— Non.

— Tu le jures ?

— Oui, je jure. On a juste papoté deux minutes.

— Et c'était pas un peu bizarre ?

— Non, pourquoi ce serait bizarre ?

— Parce que c'est notre proviseur. Parce que c'est un homme. Un vieux. Et c'était au beau milieu de la nuit. Tu te sentais pas mal à l'aise ?

— Non, répondit-elle avec un grand sourire. Je me sentais pas mal à l'aise du tout. Je me sentais même super bien.

— Qu'est-ce qu'il se passe entre vous deux ? siffla Jenna en fronçant les sourcils.

— Comment ça ?

— Il te drague, non ?

Elle sut immédiatement qu'elle avait été trop loin. Bess se retourna et la dévisagea.

— Sérieusement, Jen ?

— Je comprends pas ! Je comprends pas ce que tu lui trouves ! Pourquoi tu l'aimes ? Je le trouve super flippant.

— Il est trop pas flippant du tout. Putain, c'est totalement l'inverse. Il est gentil et attentionné. Je te jure. C'est l'homme le plus cool du monde. S'il te plaît, Jen, ajouta-t-elle en prenant les mains de son amie. Ne deviens pas comme ta mère.

Jenna retira brusquement ses mains et recula sa chaise si vite et si violemment qu'elle tomba presque à la renverse. Elle sortit de la pièce en trombe, claquant la porte derrière elle.

Chapitre 42

Après un début de journée marqué par une conversation avec l'une des filles les plus bandantes de Melville, Freddie s'attendait à tout. D'autant plus que cette discussion avait été hautement personnelle, centrée sur sa relation avec son père. Il n'arrivait pas à se sortir de la tête les dernières paroles de Jenna. « *Ton père… Est-ce qu'il pourrait…* »

Pourrait quoi ?

Qu'avait-elle essayé de lui dire ?

De quoi le croyait-elle capable ? Et surtout, de quoi lui-même le croyait-il capable ?

Il pouvait émettre une hypothèse ou deux, mais, sans faits pour les étayer, elles ne dépassaient pas le stade de spéculations sans autre fondement que les souvenirs brumeux de son enfance, que le sentiment qu'un sort néfaste poursuivait sa famille depuis toujours.

Il se souvenait précisément maintenant de la sensation si forte, presque étourdissante, qui l'avait saisi lorsqu'il avait vu cette folle frapper son père au bord du lac, comme s'il allait découvrir un effroyable secret sur son père et sa famille et que tout allait s'éclairer. Mais cela ne s'était pas produit.

Il avait toujours pensé être le seul à suspecter son père de cacher une part sombre. Maintenant, quelqu'un partageait son opinion. Jenna Tripp avait la même intuition que lui.

En tournant dans la rue qui menait à son collège, il dépassa Max qui lui lança un regard de dégoût mêlé de peur. Freddie l'ignora. En passant les grilles, il s'imagina couper ses longs cheveux ridicules à l'aide d'une paire géante de ciseaux rouillés, avant de les lui faire manger.

Il tendit son téléphone à la réceptionniste assise derrière son grand bureau en acajou puis marcha jusqu'à son casier. Il sortit les manuels de son sac, rangea son manteau, et alla aux toilettes. C'était un des autres aspects atroces de ces collèges privés à l'ancienne installés dans des vieux manoirs victoriens : les toilettes gelées, inhospitalières, qui résonnaient. Il observa un instant son visage dans le miroir, visage que Jenna Tripp avait regardé pendant toute leur conversation. Il s'ausculta sous toutes les coutures, essayant de voir ce qu'elle avait vu. Il ressemblait à sa mère. C'est ce que les gens disaient toujours. Quand il était plus petit, il s'en fichait pas mal : qu'est-ce que ça pouvait faire qu'il ressemble plus à l'un de ses parents qu'à l'autre ? Mais il ne voulait plus ressembler à sa mère. Il ne voulait pas non plus ressembler à son père. Il se passa la main dans les cheveux. Il les avait très raides, brillants, comme ceux de sa mère. Le carré court allait bien à sa mère. Mais lui, avec sa frange lisse et chatoyante, il ressemblait à un moine. Ou à une fille. Il plaqua ses cheveux en arrière et examina son visage. Il pensa à Max et à sa répugnante coupe de fillette. Il tira fort sur ses cheveux et les regroupa dans sa main, si bien qu'il ne pouvait presque plus les voir. Il grimaça. Il grogna. Puis il sourit.

* * *

Ce soir-là en rentrant du collège, il passa devant le barbier grec et paya 10 livres pour la coupe numéro trois : crâne rasé. Quand on balaya les cheveux tombés au sol, qu'on lui enleva sa blouse, il lança un regard implacable au garçon dans le miroir – c'était désormais un homme. Toutes ses faiblesses, toute sa passivité l'avaient quitté avec ses cheveux. Il n'était plus un loser comme Max. Il ne ressemblait plus à sa mère. Ni à son père. Il avait l'air d'un dur. Il avait l'air alerte, féroce et farouche. En fait, il avait l'air putain de cool, se dit-il en passant la main sur son crâne rasé.

Il marcha jusqu'au collège de Romola, puis jusqu'à son domicile, et enfin, pour se rappeler le bon vieux temps, et pour continuer à voir ce que ça faisait de marcher avec le crâne rasé, il passa devant Whackadoo. Il ne vit ni Romola ni Josephine, mais cela ne faisait rien. Le simple fait de se montrer au monde avec ce nouveau style vaguement inquiétant le gonflait à bloc. Les gens qu'il croisait voyaient sans doute en lui un individu dangereux. Ils craignaient de se faire dépouiller ou agresser. Il passa à côté d'un groupe d'ados un peu plus âgés que lui qui portaient des survêtements bon marché, trop larges, tous grands et élancés, des roulées entre les doigts, les cheveux gras, le regard pénétrant. Normalement, il les aurait évités, aurait longé les murs ou traversé la rue, car ils lui lançaient des regards mauvais ou le sifflaient. Mais aujourd'hui il passa à côté d'eux la tête haute, fort de son nouveau look. Il retint son souffle, attendant les remarques, mais rien. Ils ne l'avaient pas remarqué. Il ne ressemblait plus à une petite victime du collège privé. Il n'apparaissait même plus sur leur radar.

Sa mère était assise sur le canapé. Aussi difficile à vivre que sa mère pouvait l'être lors de ses crises d'hyperactivité,

Freddie trouvait ses coups de mou encore moins supportables. Il entra dans la pièce avec fracas et se posta juste devant elle, espérant que le choc de sa nouvelle coupe la forcerait à réagir.

— Voilà ! s'exclama-t-il en prenant la pose. Qu'est-ce t'en dis ?

Elle leva la tête vers lui. D'abord, il ne distingua dans son regard que le brouillard laiteux qui nimbait ses yeux depuis le samedi précédent, mais rapidement, la brume se leva et fut remplacée par un air horrifié.

— Oh mon Dieu Freddie ! Mais qu'est-ce que tu as fait ?

— Je me suis fait couper les cheveux. Je les avais tout le temps dans les yeux.

— Mais, tu… tu avais de si beaux cheveux.

— Non, pas vraiment. J'avais une tête de débile. Puis de toute façon, ça repoussera.

Il s'assit à côté de sa mère et lui sourit.

— Arrête de me regarder comme ça !

— Mais je te reconnais à peine maintenant.

— Justement ! C'est ça qui est génial.

— Oh là là, j'espère que ça va repousser avant qu'on aille voir ta grand-mère le mois prochain. Elle ferait une attaque si elle te voyait comme ça !

— C'est juste des cheveux, ça va ! continua-t-il tout en sachant que c'était bien plus que ça, que toute son identité en était changée.

Il remarqua alors que sa mère pleurait.

— Oh non, maman, s'il te plaît, pleure pas. Je suis désolé. J'ai fait ça pour moi, c'est tout. Ça n'a rien à voir avec toi. J'te jure. Pleure pas, s'il te plaît.

Mais les larmes continuèrent à couler le long des joues de sa mère. Il se rapprocha d'elle pour la prendre dans ses bras mais elle cria de douleur et le repoussa.

— Quoi ? Qu'est-ce qu'il y a ?

— Rien, rien. J'ai très mal au dos.

Il se souvint des traces sombres vues sur sa gorge la veille, des voix qui s'étaient élevées de la chambre de ses parents le vendredi précédent. Il se recula et la regarda droit dans les yeux.

— Maman, qu'est-ce qu'il s'est passé avec papa vendredi soir ?

— Qu'est-ce que tu veux dire ? demanda-t-elle en reniflant et essuyant ses larmes.

— Papa est sorti tard le soir, il est rentré avec un paquet de céréales, et je vous ai entendus crier, et depuis, tu es toute déprimée. Et ça, poursuivit-il en baissant le col de son tee-shirt, qu'est-ce que c'est ?

Elle tressaillit et remonta son col.

— Rien du tout. Une sorte de brûlure à cause de mes vêtements.

— Une brûlure ? Au cou ?

— Je ne sais pas ce que c'est, d'accord ? Je me suis réveillée avec ça. Ça ne fait même pas mal.

Il soupira. Il la regarda à nouveau et eut l'impression soudaine qu'il avait une étrangère en face de lui. « Qui es-tu ? » avait-il envie de lui demander. « Qui es-tu vraiment ? »

— Qu'est-ce qu'il s'est passé ce jour-là, au lac ? C'était qui, cette femme ?

— Quelle femme ?

— Oh maman, arrête un peu. Tu sais très bien de qui je parle. Je vous ai entendus en discuter avec papa l'autre jour.

Il se sentait enhardi, sans peur. Il ne voulait plus vivre passivement, enfermé dans sa chambre, regardant son existence passer à côté de lui sans rien faire. Il en avait marre d'être considéré comme un enfant. Il voulait avoir plus d'autonomie, plus de pouvoir, voix au chapitre. Il savait que la clé pour libérer enfin sa famille de la noirceur qui les menaçait était enterrée profondément dans les ténèbres et qu'elle se trouvait sous les racines enchevêtrées de cet événement traumatique au bord du lac quand il avait neuf ans.

— Ce n'était rien, tu le sais bien. On en a assez parlé.

— Je crois que tu as tort, continua-t-il d'une voix assurée. Je pense que cette femme connaissait papa. Je pense qu'elle lui en voulait parce qu'il avait fait quelque chose de mal. Et à mon avis, vous me mentez tous les deux.

— Ne sois pas bête, mon chéri.

— Je ne suis pas *bête*. Je suis très sérieux. Qu'est-ce que papa lui avait fait ? J'ai besoin que tu me le dises. J'ai besoin de savoir.

— C'était lié au collège dans lequel il travaillait, j'imagine. Il avait peut-être dû exclure sa fille, ou peut-être qu'elle n'était pas contente de son dernier bulletin de notes. Les parents peuvent devenir vraiment fous avec ce genre de choses.

— Sa fille ? Comment tu sais que c'était à propos de sa fille ?

— Je n'en sais rien ! cria-t-elle.

Ce cri prit Freddie par surprise.

— Fils, fille, peu importe. Son *enfant*, reprit-elle sur un ton plus doux.

Freddie hocha la tête. Il l'avait poussée à bout et elle avait craqué. Sa *fille*. Un lapsus. Il y avait donc bien une histoire derrière cet incident. Ce n'était pas un malentendu. C'était une femme et sa fille. Et son père avait fait quelque chose qui avait poussé cette femme à sortir de ses gonds.

Chapitre 43

17 mars

Le vendredi soir, Alfie revint de chez Tom et Nicola avec une enveloppe pleine de billets.

— J'ai fini, ils m'ont tout payé. Je t'emmène au *Melville* pour une coupe de champagne !

— Ou bien, on pourrait acheter une bouteille de champagne et la boire ici, au lit, avec une pizza, avant des câlins ? proposa-t-elle en se souvenant qu'elle avait les cheveux sales et les pieds en compote.

Il lui lança un regard intrigué.

— Pizza et câlins, dites-vous ? reprit-il en souriant et en défaisant son bleu de travail. Tiens, si tu vas chercher le champagne, je prends une douche et je commande la pizza.

Il lui tendit l'enveloppe. Elle y jeta un œil, touchant les bords des billets.

L'argent de Tom, se dit-elle. Son cœur se mit à battre plus vite.

— Ça marche, j'y vais ! lança-t-elle en enfilant ses baskets.

Le village était noir de monde. Le temps printanier avait soudain mis fin à l'hibernation de tous les habitants de Melville. Certains des restaurants avaient même installé leur terrasse, et pendant un moment elle regretta de ne pas avoir accepté l'invitation de son mari.

Les bouteilles réfrigérées étaient au fond du magasin. Alfie lui avait dit de ne pas dépenser plus de 30 livres. Elle trouva une bonne bouteille à 29,99 et l'attrapa. Elle se dirigea vers la caisse et se retrouva à faire la queue juste derrière… Tom Fitzwilliam. Elle faillit reposer la bouteille et partir en courant, mais avant d'en avoir le temps, Tom se retourna et la vit. Son visage s'illumina aussitôt.

— Josephine ! Bonsoir ! la salua-t-il avec un sourire sincère.

— Salut, Tom.

Elle avança et posa la bouteille sur le comptoir.

— On a une bonne nouvelle à fêter, on dirait !

Elle secoua la tête.

— Pas vraiment, fit-elle d'une voix trop forte, trop intense. C'est jour de paie, c'est tout. D'ailleurs c'est *ton* argent, me semble-t-il.

— Ah, oui, réagit-il en jetant un coup d'œil aux billets. C'était le dernier jour d'Alfie, bien sûr…

Elle se tourna vers le caissier et lui tendit l'argent. Il lui rendit sa monnaie et enroula la bouteille dans du papier.

— À part ça, comment vas-tu ? reprit-il.

— Très bien, répondit-elle sans se retourner. Et toi ?

— Moi aussi, je vais bien.

— Parfait, murmura-t-elle le cœur battant.

Le caissier plaça la bouteille dans un sac, le lui tendit, elle le remercia et lui souhaita une bonne soirée. Tom l'attendait. Il avait un petit sourire en coin et était si attirant qu'elle avait du mal à soutenir son regard.

— Tu remontes ?

Elle hocha la tête.

— Moi aussi. Je te raccompagne.

— OK, répondit-elle avec un sourire timide.

— Ça m'a fait plaisir de te voir l'autre soir, reprit-il quand ils sortirent du magasin.

— Moi aussi.

— Freddie était tout perturbé.

Elle lui lança un regard interrogateur.

— Son vieux père qui parle à une belle et mystérieuse jeune femme, ça n'arrive pas tous les jours !

— Je dois refuser les qualificatifs de « belle » et « jeune »...

— Et pourtant...

— Je vais avoir trente ans dans trois ans. Et on peut éventuellement dire que je suis jolie, mais pas belle.

— Trente ans, ça paraît extrêmement jeune quand on en a cinquante et un. Et oui, tu es très jolie. Et très *belle*.

Josephine était submergée par l'émotion. Il n'y avait plus aucune ambiguïté. Tom la draguait ouvertement. Le scénario qui se jouait en boucle dans sa tête depuis plusieurs semaines était maintenant en train de se réaliser. Il fallait qu'elle mette un terme à ce flirt immédiatement.

— Merci beaucoup, je suis flattée, s'entendit-elle dire à la place.

Il s'arrêta un instant, et elle l'imita. Sa bouche s'était entrouverte comme s'il s'apprêtait à dire quelque chose, mais il la referma et lui sourit.

— Tu sais, ce qu'il s'est passé entre nous ce soir-là, à la sortie du bar...

— S'il te plaît, n'en parlons pas. Je préfère ne pas y penser.

— Et moi je ne peux pas *arrêter* d'y penser. Quand je suis seul, dans la voiture ou dans la douche, je me rejoue la scène en boucle.

Le sang afflua aux joues de Josephine.

— Je ne m'attends pas à une réponse. Je ne m'attends pas à ce que tu fasses quoi que ce soit. Mais je voulais te dire ça. Que ça m'avait plu. Beaucoup. Et que je ne pensais pas de mal de toi.

— Merci, c'est gentil.

Ils venaient de traverser devant le *Melville* et se trouvaient au pied de la colline. Le trottoir était étroit à cet endroit, à l'abri de l'épais feuillage des arbres qui tamisait au printemps la lueur des réverbères. Il n'y avait pas de maison, seulement une vieille cabine téléphonique rouge et une petite boîte aux lettres creusée dans le mur datant de l'époque victorienne. Ici, ils étaient complètement invisibles.

Josephine songea que, s'ils couchaient ensemble à cet endroit, ils avaient très peu de risque d'être surpris. C'était donc une possibilité. Ce serait simple. Puis l'image d'Alfie l'attendant dans la chambre, tout juste sorti de la douche, lui apparut.

Elle commença à accélérer le pas, décidée à mettre un terme à ce moment inconfortable. Elle s'apprêtait à faire un commentaire sur le fait que le champagne allait se réchauffer quand Tom s'arrêta soudain et se pencha vers elle.

— Est-ce que tu pourrais le refaire ? Maintenant ? demanda-t-il dans un murmure.

Son souffle était brûlant comme l'air d'été.

— Refaire quoi ?

— Ce que tu as fait ce soir-là, devant le bar. Comme ça…

Il attrapa doucement sa main. Elle ferma les yeux, sachant tout à fait ce qui allait se passer, incapable de l'arrêter. Soudain ses doigts étaient là, plaqués contre son entrejambe. Elle l'entendit grogner de plaisir dans ses cheveux, sentit sa main contre sa hanche, la tirant vers lui, ses lèvres descendant jusqu'au creux entre son cou et son épaule. Elle eut l'impression que son corps se tendait et se liquéfiait en même temps. Elle laissa tomber le sac contenant la bouteille sur le sol recouvert de mousse et passa son autre main dans sa nuque, inspirant profondément son parfum. Ils restèrent un moment comme ça, sans bouger, comme deux êtres fondus en un même corps, un même souffle, par un même désir.

Puis des phares les éclairèrent brièvement et ils rompirent leur étreinte. Josephine se baissa pour attraper le sac et ils se remirent en route vers le sommet de la colline en silence, jusqu'à ce qu'ils atteignent la porte de la maison de Josephine. Tom se tourna vers elle et lui fit un petit geste de tête poli.

— Bon champagne.

Josephine répondit par un hochement de tête avant de rentrer chez elle.

* * *

Elle se réveilla à 7 heures le lendemain matin, et, incapable de se rendormir, elle enfila un gilet en laine, les bottes de Rebecca et sortit avec sa tasse de café. Elle resta un moment dans ce petit jardin, tournée vers la maison de Tom, espérant croiser son regard à travers la brume matinale.

Il y avait un portillon au fond du jardin. Elle ne l'avait jamais remarqué auparavant. Elle l'ouvrit et se retrouva sur un sentier de graviers. De l'autre côté du chemin, la forêt commençait. Les arbres s'étiraient dans le vent. Toutes les maisons de Melville Heights avaient accès à ce sentier. Laissant son café sur le muret, elle s'avança doucement sur le chemin et s'arrêta devant le jardin de Tom.

Elle jeta un œil à travers les planches de la cloison de bois, observant les silhouettes de Tom et Nicola se déplacer dans la cuisine, et sa gorge se serra dans un mélange de culpabilité, de désir et de jalousie.

* * *

Il y avait un nouveau bouquet de jonquilles sur la tombe de sa mère.

Elle déposa le sien à côté de celui de son père et se releva.

— Bonjour maman. On dirait que papa est revenu. Il est fourbe, hein ?

Elle inspira profondément et sentit les larmes monter à la pensée de son père, qu'elle ne voyait plus, à l'idée d'avoir perdu ses deux parents en l'espace d'un an, puis expira, son souffle se transformant en un nuage de vapeur froide.

— Il faut que je te dise, maman. J'ai tout fait foirer. Vraiment. C'est pire que tout ce que j'ai déjà fait. Pire que l'accident avec la vodka. Pire que ma fugue quand j'avais seize ans. Pire que Robbie Miller. Pire que l'accident de scooter. Pire que tout. C'est à cause de cet homme encore, Tom Fitzwilliam. On s'est… revus.

Sa voix se brisa sur ce mot, et elle ravala ses larmes.

— Hier soir. Pendant qu'Alfie m'attendait dans notre chambre parce qu'on devait fêter quelque chose d'important.

Elle vérifia qu'il n'y avait personne derrière elle.

— Il m'a demandé de le toucher. Encore. Et je l'ai fait. Et on a… fusionné, si on peut dire. On ne s'est pas embrassés, alors je ne sais pas vraiment comment dire. C'était fort et bizarre. L'une des choses les plus intenses que j'ai jamais vécues. Et maintenant, je ne sais pas. Je ne sais plus qui je suis. J'ai essayé de l'oublier, maman, mais je n'y arrive pas. Je ne pense qu'à ça. Qu'à lui. Je ne me sens pas bien. J'ai l'impression d'être obsédée, et…

Elle leva les yeux vers le ciel d'un bleu de glace.

— J'ai l'impression que je pourrais faire quelque chose de très, très stupide. Et que même si je sais qu'il ne faudrait pas, je ne pourrais pas m'en empêcher. Je suis au bord du précipice et j'ai tellement besoin de toi, maman, pour ne pas tomber.

Troisième partie

Chapitre 44

20 mars

Ce lundi-là, Bess n'était pas venue au collège.

À mesure que la matinée s'écoulait, l'angoisse de Jenna gagnait du terrain. Pendant la pause déjeuner, elle alla parler à Ruby dans le foyer.

— Elle est où, Bess ? demanda-t-elle d'une voix mal assurée. Elle est malade ?

Ruby secoua la tête.

— Non, j'pense pas.

— Elle va bien ?

— Oui, j'imagine. Elle sèche, c'est tout.

— Ouais. Peut-être.

— Qu'est-ce qu'il se passe entre vous, d'ailleurs ?

— Elle t'a rien dit ?

— Non. Juste que c'était personnel. C'est tout.

Cette nouvelle prit Jenna de court. Elle s'était imaginé que Bess aurait tout raconté à ses copines. La discrétion n'était pas vraiment son fort.

— Et vous allez vous réconcilier ou pas ? Parce que ça devient relou à la longue.

— J'espère.

* * *

Bess revint le lendemain. Elle avait l'air fatigué, de mauvais poil. Jenna l'observa pendant le cours de sport, de l'autre côté du stade. Elle était sur les nerfs, comme si elle avait envie d'être ailleurs. Après quelques minutes, Jenna la vit parler à la prof. L'enseignante lui lança un long regard suspicieux avant de hocher la tête d'un air désabusé et de faire un geste vers le collège. Bess attrapa son sweat à capuche, sa bouteille d'eau et rentra dans le bâtiment.

Jenna courut à petites foulées jusqu'à la prof de sport.

— Madame, mon tampon fuit. Il faut absolument que j'en change.

L'enseignante lui lança un regard mauvais.

— Tu n'aurais pas pu y penser avant le cours ?

— Mais si, mais je viens de le changer ! Je pensais que ça irait.

— OK, vas-y, marmonna-t-elle. Dépêche-toi.

Elle courut aussi vite que possible et poussa de toutes ses forces les portes du bâtiment. Elle entra dans les vestiaires des filles, qui étaient vides. Elle alla donc voir dans les toilettes situées un peu plus bas dans le même couloir, vers le hall central du collège. Elle crut d'abord qu'il n'y avait personne, et s'apprêtait à ressortir quand elle entendit quelque chose glisser sur le carrelage. Elle se baissa et remarqua une petite paire d'Adidas roses.

— Bess, murmura-t-elle, ça va ?

Le bruit s'arrêta et le silence s'installa à nouveau.

— C'est qui ?

— C'est moi, gogole. Qu'est-ce que tu fais ?

— Qu'est-ce que tu crois ?

— J'en sais rien, c'est bien pour ça que je te demande. T'avais l'air bizarre. Je me suis dit que tu étais peut-être malade.

— Ouais, reprit Bess après une pause. Je ne me sens pas très bien. J'ai envie de vomir…

— Tu veux que j'appelle quelqu'un ? L'infirmière ?

— Mais t'es teubé ou quoi ?

Jenna soupira.

— Tu peux sortir alors ? Que je te voie ?

— Non.

— Putain, Bess, sors. C'est relou là.

Après un silence prolongé, Jenna entendit le cliquetis du loquet des toilettes, et Bess sortit, minuscule, épuisée.

— Qu'est-ce qu'il t'arrive ?

— Rien.

— Allez, c'est quoi le problème ?

Rien, je te dis…

Puis Bess la regarda droit dans les yeux et lui annonça :

— Je crois que je suis enceinte.

La pièce se mit à tourner autour de Jenna. Elle ferma les yeux et quand elle les rouvrit, Bess se tenait devant elle, immobile, et peut-être enceinte.

— Qu'est-ce que tu racontes ? demanda-t-elle hébétée.

Bess était vierge. Elles l'étaient toutes les deux. Elles n'avaient jamais eu envie d'avoir un copain, de coucher avec un garçon, de *le* faire. Elles s'étaient juré qu'elles perdraient leur virginité quand elles auraient dix-huit ans. Jenna avait l'impression qu'on lui enlevait une partie d'elle-même. Elle n'avait rien vu venir. Elle se sentait bête et triste.

— Je sais pas. J'ai deux semaines de retard, je me sens toute ballonnée, et mes seins me font trop mal, ajouta-t-elle en posant ses mains sur sa poitrine.

— Mais, je comprends pas. T'as même pas de mec.

— De *mec* ?

Jenna la fixait sans comprendre.

— Bess, t'as couché avec qui ?

— Personne, avec personne, OK ? L'immaculée conception, c'est moi.

— Bess, putain de merde, dis-moi la vérité !

— Je peux pas, OK ? C'est impossible. Puis de toute façon, je suis probablement pas enceinte. Je vais avoir mes règles demain. J'imagine.

— Attends-moi après les cours. On ira à la pharmacie pour acheter un test, d'accord ?

Bess acquiesça avant de secouer la tête.

— Je peux pas, j'ai un truc.

— Comment ça, un truc ?

— C'est pas tes affaires !

Jenna soupira.

— Super. Dans ce cas, j'irai en acheter un et je te l'apporterai demain. On le fera sur la pause déjeuner, d'accord ?

— Si tu veux.

Après un court silence, elle ajouta :

— Je suis désolée pour ce que j'ai dit l'autre jour. T'es pas comme ta mère.

Jenna sourit et prit son amie dans ses bras, mais elle la sentit tressaillir et se dégager de son étreinte.

— Ça va ?

— Oui, tout va bien.

— Tu as mal ?

— Non, je te dis. Y'a pas de problème.

— On retourne en cours alors ?

— Ouais, vas-y.

Elles quittèrent les toilettes main dans la main.

Chapitre 45

21 mars

Le samedi précédent avait été l'un des plus éprouvants que Josephine avait passé à Whackadoo. Treize anniversaires en une journée et la pluie qui avait commencé à tomber à 10 heures le matin. Dès midi, le centre était plein à craquer d'enfants et d'adultes de mauvaise humeur. Il y avait eu deux bagarres : l'une entre deux garçons de dix ans, l'autre entre deux pères d'une quarantaine d'années. Il avait même fallu appeler la police pour y mettre bon ordre. Les toilettes des garçons s'étaient bouchées sans que personne ne le signale pendant plus d'une heure. Résultat : le sol était inondé d'eaux usées et jonché de papier toilette. Enfin, cerise sur le gâteau, une jeune employée dont c'était le premier jour avait renversé par accident la table d'un des anniversaires, réduisant en miettes un gâteau qui avait coûté plus de 100 livres et déversant trente gobelets de sirop de cassis sur le sol. Josephine avait passé la journée à éteindre des incendies, les uns après les autres. Et pour couronner le tout, chaque fois qu'elle se remémorait ses derniers moments avec Tom, elle recevait une décharge violente d'horreur, de culpabilité, de honte et de désir.

À la fin de la journée, quand elle était sortie dans sa tenue sale, émergeant dans l'air humide du soir, elle s'attendait presque à le trouver là, le désir se lisant sur son visage. Mais bien entendu, il n'était pas là. Il n'était pas là non plus quand elle avait pris le bus pour rentrer à Melville. Ni quand elle en était descendue. Pas plus quand elle était passée devant l'endroit exact où avait eu lieu leur brève étreinte la veille. Ni quand elle s'était arrêtée devant chez elle pour chercher ses clés, faisant mine de lire un message afin de rester dehors un peu plus longtemps. Elle avait passé toute la soirée du samedi, la matinée du dimanche, le reste de la journée, et tout le lundi sans apercevoir le moindre signe de sa présence.

Le mardi matin, Alfie lui demanda si elle allait bien tout en lui faisant un massage des pieds. Elle avait eu envie de lui répondre en pleurant que non, ça n'allait pas du tout, et qu'en fait, maintenant qu'elle y pensait, ça faisait très longtemps qu'elle ne se sentait pas bien.

— Ça va, je suis fatiguée, c'est tout.

— Tu sais que tu peux tout me dire, hein ?

Elle avait hoché la tête et ravalé ses larmes, caressé ses cheveux en pensant aux jolies filles qu'elle croisait dans la rue chaque jour et qui lui conviendraient tellement mieux qu'elle.

Plus tard dans la journée, Alfie reçut l'appel d'une connaissance de Nicola Fitzwilliam. Cette dernière lui avait dit qu'il venait de repeindre sa maison, qu'il avait fait du très bon travail, et elle se demandait s'il aurait le temps de passer chez elle pour lui faire un devis.

— Je peux prendre ton portable ? Je voudrais prendre quelques photos de ce que j'ai fait chez Nicola pour lui montrer, mais l'appareil de mon téléphone est pourri.

Elle répondit oui sans même y penser, mais au moment de le lui donner, une idée lui traversa l'esprit.

— Je peux les prendre moi-même, si tu veux. Je suis plus douée que toi pour ça ! Je m'en occupe, j'irai ce soir en rentrant du boulot.

* * *

Le garçon ouvrit la porte. Il s'était rasé le crâne et avait maintenant un air féroce, presque animal. Un silence gêné s'installa entre eux. Il rougit et manqua de se prendre les pieds dans le tapis en reculant pour la laisser entrer.

— Ça a sonné ! cria-t-il en direction d'une porte au bout du couloir. Maman !

Nicola apparut. Josephine ne l'avait pas vue depuis quelque temps. La dernière fois, elle était vêtue de son costume habituel de Lycra brillant, de sa polaire et de sa casquette de baseball, elle avait les joues roses, un sourire aux lèvres et semblait légère comme si elle pouvait se remettre à courir à tout instant. Désormais, elle portait un jean, un pull et des vieilles chaussettes. Ses cheveux étaient coiffés en chignon, sa peau terne, avec des plaques rouges çà et là. Elle eut l'air autant surprise que son fils en découvrant sa présence.

— Bonjour, je suis Josephine, la femme d'Alfie. Votre voisine ! J'habite chez Jack et Rebecca.

Nicola sourit enfin.

— Oui, bien sûr. J'ai beaucoup entendu parler de vous. Qu'est-ce qui vous amène ?

Josephine sortit son téléphone de sa poche.

— Alfie va faire un nouveau devis demain, et il aurait voulu montrer des photos de ce qu'il avait fait chez vous. Il n'est pas très doué avec les appareils, donc j'ai proposé de m'en charger. Ça ne vous dérange pas ? demanda-t-elle avec un sourire figé.

Nicola ferma les yeux puis les rouvrit lentement. Elle secoua la tête.

— Non, pas du tout ! Mais tout est en désordre, je n'ai pas encore eu le temps de ranger. Enfin entrez, entrez.

Freddie recula d'un pas pour la laisser passer. Elle l'entendit humer son parfum dans son sillage.

— Où je commence ?

— Alors… Il a peint tout ça, commença Nicola avec un geste de la main vers le hall, la cuisine, le salon et la cage d'escalier. Jusqu'au palier.

Josephine suivit des yeux la main de Nicola qui montait vers les étages. Elle se rendit compte de ce qu'elle était en train de faire et son audace lui coupa le souffle. Elle était entrée dans la maison de Tom. Elle avait franchi le seuil d'un monde qu'elle avait jusqu'alors seulement pu imaginer, un univers où se trouvaient les affaires de Tom, son fils, sa femme, son souffle, sa peau, ses poils, sa sueur. Le pantalon qu'elle avait caressé devait aussi être là, quelque part, enfoui dans un panier à linge sale ou accroché à un cintre en bois dans un placard rempli de ses vêtements, de ses pulls, de ses chaussures impeccables. Son badge devait être posé sur une table de chevet, ses cravates rangées dans un tiroir. Ici, il rêvait. Ici, il buvait, mangeait, vieillissait.

— Je peux allumer la lumière ?

La maison des Fitzwilliam ne ressemblait pas à ce que Josephine s'était imaginé. Alfie lui avait dit que c'était un taudis, mais elle ne l'avait pas pris au sérieux. Pourtant, malgré son travail de peinture impeccable, l'intérieur n'avait rien de chaleureux. C'était presque inhospitalier. Il n'y avait pas de tableaux aux murs, pas de couleur, les lumières étaient éteintes et il faisait froid.

— Oui, bien sûr, allez-y. Est-ce que vous voulez boire quelque chose ? Une tasse de thé ?

Nicola ne ressemblait pas non plus à l'image qu'elle s'en était faite, celle d'une femme au foyer parfaite, en train de préparer le dîner dans la cuisine avec des produits bio de saison achetés au village, ou bien coupant les tiges de fleurs hors de prix avant de les disposer dans d'immenses vases en cristal, ou encore discutant avec une amie dans la cuisine autour d'une bouteille de vin blanc, un écran d'ordinateur allumé à l'arrière-plan avec une commande au supermarché en attente. Elle s'était imaginé Nicola comme une vraie adulte, mais elle ressemblait plus à une jeune fille au pair qui ne savait pas vraiment quoi faire en l'absence de son employeur, ayant trop peur de faire une bêtise pour allumer la lumière, ouvrir les placards ou mettre en route le chauffage. Une femme pas tout à fait accomplie, en fait, pas tout à fait crédible.

— Non merci, ça va. Je n'en ai pas pour longtemps.

Nicola disparut un moment, laissant Josephine prendre ses photos. Elle alluma un plafonnier qui dispensait une vilaine lumière jaune et fit quelques clichés. Malheureusement, sans la touche de douceur qu'auraient apportée des fleurs, des ampoules moins vives ou des jolis meubles, ses photos ne donnaient pas grand-chose.

Elle passa la tête dans la cuisine, ce qui fit sursauter Nicola.

— Entrez, je vous en prie ! l'invita-t-elle en se levant. Ici, il a peint les murs, les placards et les étagères.

Elle se déplaça pour permettre à Josephine de faire son travail.

— Il paraît que vous vous êtes rencontrés dans un club de vacances kitsch d'Ibiza, avec Alfie ?

— On peut dire ça, répondit Josephine, un peu surprise. Mais ce n'était pas vraiment kitsch, c'était un hôtel quatre étoiles. C'était plutôt beau, en fait.

Elle n'aurait pas imaginé Alfie faisant des confidences à Nicola.

—Ah, d'accord. J'avais l'impression que c'était kitsch quand il en parlait. Mais je n'y connais rien, après tout. Je ne suis jamais partie en vacances à l'étranger.

—Vraiment ? s'émut Josephine, incrédule.

—Oui, à cause du travail de Tom. Ça occupe tout notre temps, et ça a toujours été comme ça.

Josephine hocha la tête, comme si cela suffisait à expliquer qu'une femme d'une trentaine d'années n'ait jamais voyagé hors du Royaume-Uni.

—Quand on part en vacances, on reste dans les parages. Comme ça, Tom peut rentrer rapidement s'il y a une urgence.

—Et vous n'êtes pas partie en vacances quand vous étiez plus jeune, avant de rencontrer Tom ?

—Ah, mais je n'ai pas vraiment eu de moment où j'étais jeune avant Tom. Alors je ne suis jamais partie en vacances à l'étranger.

Josephine brûlait d'envie de lui demander à quel âge elle avait rencontré son mari, mais ne parvenait pas à trouver une façon subtile de poser la question.

—Il est complètement fou de vous, vous savez.

Josephine se figea et arrêta de respirer. Son cœur se mit à battre à tout rompre. Elle se retourna vers Nicola.

—Pardon ?

—Alfie, il vous adore.

—Ah, oui, murmura Josephine, une vague de soulagement la heurtant de plein fouet. Alfie, oui, je sais. Il est adorable.

—Oui, et il est beau. Vous avez de la chance.

Josephine blêmit et traversa la cuisine pour prendre des photos de la porte vitrée qui donnait sur le jardin. Il y avait un banc où était posée une pile de vieux magazines, des vêtements qui séchaient près du radiateur, des culottes et caleçons froissés, séchés et informes, un vieux soutien-gorge qui pendait, un jean qui donnait l'impression de pouvoir tenir debout tout seul. Un courant d'air frais s'engouffrait dans la pièce par une fenêtre ouverte.

— Attendez, je vais débarrasser tout ça.

Josephine remarqua une expression de douleur sur le visage de Nicola quand elle se leva et traversa la pièce en boitant légèrement.

— Ça va ?

— Oui. J'ai arrêté de courir tous les jours et mon corps n'aime pas trop ça. Mes muscles se ratatinent, on dirait.

— Vous devriez faire des étirements.

— Je vais y penser, mais pour moi, en matière de sport, c'est tout ou rien. Si j'arrête, je préfère me laisser aller complètement.

— Pourquoi est-ce que vous ne courez plus ?

Nicola était appuyée contre la gazinière, qui était couverte de poêles et de casseroles empilées les unes sur les autres, parfois surmontées de plats et de couvercles. L'évier était rempli d'assiettes sales. La porte du lave-vaisselle était ouverte, et il n'était qu'à moitié rempli. Sur le mur, un emploi du temps scolaire datant de l'année précédente était punaisé à un petit tableau de liège.

— Oh, ça me prend par phases, vous voyez.

— Je peux continuer ? demanda Josephine en désignant le salon.

— Allez-y.

Nicola suivit Josephine et s'arrêta dans l'embrasure de la porte, la regardant photographier les murs couleur magnolia et les meubles de bois blanc. Dans la pièce se trouvait un canapé bleu délavé, un vieux piano poussé contre un mur, une lampe à pied en chrome, un petit miroir rehaussé d'un cadre doré accroché au-dessus d'une fausse cheminée en pierre et une chaise avec un grand dossier près de la fenêtre qui faisait penser à un siège de maison de retraite.

— Les propriétaires n'ont pas vu d'inconvénient à ce que vous refassiez la peinture ?

— Non, ils étaient ravis. On a partagé les frais. Je ne pouvais plus supporter cette maison. Les murs étaient jaunes. Jaunes ! Vous vous rendez compte ?

Josephine haussa les épaules en souriant. Elle ne raffolait pas de cette couleur, mais Alfie avait peut-être apporté un peu de vitalité à cette pièce morne.

— Je suis contente pour Alfie, s'il a un nouveau contrat. C'est difficile de trouver quelqu'un de fiable en ville. C'est quand même plus simple à la cambrousse.

— Vous avez habité à la campagne ?

— Oui, on a habité partout dans ce pays ! Même à Londres. C'était horrible.

— Ah bon ?

— Oh là là, oui. Il y avait quatre-vingt-dix pour cent de Bangladais dans le collège de Tom. Heureusement, on ne vivait pas dans le quartier, on était dans un endroit plus chic. On se serait crus à Calcutta !

— Waouh, commenta Josephine.

Elle se retourna pour que Nicola ne puisse pas voir son expression. *Waouh.* La femme de Tom était donc une beauf, une raciste de la campagne, et pourtant, elle avait épousé un homme qui consacrait sa vie à des enfants en difficulté, et faisait son possible pour leur donner les meilleures chances de réussir. Pourquoi un homme généreux et charismatique comme lui avait-il choisi une femme comme elle ?

— Vous comptez rester ici, à Bristol ?

— Je ne pense pas. Tom aime mener à bien ses projets, consolider les fondations, et passer à autre chose. C'est dommage. Je me plais bien ici.

— Vous venez de quelle région ?

— Des environs de Derby. J'ai grandi à Burton-on-Trent.

— Et Tom ?

— À Tunbridge Wells. Il vient d'une famille aisée du Sud. Il est allé en internat. Sa mère était une sorte d'aristo. Bref, beaucoup plus riche que ma famille. Vous avez terminé ?

Son humeur avait changé d'un coup. Josephine sentait que sa présence n'était plus que tolérée, et elle n'allait pas se faire prier pour partir. Elle n'aimait pas cette maison. Et elle n'aimait pas cette femme non plus.

— Oui, j'ai presque terminé. Il ne me reste plus que le palier, si ça ne vous dérange pas. Je fais vite.

— D'accord, marmonna Nicola en éteignant la lumière alors que Josephine n'était pas encore sortie de la pièce.

Une moquette grise distendue à la propreté douteuse recouvrait l'escalier. Josephine fit très attention à l'endroit où elle posait les pieds en montant. Il y avait trois portes sur le palier. L'une menait à une salle de bains, l'autre à une petite pièce et la dernière à une grande chambre. Elle entendit le parquet craquer au-dessus d'elle. C'était le fils qui se déplaçait pour mieux entendre leur conversation.

Elle prit les photos rapidement. En descendant l'escalier, elle s'arrêta et jeta un œil par la fenêtre qui donnait sur le jardin et la forêt derrière la maison. D'ici, elle distinguait parfaitement le portillon et le sentier d'où elle les avait épiés le week-end précédent. Elle posa ses doigts un instant sur la vitre avant de poursuivre sa descente.

—C’était un plaisir de vous rencontrer, lui annonça Nicola, qui l’attendait près de la porte d’entrée. Passez le bonjour à Alfie de ma part.

—Oui, bien sûr. Et le mien à Tom.

Sa voix hésita sur le dernier son de son nom. Elle ne savait pas du tout s’il avait jugé bon de dire à sa femme qu’ils avaient fait connaissance.

Nicola resta imperturbable.

—Je n’y manquerai pas. S’il finit par rentrer à la maison un jour ! Ses horaires sont infernaux.

—Ah, j’imagine…

En sortant de la maison de Tom, elle jeta un dernier coup d’œil vers la chambre au grenier et vit le fils s’éloigner brusquement de la fenêtre.

Chapitre 46

22 mars

Bess n'était pas venue à l'école ce mercredi et elle ne répondait pas au téléphone. Après les cours, Jenna alla directement sonner chez elle.

Comme elle, Bess habitait seule avec sa mère, mais elle n'avait pas de frère et sœur. Personne ne savait qui était son père, même si sa mère pensait qu'il s'appelait Patrick. Elle l'avait eue à dix-huit ans, et elles étaient très proches. Inséparables. Jenna les avait souvent enviées en voyant sa propre relation avec sa mère se détériorer sous l'effet de la maladie.

La mère de Bess était esthéticienne et travaillait dans un grand salon de beauté de Bristol. Leur appartement appartenait à une association d'aide au logement et elles payaient un loyer très bas. Il était petit mais joli avec ses miroirs aux cadres dorés, ses coussins rembourrés, ses guirlandes lumineuses et ses bougies parfumées. Sa mère avait même peint les meubles de leur cuisine en rose bonbon. Ce n'était pas le genre d'appartement où vivrait une fille de quinze ans enceinte du proviseur de son collège. D'ailleurs, la mère de Bess n'était pas du genre à avoir une fille de quinze ans qui serait tombée enceinte de son proviseur, et Bess elle-même n'était pas du genre à tomber enceinte à quinze ans, surtout pas de son proviseur.

Leur petite voiture était garée à la même place que d'habitude, juste devant leur immeuble. Les lumières de l'appartement du premier étage étaient éteintes. Jenna sonna à l'interphone et attendit un moment avant de recommencer. Sa mère devait encore être au travail. Elle sortit son téléphone et appela son amie. Elle tomba directement sur la messagerie. Elle ouvrit la carte de Snapchat mais Bess n'était pas connectée. Jenna écrivit à Ruby.

Tu sais où est Bess ?

Non, demande à Tiana.

Tiana n'en savait pas plus.

Jenna vérifia l'heure : presque 17 heures.

Elle alla à nouveau sur Snapchat et remarqua cette fois que Ruby se trouvait au même endroit que la semaine dernière, cette maison à Lissenden.

Chez Jed.

Elle fit volte-face et marcha jusqu'à l'arrêt de bus.

La maison de Jed était un cube gris datant de l'après-guerre, recouvert d'un crépi incrusté de galets, situé dans un lotissement où les bâtisses étaient toutes les mêmes. Une camionnette bleue et une vieille Mazda MX5 verte étaient garées devant. Même de l'extérieur elle pouvait entendre des rires adolescents provenant d'une pièce au premier étage. Elle sonna à la porte et une femme avec un anneau dans le nez et les cheveux longs teints au henné ouvrit.

— Bonjour. Est-ce que Bess est là ?

— Bess, la petite blonde ?

— Oui.

La femme secoua la tête.

— Elle était là tout à l'heure, mais elle est partie il y a une demi-heure.

— Vous savez où elle est allée ?

— Pas du tout.

— Est-ce que… Est-ce qu'elle allait bien ?

— Je pense, oui. Elle m'a dit au revoir. Je l'ai raccompagnée à la porte. Elle avait l'air normal. Tu es une copine de Ruby ? Du collège ?

— Ouais.

— Elle est là, tu peux aller lui demander si tu veux.

Mais Ruby ne lui avait pas dit qu'elle avait vu Bess. Jenna entendit un nouvel éclat de rire à l'étage. Elle sourit à la femme et fit non de la tête.

— Ne vous en faites pas, c'est bon. Je vais la trouver.

— Je crois que son père est passé la récupérer.

— Elle a pas de père, fit remarquer Jenna, affolée.

— Quelqu'un est venu la chercher, en tout cas. Je crois que c'était un homme, mais j'ai pas vraiment fait attention. C'était peut-être un taxi.

— C'était quel genre de voiture ?

— Assez grosse. Noire.

— Une BMW ?

— J'en sais rien. Peut-être. Un truc dans ce style-là, ouais.

Elle s'arrêta un instant, un instinct maternel affleurant sur son visage.

— Tout va bien ? Est-ce que Bess est en danger ?

— Non, il faut juste que je lui dise quelque chose. C'est tout.

INTERROGATOIRE ENREGISTRÉ

Date : 25/03/2017

Lieu : Commissariat de police de Trinity Road, Bristol, BS2 0NM

Agent : Officiers de la police du Somerset et de l'Avon

POLICE : Cet interrogatoire est enregistré. Je suis l'inspecteur Rose Pelham et je suis rattachée à la brigade criminelle du commissariat de police de Trinity Road. Déclinez votre identité s'il vous plaît.

FT : Frances Ann Tripp. On me connaît aussi sous le nom de Frankie Miller.

POLICE : Comment cela ?

FT : J'ai fait du mannequinat quand j'étais plus jeune, et j'ai joué dans quelques productions.

POLICE : Très bien. Votre adresse, s'il vous plaît.

FT : J'habite au 8 Bellevue Lane à Lower Melville. Code postal BS12 6YH.

POLICE : Merci, madame Tripp. Où étiez-vous hier soir entre 19 et 21 heures ?

FT : J'étais devant la maison de Tom Fitzwilliam.

POLICE : Devant ?

FT : Oui, il y a des fourrés en face de sa maison. Je m'étais installée avec une chaise pliante et un appareil photo.

POLICE : Je vois. Est-ce que vous pourriez s'il vous plaît m'expliquer ce que vous faisiez dans les fourrés, en face de la maison de la victime, avec une chaise pliante et un appareil photo ?

FT : Tout à fait. Ça me soulage tellement qu'on me prenne enfin au sérieux. Vous ne savez pas depuis combien de temps j'essaie d'attirer l'attention sur les agissements de cet homme. On m'a humiliée, on m'a ridiculisée…

POLICE : Madame Tripp, s'il vous plaît, répondez à ma question. Pourquoi étiez-vous devant la maison des Fitzwilliam ?

FT : J'avais reçu des informations sur l'un de mes forums.

POLICE : Vos forums ?

FT : Oui. Je suis victime de persécution en groupe. Comme des milliers d'autres citoyens. Et personne ne veut nous entendre. C'est un scandale planétaire.

POLICE : Madame Tripp, de quelles informations parlez-vous ?
FT : Sur l'un des forums, j'ai été contactée par une femme de Mold qui sait très bien ce que je subis, vu que Tom était le proviseur du collège de son secteur il y a deux ans. Bref, cette femme dont je ne connais pas le nom m'a envoyé un message vers 18 heures hier pour me dire qu'elle savait de source sûre qu'il allait y avoir une grande réunion chez Tom Fitzwilliam, avec tout son gang de harceleurs. Il fallait que j'y aille pour pouvoir prouver ce qu'il se passe. Enfin ! Alors j'y suis allée.
POLICE : Est-ce que vous pourriez me décrire précisément ce que vous avez vu, madame Tripp ?
FT : Avec plaisir.

Chapitre 47

22 mars

Freddie était rentré depuis une heure. Il avait trouvé sa mère assise à la table de la cuisine, les cheveux attachés, en sweat à capuche et bas de pyjama, tricotant sans relâche cette couverture qui ne se terminait jamais.

— Pourquoi tu es habillée comme ça ?

— J'ai passé la journée au lit, répondit-elle en posant le tricot et en étouffant un bâillement. Je viens de me lever.

— Pourquoi ? Tu es malade ?

— Oui, dit-elle, visiblement à bout de forces. Je crois que j'ai la grippe.

— Tu l'as dit à papa ?

— Non, ça a commencé quand il était déjà parti.

— Tu as pris des médicaments ?

— Oui, oui.

Freddie était très en colère. Sa mère n'avait pas la grippe. Elle lui mentait. Il était absolument impossible de trouver la concentration nécessaire pour tricoter quand on avait la grippe. Freddie l'avait eue quand il avait onze ans et il n'était même plus capable de tenir en position assise… Elle avait simplement besoin d'une bonne excuse pour ne pas sortir de la journée et broyer du noir à l'intérieur. Elle voulait se faire plaindre, ce qui n'était pas la meilleure des stratégies. Freddie l'aurait davantage prise en pitié si elle lui avait dit la vérité à propos des marques qui marbraient la peau de son cou. Il mit quelques biscuits dans une assiette, attrapa une tasse de camomille et monta dans sa chambre.

Il se déshabilla et passa une sorte de peignoir en polaire que sa grand-mère lui avait offert pour Noël. Il mangea ses biscuits et but son thé en regardant des photos de Romola sur son téléphone.

Derrière lui, son nouveau costume pendait à sa commode, encore dans sa housse plastique. Sa mère le lui avait acheté pendant le week-end à Debenhams. Au pied de la commode, une paire de chaussures noires brillantes achetées dans le même magasin. On aurait dit un pendu. Il n'avait pas encore proposé à Romola d'aller au bal avec lui. Il s'approchait du but quand il la suivait, mais il perdait toujours son sang-froid au dernier moment, ralentissant avant d'arriver à sa hauteur et se maudissant. Le bal avait lieu dans deux jours. C'était maintenant ou jamais.

Il s'approcha de la fenêtre et fit le point avec ses jumelles sur la rue où vivait Jenna Tripp. Elle saurait bien comment s'y prendre. Elle saurait comment on propose à une fille d'aller à un bal. Elle devait se faire inviter à des bals constamment. Le lendemain matin, il ferait en sorte de la croiser sur le chemin du collège pour lui demander conseil.

Alors qu'il ourdissait son plan, son regard fut attiré par deux femmes qui discutaient avec véhémence à l'arrêt de bus. L'une d'elles était la mère de Jenna Tripp. Elle portait une immense parka avec de la fourrure violette et fumait une cigarette électronique. Freddie distinguait très bien l'épais nuage de vapeur devant elle. Quand il se dissipa, il zooma sur le visage de la femme à qui elle parlait. Plus jeune, les cheveux châtains, un grand manteau noir, un peu grosse. Il la vit sortir un morceau de papier de sa poche et prendre des notes, probablement d'après ce que la mère de Jenna était en train de lui dire. Elles se dirent au revoir. La mère de Jenna remonta la rue vers chez elle. La grosse dame prit dans l'autre direction. Freddie fit une photo de cette rencontre et, pendant un instant, il pensa à la consigner dans *L'Affaire Melville*.

Mais non, pensa-t-il, *je ne m'intéresse plus à ce que les vieux de ce village font de leur vie. Je ne m'intéresse plus qu'à Romola Brook.*

Chapitre 48

Josephine était assise à l'arrêt de bus quand elle entendit une voiture klaxonner. Tom était là, de l'autre côté de la rue, la vitre baissée. Il lui fit signe d'approcher.

Sa gorge se serra immédiatement.

Elle se leva lentement et traversa. Elle se baissa vers la vitre et attendit qu'il parle.

— Monte, je te dépose au travail.

— Tu es sûr ? Tu ne vas pas être en retard ?

— Peut-être, mais je suis le proviseur, je devrais m'en sortir !

Elle s'assit dans le siège passager. Elle avait du mal à respirer. Elle ne pouvait pas parler. Lui non plus ne disait rien. Josephine essaya de penser à une phrase pour briser ce silence sans rendre la situation encore plus inconfortable, mais n'y parvint pas. Tom coupa la radio.

— On devrait probablement parler de…

Josephine hocha la tête et poussa un soupir de soulagement.

— De ce qu'il s'est passé entre toi et moi l'autre soir ?

— Oui, exactement. Je suis mortifié Josephine, vraiment. Ça ne m'est jamais arrivé auparavant. Je ne suis pas le genre d'homme qui… vraiment, pas du tout. J'ai besoin que tu le saches. Je n'ai jamais eu de comportement déplacé comme ça.

Elle secoua la tête pour l'encourager à continuer.

—Mais, je ne sais pas, ce que je ressens quand je te vois… c'est irrésistible. Pour être plus précis, depuis ce soir au bar quand tu…

—Quand je t'ai sauté dessus.

Cette remarque le fit rire et le ton de la conversation s'allégea.

—Ce n'est pas comme ça que je l'ai vécu, mais oui, depuis ce *moment-là*, je ne peux pas m'empêcher de penser à toi. Excuse-moi pour vendredi soir, s'il te plaît. Je me suis laissé guider par mes pulsions. Quand je t'ai vue dans le magasin, je me suis dit *waouh waouh waouh*. Je n'ai pas prémédité ce qu'il s'est passé ensuite. C'est un instinct primaire, animal. Je suis vraiment désolé.

—Tom, je n'ai pas besoin de tes excuses, je…

—Tu sais, l'interrompit Tom, j'ai passé plusieurs jours à essayer à tout prix de t'éviter, espérant que mes sentiments finiraient par disparaître, mais quand je t'ai vue sortir de chez toi ce matin, j'ai compris que ne pas te voir ne changerait absolument rien. Enfin si, que ça risquait même d'empirer les choses. Alors qu'est-ce qu'on peut faire?

Josephine ne répondit pas tout de suite, surprise par cette conclusion.

—Qu'est-ce que tu suggères?

Il lui lança un regard intense.

—Je crois qu'on devrait arrêter… arrêter tout ça. Mais pour pouvoir passer à autre chose, il faut qu'on se sorte ça de la tête. Alors je me suis permis de réserver une chambre d'hôtel. Je me suis dit qu'on pourrait peut-être s'y retrouver après le travail. Vendredi soir.

Josephine inspira une grande bouffée d'air.

— Ce vendredi ?

— Oui, si tu penses que c'est une bonne idée. Franchement, je n'en sais rien. Peut-être que c'est une erreur monumentale. Mais je n'arrive pas à oublier... Je n'arrive pas à t'oublier.

— Et après, on...

— On arrête. Oui.

— Et si on n'en a pas envie ?

— Il le faudra.

— Mais...

Josephine s'interrompit. Son cerveau lui indiquait clairement que c'était une très mauvaise idée. Mais son corps et le désir qui couvait en elle depuis des semaines lui disaient que, si elle n'y allait pas, elle en mourrait.

— Je ne peux rien te promettre, Tom. Je ne peux pas te promettre que je pourrai arrêter.

— Je ne te demande pas de promettre, mais d'essayer.

Elle hocha la tête.

— Alors tu y seras ? Ce vendredi, à 19 heures ?

Josephine essaya d'écouter la voix en elle qui lui criait de répondre : « Non, non, non. » Mais son désir était bien plus fort, comme une mélodie entêtante qui recouvrait la voix de sa raison.

— Oui. Vendredi. J'y serai.

INTERROGATOIRE ENREGISTRÉ

Date : 25/03/2017

Lieu : Commissariat de police de Trinity Road, Bristol, BS2 0NM

Agent : Officiers de la police du Somerset et de l'Avon

POLICE : Madame Mullen, revenons à ce qu'il s'est passé hier soir, le vendredi 24 mars. Vous nous avez dit que vous-même et M. Fitzwilliam vous êtes retrouvés dans la chambre 121 de *L'Hôtel du Port*, à Bristol, pour discuter. Pourriez-vous me préciser la teneur de cette conversation ?

JM : Pas vraiment.

POLICE : Pardon ?

JM : On a parlé de plein de choses, voilà.

POLICE : De quel genre de choses ?

JM : Je ne me souviens plus.

POLICE : Vous vous êtes rendue dans cette chambre à la demande de M. Fitzwilliam, m'avez-vous dit. Dans quel but ?

JM : C'était pour… passer à autre chose.

POLICE : Comment ça ?

JM : Pour dépasser l'attirance physique que nous ressentions l'un pour l'autre.

POLICE : Il avait prévu de consommer la relation ce soir-là ?

JM : En tout cas, c'est ce que j'avais compris, oui.

POLICE : Et vous, aviez-vous prévu la même chose ?

JM : Je ne savais pas. Je n'avais pas décidé.

POLICE : Avez-vous donc couché avec Tom Fitzwilliam hier soir ?

JM : Je préfère ne pas répondre à cette question.

Chapitre 49

22 mars

— Tu sais, lui confia son père dans la soirée, je commence à bien aimer ta nouvelle coupe. Sincèrement. Ça te va très bien. Les filles vont se battre pour être avec toi.

— C'est vraiment le truc le plus stupide que tu aies jamais dit, rétorqua Freddie en lui lançant un regard méprisant. Et pourtant tu en as déjà sorti de belles !

Son père lâcha un petit éclat de rire sans conviction.

— Je tente des choses, tu vois…

Freddie tendit sa main devant le visage de son père.

— Non, juste non. Tu n'es pas fait pour ce genre de discussion, n'essaie même pas.

— D'accord, je ne dirai plus rien. Mais tu es très beau, voilà.

Freddie fit mine de ne pas entendre. Cette conversation commençait à lui peser. Dès qu'il pensait à son père, il voyait les marques sur le cou de sa mère et repensait aux questions de Jenna Tripp. Il le voyait comme un prédateur redoutable : sombre, létal, capable de tout. Mais à présent, dans la douceur de cette soirée de mars, avec la radio en fond sonore, en le voyant assis à côté de lui, si calme avec son pull en laine angora bleu ciel, l'idée même que son père puisse être un prédateur et un mari violent lui semblait ridicule.

— Il y a une fille que j'aime bien. Elle s'appelle Romola.

— Ah bon ? s'exclama son père en levant les yeux de son ordinateur. Qui est-elle ?

— Elle est à St Mildred's, en quatrième. Elle est nouvelle.

— Et alors, qu'est-ce que tu vas faire ? Tu vas lui proposer de sortir avec toi ?

— Non, pas encore. Je vais l'inviter au bal.

— À l'ancienne.

— Pas du tout. Pourquoi ce serait un truc de vieux d'inviter une fille à un bal ? C'est intemporel, non ? Et toi d'ailleurs, reprit-il, flairant une bonne occasion d'en savoir plus, comment est-ce que tu as demandé à maman de sortir avec toi ?

— On n'a pas vraiment eu de premier rendez-vous. On s'est mis à discuter dans le bus, c'est tout. Elle m'avait reconnu de ses années collège.

— Elle était dans ton collège ?

Il observait son père attentivement pour repérer les signes de malaise.

— Dans mon collège ? Tu veux dire, là où j'enseignais ?

— Oui.

C'était clair et net, son père était décontenancé.

— Non, pas vraiment. Peut-être pendant quelques mois, quand je commençais et qu'elle terminait, mais je ne la connaissais pas. On s'est croisés quelques années plus tard dans un bus, et c'est là qu'on s'est vraiment rencontrés.

— Quand elle avait dix-neuf ans ?

— Oui, exactement.

— Et que tu avais trente-cinq ans ?

— Oui, à peu près.

— Les gens ont dit quelque chose ?

— Comment ça ?

— Sa famille, par exemple ? Ça ne les dérangeait pas qu'elle sorte avec son vieux prof ? Ils ne pensaient pas que c'était bizarre ?

— Non, répondit sèchement son père. Ça ne s'est pas passé comme ça. Et je n'ai jamais été le prof de ta mère. Jamais. Il se trouve qu'elle est allée au collège où j'enseignais, mais c'est tout.

Il rabattit l'écran de son ordinateur un peu trop fort et se leva.

— Tu as déjà eu une liaison, papa ?

— Quoi ?

— Est-ce que tu as déjà trompé maman ?

— Nom de Dieu… Mais pourquoi tu me demandes ça ?

— Parce que tu plais aux femmes, et que maman ne fait pas grand-chose. Peut-être que parfois tu regrettes de l'avoir choisie et que tu aimerais être avec quelqu'un d'autre.

Son père secoua la tête lentement.

— Freddie Fitzwilliam, tu en dis des choses étranges.

— Pourquoi étranges ? C'est tout à fait rationnel. Il y a plein d'hommes qui ont des liaisons. Même des hommes très moches avec des boulots pourris. Alors toi, qui n'es pas moche et qui as un bon job…

— Merci pour tes compliments Freddie.

— Ce n'était pas censé en être.

— Non, je sais bien.

Son père rangea son ordinateur dans sa housse.

— Non, je n'ai jamais trompé ta mère. Et je n'en ai jamais eu l'envie.

— Pas même avec Viva ? poursuivit Freddie.

— Viva ?

— Oui, cette élève à toi, tu sais ? Sa mère t'a frappé pendant nos vacances au lac. C'est peut-être à cause de ça qu'elle était si énervée.

Il fixa son père sans ciller. C'était sans aucun doute la chose la pire qu'il lui avait jamais dite. Il vit un muscle bouger au coin de sa bouche. Le voile de cordialité était en train de tomber. La bête sauvage était en train de se révéler.

— Je ne sais pas de quoi tu parles. Je ne sais pas qui est, ou qui était Viva. Je n'ai jamais eu de liaison avec l'une de mes élèves et je n'oserais même pas y penser, crois-moi.

Chapitre 50

23 mars

Jenna ne l'avait pas tout de suite reconnu. Il s'était rasé le crâne, ce qui lui donnait un air un peu inquiétant, un air de lascar. Avec ce look, elle aurait pu craindre qu'il lui arrache son téléphone des mains avant de s'enfuir en courant. Pendant un moment, elle essaya de faire comme si elle ne l'avait pas remarqué. Ce jeune homme bizarre la mettait mal à l'aise. Puis elle se ravisa et ralentit l'allure pour qu'il puisse la rattraper. Il arriva à ses côtés quelques instants plus tard, à bout de souffle.

— Jenna ! Jenna Tripp.

— Salut.

— J'ai besoin de tes conseils.

Elle jeta un coup d'œil alentour pour voir si quelqu'un d'autre assistait à cet échange.

— OK, accepta-t-elle avec méfiance.

— Je veux inviter une fille à venir à un bal avec moi. Ce n'est pas toi, t'inquiète. Tu es jolie, mais tu es trop vieille pour moi. Et trop grande aussi.

— OK… répéta-t-elle.

— Je voulais te demander, puisque ça doit t'arriver souvent, comment est-ce que tu voudrais qu'un garçon t'invite à un bal ?

Elle essaya de jauger s'il se moquait d'elle, mais comme ce n'avait pas l'air d'être le cas, elle soupira et réfléchit à sa question.

— Ça dépend. Elle t'aime bien ou pas ?

— Elle ne sait même pas que j'existe.

— Je vois. Donc elle ne s'y attend pas.

— Non, pas du tout.

— Dans ce cas, je ne lui demanderais pas directement. Je lui écrirais ou lui enverrais un message. Pour qu'elle puisse penser à une façon sympa de décliner l'invitation. Si elle veut décliner l'invitation.

Freddie hocha fébrilement la tête, les yeux écarquillés.

— Super, c'est super. Tu es… super.

— Pas de souci.

Il s'éloigna d'elle et revint sur ses pas.

— Je dois y aller maintenant. À plus tard.

Elle le regarda en souriant remonter à toute vitesse la rue qui menait à la ville.

Elle se demanda si les autres filles étaient au courant de la grossesse de Bess, si elles savaient qu'elle avait couché avec quelqu'un. Après tout, ce n'était peut-être pas M. Fitzwilliam. C'était peut-être un garçon de leur âge. Quelqu'un de leur collège, d'un autre collège, peut-être du collège de Freddie. C'était peut-être Jed ? Mais non, Bess lui avait affirmé qu'elle le trouvait idiot. Quoi qu'il en soit, même si elle avait couché avec un mec et qu'elle était enceinte, pourquoi avait-elle décidé d'exclure Jenna de sa vie au moment où elle avait le plus besoin d'aide ?

Bess considérait peut-être que Jenna était prude, qu'elle allait la juger, qu'elle désapprouverait ses choix.

Bess avait peut-être mûri plus vite qu'elle…

Non, cette idée ne tenait pas debout. Jenna était la plus adulte des deux. Elle aidait Bess à garder la tête hors de l'eau, à éviter les problèmes, elle lui expliquait comment le monde fonctionnait. Bess avait besoin de ce soutien, elle qui n'avait pas de frère et sœur et dont la mère ressemblait plus à une cousine rigolote qu'à une maman. Elle n'était pas encore assez mature pour se passer de son aide. Elle n'était pas encore prête à prendre des décisions sans les conseils de Jenna. Impossible.

Jenna aperçut Tiana et Ruby qui sortaient des toilettes après la pause déjeuner ce jeudi.

— Bess est avec vous ?

— Non, répondit Tiana. On l'a pas vue depuis le cours de cuisine.

— Vous avez déjeuné avec elle ?

— Non.

— Qu'est-ce que t'as, Jen ? lui demanda Ruby en riant. Pourquoi tu la suis partout ?

— Je ne la suis pas partout. Mais c'est juste qu'avec tout ce qui lui arrive en ce moment…

Jenna observa leur visage, s'attendant à y déceler une expression entendue ou un signe indiquant qu'elles savaient de quoi elle parlait, mais les deux copines la regardaient sans comprendre.

— Comment ça ?

— Rien, c'est personnel. Je pensais qu'elle vous en aurait parlé. Y'a pas de problème.

Les yeux de Ruby s'ouvrirent grand.

— Mais dis-nous ! Qu'est-ce qui lui arrive ?

Jenna s'éloignait déjà, laissant Ruby et Tiana sur leur faim.

La situation était probablement encore plus grave que ce qu'elle s'était imaginé si Bess n'en parlait même pas aux filles avec lesquelles elle passait son temps depuis plusieurs semaines. C'était donc forcément le pire scénario. Si ça avait été un garçon de leur âge, et si Bess ne lui en parlait pas parce qu'elle avait honte d'avoir devancé de deux ans les plans qu'elles avaient échafaudés ensemble, elle en aurait discuté avec ses autres amies. Mais elle ne l'avait pas fait. Dans l'esprit de Jenna, tous les voyants s'étaient mis à clignoter.

Elle alla récupérer ses affaires dans son casier pour le cours de géographie, puis se dirigea vers la salle 138. En passant devant les bureaux de l'administration, elle jeta un coup d'œil vers l'antre de M. Fitzwilliam, au bout du couloir. À ce moment-là, la porte s'ouvrit et Bess sortit du bureau, un grand sourire aux lèvres. La main de M. Fitzwilliam était posée sur son bras.

— Ne vous en faites pas, je m'en occupe, dit la jeune fille.

— C'est bien, ma petite Bess.

Chapitre 51

Freddie enveloppa la robe Urban Outfitters dans du papier de soie et la glissa dans son sac à dos.

Il avait repassé sa chemise la veille au soir, même si c'était du tissu infroissable, et avait mis son plus beau pantalon d'uniforme, celui qui n'était pas trop court et qui n'avait pas non plus de taches d'acrylique faites en cours d'arts plastiques. Pour encourager le vent de rébellion qui s'était levé en lui, il chaussa des baskets noires plutôt que ses horribles chaussures de ville qui étaient tellement usées qu'elles ne tenaient plus son pied dès qu'il forçait un peu l'allure. Si un prof le reprenait parce qu'il ne respectait pas le code vestimentaire, il répondrait que les autres avaient fait leur temps, ce qui n'était pas loin de la vérité. Il posa son doigt sur le pulvérisateur de la bouteille d'after-shave de son père et s'en aspergea le cou. Il se lava les dents avec du fil dentaire. Il mit double dose de déodorant. Il appliqua une touche du fond de teint de sa mère sur un bouton, mais cela attirait encore plus l'attention, alors il le démaquilla.

Puis il sortit pour aller au collège, la tête haute, déterminé, prêt à surmonter les huit heures de cours avant que vienne son heure de gloire.

* * *

16 h 15. Il attendait devant St Mildred's, observant des vagues de filles se déverser sur le trottoir dans une marée bleu et gris, une rivière de cheveux enfin dénoués, de sacs Fjällräven, de collants filés, de coques de téléphones Skinnydip et de voix haut perchées.

Jenna lui avait conseillé d'écrire à Romola Brook pour lui laisser la possibilité de décliner poliment l'invitation. C'était précisément la raison pour laquelle Freddie se tenait devant son collège pour lui demander de vive voix, sans préambule, de l'accompagner au bal.

Il se redressa en remarquant l'une des poufs qu'elle avait invitées chez elle l'autre jour, celle qui avait posté la photo de la robe sur Instagram. Louisa. Romola lui emboîtait le pas. Pendant un moment, il eut peur qu'elles aillent prendre un verre ou faire du shopping ensemble, et qu'il soit condamné à attendre une heure devant un café ou un magasin, puis il entendit avec soulagement Romola prendre congé de son amie. Il la vit s'éloigner et la suivit jusqu'au bout de la rue avant d'entamer son opération d'approche.

Il avait passé en revue son plan toute la soirée précédente. Il l'avait répété des centaines de fois, avait pensé à chaque détail et prononcé chacun des mots, ajoutant des nuances à son jeu. Il se sentait détendu, il se sentait bien. La pire chose qui pouvait se produire, c'était qu'elle lui dise non. Le rejet faisait partie de la vie. Ce n'était pas un bon moment à vivre, mais cela passerait. Freddie était assez intelligent pour comprendre qu'il devait accepter ça s'il voulait aller de l'avant.

— Excuse-moi ! se lança-t-il.

Elle se retourna vers lui et le dévisagea, prenant le temps d'estimer la dangerosité de ce garçon, puis remarquant l'emblème sur son uniforme et se demandant si elle le connaissait.

— Désolé de te déranger. Je m'appelle Freddie. Freddie Fitzwilliam.

Il tendit la main, qu'elle regarda, déconcertée, avant de jeter un coup d'œil autour d'eux pour vérifier que personne ne les regardait, et la serra. Sa main était molle et gelée, ses os étaient aussi fins que des brindilles.

— Je suis à Poleash Hall, lui annonça-t-il en désignant sa veste d'uniforme. Enfin c'est évident.

— Je te connais ?

— Tu m'as sans doute déjà croisé, improvisa-t-il audacieusement. Mais non, tu ne me connais pas. Pas encore, en tout cas.

Elle avait un sourire inquiet, comme si elle redoutait ce qu'il allait dire ensuite.

— Écoute, je ne sais pas du tout si c'est une bonne ou une mauvaise idée, mais j'ai des places pour le bal de printemps de demain soir, auquel j'avais décidé d'aller tout seul, comme un type cool et indépendant, mais j'ai changé d'avis. Je t'ai vue dans la rue, je te trouve super jolie, et je me demandais si tu voudrais bien y aller avec moi.

— Si je veux sortir avec toi ?

— Oui, exactement.

Il vit son visage s'assombrir légèrement et à ce moment-là il sut qu'elle était en train de réfléchir à la meilleure façon de décliner son invitation.

— Ou pas forcément, maintenant que j'y pense. Je pourrais te chaperonner, sinon.

Elle sourit, et il se félicita mentalement de l'avoir jouée aussi cool.

— Ce n'est pas très moderne, comme idée.

— Oui, c'est un peu rétro… vintage, même !

Elle sourit à nouveau et il sentit que la situation tournait en sa faveur.

— Freddie, c'est ça ?

— Oui. Et toi ?

— Romola.

— Romola, répéta-t-il comme s'il n'avait jamais entendu ce prénom. C'est magnifique.

— Merci. C'est à cause d'une actrice.

— Qui s'appelle Romola ?

— Oui, bien sûr ! répondit-elle en riant.

Freddie avait l'impression de flotter sur un petit nuage, tout se passait si bien. Comme prévu.

— Alors, qu'est-ce que tu en dis ? reprit-il en glissant une main dans sa poche et en se redressant. Est-ce que je pourrais t'accompagner au bal ?

— Mais ce ne sera pas un rendez-vous ?

— Ça, on pourra peut-être en décider plus tard. Selon comment ça se passe. Si on en a envie, ça peut devenir un rendez-vous.

Cette idée-là, il l'avait lancée sans filet.

Il détecta une vague expression de contrariété sur son visage, et ce regard qui voulait dire : « Je ne suis pas vraiment sûre que ce soit une bonne idée. »

— Je ne sais pas. Je n'ai pas vraiment envie d'avoir de copain, ou d'accompagnateur. Je préférerais être avec mes amis, lui annonça-t-elle d'une voix apeurée, comme si elle craignait qu'il la frappe parce qu'elle le rejetait.

Il sortit sa dernière carte de sa manche.

— Pas de problème. Je comprends tout à fait. Je viens moi-même tout juste de commencer à réfléchir à cette affaire de copain-copine. En tout cas, quelle que soit ta décision, ça, c'est pour toi, ajouta-t-il en sortant la robe emballée de son sac.

— Oh mon Dieu ! s'exclama-t-elle en ouvrant grand les yeux. Qu'est-ce que c'est ?

— Un cadeau. Ce n'est pas grand-chose, je l'ai vue et j'ai pensé à toi. Tiens. Si tu ne l'aimes pas, tu pourras la donner à quelqu'un.

— Je ne peux pas accepter. Je ne te connais même pas.

— S'il te plaît, j'insiste.

— Non, c'est impossible.

— Tu as peur de me devoir quelque chose si tu acceptes mon cadeau ?

Romola acquiesça.

— Eh bien je te le promets, Romola Brook, tu peux prendre ce cadeau et ne plus jamais m'adresser la parole de la vie, si ça te chante.

L'expression de son visage changea immédiatement. Il se recula imperceptiblement.

— Comment est-ce que tu connais mon nom ?

— Ah, mince. Erreur fatale.

— Hein ?

— J'essayais d'avoir l'air cool en disant que je ne savais pas qui tu étais. En fait je sais très bien qui tu es.

— Comment ça ?

— Enfin, c'était un peu évident. Je t'ai fait un cadeau et tout.

— Oui, c'est vrai.

— Alors, tu l'acceptes ?

Elle hocha la tête, l'air franchement mal à l'aise.

— Oui, d'accord. C'est toi qui m'as envoyé la jupe marron ? interrogea-t-elle en le fixant de ses yeux bleu gris.

— Oui.

— Donc tu sais où j'habite.

— Oui.

— OK…

— Ça fait quelque temps que tu m'intéresses, essaya-t-il d'expliquer.

— Apparemment, répondit-elle d'un ton sec.

Puis elle s'adoucit et lui lança un regard compréhensif.

— Freddie, est-ce que tu es atteint du syndrome d'Asperger ?

— Pardon ?

— Est-ce que tu as le syndrome d'Asperger ? Est-ce que tu as été diagnostiqué ?

— Hein ? Non, bien sûr que non.

— Moi si. C'est pour ça que je te demande. À cause de certaines de choses que tu dis, de la façon dont tu parles, dont tu te tiens, même de ton apparence… Il y a plein de choses chez toi qui me rappellent un Asperger.

— Tu es Asperger ?

— Oui, légèrement. Mais…

Il la regarda avec un air sidéré et émerveillé. Quelque chose était en train de se libérer en lui, quelque chose d'enterré sous des années de déni. Cette salle de l'école de Manchester où on l'avait guidé un jour, où une femme l'avait observé en prenant des notes pendant qu'il jouait avec des objets étranges, où elle avait ensuite discuté avec ses parents pendant qu'il attendait devant le bureau avec la dame de la réception, qui lui avait donné une pomme. Ses parents étaient sortis, l'air inquiet, et ils étaient allés manger ensemble au restaurant. L'atmosphère était tendue, étrange.

Sa mère lui avait dit : « *Ta maîtresse pense que tu as peut-être un cerveau spécial.* »

Son père : « *Non, Nicola, ce n'est pas ce qu'elle a dit. Elle a dit que ton cerveau fonctionne d'une façon spéciale.* »

Sa mère : « *Ça veut dire la même chose, non ?* »

Son père : « *Non, pas tout à fait. En tout cas, ils veulent donner un nom à cette façon spéciale qu'a ton cerveau de fonctionner. Ils veulent l'appeler Asperger, ce qui est le nom d'un docteur autrichien qui a découvert que beaucoup d'enfants dans le monde avaient cette façon particulière d'interagir avec les autres. Mais ta maman et moi, on pense que tu n'as pas besoin de nom, parce que ton cerveau fonctionne incroyablement bien. C'est vrai pour tous les cerveaux, mais dans ton cas, c'est encore plus vrai, alors on devrait se concentrer sur tout ce qu'il est capable de faire au lieu d'y coller une étiquette. Tu entendras peut-être des gens évoquer ce mot dans ta vie. Tu verras peut-être des gens en parler à la télévision, et tu pourrais penser qu'ils parlent de toi et t'inquiéter. Mais non, ne t'inquiète pas, parce que ta maman et moi, nous n'avons pas peur. Nous t'aimons, et savons que tu es très intelligent. Et que tu ne seras jamais juste un nom. D'accord ?* »

Il se souvenait de son père lui caressant les cheveux, la joue, le menton, il se rappelait avoir pensé qu'on ne devait pas donner de nom aux choses quand on était intelligent, et lui était intelligent. Puis il n'y avait jamais repensé. Jusqu'à maintenant. Jusqu'à ce que cette fille splendide, debout devant lui, brandisse avec fierté le nom qu'on lui avait donné.

— Je crois que tu as raison, reprit-il. Je crois que je suis Asperger. Mais j'en parle jamais parce que c'est vraiment le truc le moins intéressant à mon propos.

Romola rit.

— C'est drôle. C'est le truc le plus intéressant à mon propos.

— Ah bon ?

— Oui !

— J'aimerais bien que tu m'en parles plus, alors.

— Vraiment ?

— Oui.

Ni l'un ni l'autre ne dit plus rien pendant un moment, puis Romola tendit les mains pour attraper le cadeau.

— Je vais prendre ça. Et je vais réfléchir pour le bal, pour savoir si je veux plutôt un copain ou un accompagnateur. Merci pour la jupe, elle me va très bien.

Elle n'attendit pas qu'il réponde, elle ne lui dit pas au revoir. Elle tourna les talons et partit.

Chapitre 52

JENNA APERÇUT FREDDIE FITZWILLIAM QUAND IL commença l'ascension vers Melville Heights. Malgré la distance, elle sentait que quelque chose avait changé en lui, quelque chose de plus profond que sa coupe de cheveux. Elle traversa la rue et l'appela.

Il se retourna et leva une main vers elle comme pour la saluer.

— Tu as une minute ?

— Oui, bien sûr.

Il la regarda droit dans les yeux et pour la première fois elle distingua dans ses yeux un éclat impérieux qui lui rappela son père.

— On peut aller quelque part pour discuter ?

— Maintenant ?

— Oui, maintenant.

— Tu peux venir chez moi si tu veux, proposa-t-il en désignant de la tête les maisons colorées.

— Ton père sera là ?

— Non. Il ne rentre jamais avant 20 heures, au plus tôt.

— Ça ne dérangera pas ta mère ?

— Non, elle sera contente que j'aie quelqu'un à inviter à la maison. Tu t'imagines bien.

Elle leva la tête vers les maisons colorées, vers leurs fenêtres, ces pâles yeux dorés éclairant la nuit. Elle n'était jamais entrée dans l'une des maisons de Melville Heights. Sa mère, si : quand elle était en primaire, sa meilleure amie habitait dans la maison rose, mais elle avait déménagé il y a bien longtemps. Sa mère avait passé des dizaines d'après-midi là-haut, assise devant la fenêtre, à observer le village en contrebas et à inventer des histoires sur les gens qui passaient, petits comme les figurines d'une maison de poupées.

— Tu es sûr ?

— Oui.

Il faisait froid chez Freddie. Elle serra son manteau autour d'elle en entrant dans un large couloir carrelé qui menait à la cuisine.

— Où est ta mère ?

Il haussa les épaules et accrocha son sac et son manteau.

— Peut-être au lit. Elle dit qu'elle a la grippe.

— Oh non, la pauvre !

— C'est des conneries, reprit-il d'une voix ferme. Elle veut juste attirer l'attention.

— Ah.

— Tu veux enlever ton manteau ? Je vais faire du thé. Tu aimes ça ?

— Oui.

— Parfait.

Elle accrocha son manteau et son sac à côté des siens et le suivit dans la cuisine.

— English breakfast, camomille, menthe, earl grey, rooibos ?

Elle n'avait jamais entendu le dernier mot qu'il venait de prononcer, mais elle hocha la tête.

— Un thé normal, s'il te plaît.

Il sortit un sachet d'english breakfast d'une boîte et le déposa dans une tasse. Il lui demanda si elle voulait du lait. Oui. Sans son manteau, elle avait vraiment très froid. Elle remarqua que l'une des vitres de la véranda était brisée et retenue par une ficelle qui frémissait dans le courant d'air.

— Vous devriez changer cette vitre. Ça caille ici.

— Mon père aime les maisons froides. Il dit que ça l'aide à se concentrer.

— À se concentrer sur le fait qu'il gèle, ouais, répliqua-t-elle en rentrant ses mains dans ses manches.

Elle l'observa pendant qu'il préparait le thé. Ses mouvements étaient très précis, presque robotiques. Il sortit les sachets des tasses sans les presser pour faire sortir l'eau, semant des gouttes sur son passage jusqu'à la poubelle.

— Tu as demandé à cette fille d'aller au bal avec toi ?

— Oui, tout à fait. Je viens de le faire, il y a trente-cinq minutes. Elle n'a pas dit oui, mais elle n'a pas dit non. Elle est Asperger.

Jenna hocha la tête poliment et prit la tasse qu'il lui tendait. Un peu de thé se renversa sur la table, qu'elle épongea avec son pull. Elle ne savait pas quoi dire à propos d'Asperger, alors elle se tut. Elle se demandait si lui aussi l'était, mais trouva qu'il serait impoli de lui poser la question.

— Alors, tu voulais me parler de quoi ? commença-t-il en s'asseyant à côté d'elle, jambes croisées. Tu voulais mes conseils pour aborder un garçon ?

Elle rit doucement.

— Non, pas vraiment. C'était plutôt…

Elle s'interrompit. Comment pouvait-elle amener le sujet dans cette maison, avec sa mère, malade, au lit ? Elle but une gorgée de thé puis reposa sa tasse.

— Je voulais parler de ton père, confessa-t-elle d'une voix très calme.

Son comportement changea en un éclair. Il décroisa les jambes et se pencha vers elle, les yeux pleins d'inquiétude.

— Quoi, mon père ?

Elle ne devait pas faire ça. Elle devait remercier Freddie pour la tasse de thé, attraper ses affaires dans l'entrée et quitter cette maison. Mais elle repensa à ce qu'elle avait vu plus tôt, à la main de M. Fitzwilliam sur le bras de Bess, de *sa petite Bess*. Elle pensa à l'homme dans une BMW noire qui était venu la chercher chez Jed la semaine précédente. Elle se souvint de les avoir vus discuter ensemble dans le village, en pleine nuit, ou encore à l'hôtel de Séville, assis sur le palier. Elle revit les cœurs que son amie avait dessinés sur la photo du proviseur, son visage plein de larmes dans les toilettes lorsqu'elle lui avait annoncé qu'elle était peut-être enceinte. Elle se remémora la façon dont parfois il la regardait, elle, Jenna. L'intensité de son regard, le velours de sa voix, la douceur de ses vêtements, cette boîte de mouchoirs si bien placée, l'intimité forcée de leurs discussions… Enfin elle repensa à cette femme, au bord du lac, qui le détestait tant, et une voix s'éleva en Jenna, qui lui disait que tout cela était *mal, mal, mal,* alors elle planta son regard dans celui de Freddie Fitzwilliam et lui demanda :

— Est-ce que tu penses qu'il a un penchant pour les adolescentes ?

Elle attendit sa réaction en se pinçant les lèvres. Elle s'imaginait la colère, la douleur qu'il devait ressentir. Mais le visage de Freddie se drapa d'un air intrigué.

— Non, et toi ?

— Je ne sais pas, murmura-t-elle.

Freddie se leva, traversa la cuisine pour aller fermer la porte, et revint s'asseoir à côté d'elle.

— Il t'a fait quelque chose ?

— À moi ? Non.

— À qui alors ?

— À mon amie, Bess Ridley.

Et elle lui raconta tout, depuis le début. Il hochait la tête au fur et à mesure de son récit sans jamais avoir l'air surpris, comme s'il pouvait deviner ce qu'elle allait lui dire avant même qu'elle ne le fasse.

— Je pensais bien qu'il y avait une autre raison pour qu'il prenne part à ce voyage, commenta-t-il quand elle lui raconta l'incident du palier à Séville.

Quand elle eut fini de parler, il s'adossa à la table et soupira profondément.

— Bordel de merde.

— Je suis désolée. Ça doit être très dur à entendre pour toi. C'est ton père.

— J'aime mon père, tu sais, et pour certaines choses, c'est le meilleur homme que je connaisse. Mais pour d'autres…

Jenna attendait qu'il poursuive sa pensée, inquiète de découvrir ce qu'il allait dire.

— Je n'ai jamais remarqué qu'il avait un faible pour les ados. Mais je crois qu'il frappe ma mère.

Jenna tressaillit.

— Parfois, commença-t-il très doucement, j'entends des choses la nuit. Dans leur chambre. Des bruits bizarres, des coups, des chuchotements secs, puis soudain, plus rien. Parfois j'ai l'impression d'entendre quelqu'un en train de vomir. En général, le lendemain, ma mère porte un col roulé ou une écharpe et elle a des bleus sur les poignets ou sur le cou. Alors elle arrête de courir et de sourire. C'est arrivé il y a quelques jours et, depuis, elle a un gros hématome sur le cou dont elle ne veut pas me parler. C'est pour ça que, même si je pense que mon père est un homme bon, je le crois aussi capable du pire. J'aimerais connaître la vérité, savoir de quoi est fait son côté obscur pour me faire une idée juste de l'homme qu'il est. C'est dur d'éprouver deux sentiments contradictoires au même moment. Je préférerais n'en avoir qu'un.

Jenna se souvint soudain de Bess, grimaçant de douleur quand elle avait voulu la prendre dans ses bras dans les toilettes.

— Tu as déjà demandé à ta mère ? Tu lui as déjà parlé de ton père, des bleus ?

— Oui, mais ma mère pense que mon père est parfait. Il est tout pour elle. Elle m'aime, bien sûr, mais lui, elle l'adore. Toute la nourriture qu'on a à la maison, c'est pour lui. Il n'y a que ce que lui aime. On ne met pas le chauffage parce qu'il préfère avoir froid, même si moi, j'aime avoir chaud. On ne part jamais en vacances parce qu'il ne veut pas. Moi j'ai envie d'aller en vacances, mais ça, on s'en fiche. Il n'y a que son opinion qui compte dans cette maison. Ma mère ne dirait jamais quoi que ce soit de négatif sur mon père. Jamais.

Jenna avait envie de lui prendre la main, de passer son bras autour de ses épaules, mais elle ne savait pas du tout comment il réagirait. Il avait l'air au bord des larmes, mais il ne pleura pas.

— Tu peux dire tout ce que tu veux sur mon père, je m'en remettrai, ne t'en fais pas, la rassura-t-il.

Le silence s'installa entre eux. Jenna regardait leur jardin.

— Tu sais, ma mère était élève dans un collège où travaillait mon père. Il était prof de littérature. Il me dit qu'elle avait dix-neuf ans quand il l'a rencontrée, mais je me demande…

— Tu penses qu'il se serait passé quelque chose entre eux à l'époque, quand elle était encore élève ?

— J'en sais rien. C'est possible. Parfois j'ai l'impression de ne pas vraiment les connaître. Et il y a autre chose, ajouta-t-il en baissant la voix. Ma mère, l'autre jour, a dit quelque chose d'intéressant. Je lui parlais de la femme au bord du lac et elle m'a dit : « Il avait peut-être dû exclure sa fille, ou peut-être qu'elle n'était pas contente de son dernier bulletin de notes. Les parents peuvent devenir vraiment fous avec ce genre de choses. »

Freddie imitait très bien la voix de sa mère, se dit Jenna.

— De toute évidence, elle sait plus de choses qu'elle veut bien le faire croire.

— Elle a vraiment dit ça ?

— Oui, je te jure.

— Je suis sûre qu'on pourrait trouver des informations sur Internet en cherchant bien. Tu connais les noms des collèges où ton père a enseigné ?

— Oui, à peu près. Je connais au moins le nom des villes où il a travaillé, et je pourrais probablement retrouver le nom des établissements si je les lisais.

— Tu as un ordinateur ?

— Oui, je vais le chercher. Attends-moi ici. Ne bouge pas, OK ?

— T'inquiète, je reste ici, le rassura-t-elle en souriant.

Il disparut pendant une minute ou deux. Jenna ne bougea pas d'un iota, paralysée à l'idée qu'elle se trouvait dans la cuisine du proviseur de son collège. Quand Freddie revint, il brancha l'alimentation de son ordinateur portable et l'ouvrit.

— Alors, commença-t-il en lançant son navigateur, le premier endroit où il a enseigné, c'est Burton-on-Trent. C'est là qu'il a rencontré ma mère. On doit pouvoir trouver une liste des collèges.

Jenna fixait l'écran pendant que Freddie lisait les résultats de sa recherche.

— Voilà, c'est ça. Le collège-lycée Robert Sutton. Ils en parlent parfois.

— OK. Maintenant ajoute le nom de ton père dans ta recherche.

Il s'exécuta, et une liste d'articles sur des clubs, des récompenses, des voyages et des pièces de théâtre apparut. Mais rien de nature à pousser une mère d'élève à frapper M. Fitzwilliam.

— Ajoute « Viva ».

Il lui jeta un coup d'œil.

— Bonne idée, très bonne idée.

Il tapa les quatre lettres et relança la recherche. En lisant la description du premier résultat, ils inspirèrent tous les deux bruyamment. Ils se tournèrent l'un vers l'autre.

— Merde, murmura Jenna.

Freddie avait le curseur juste à côté du résultat, son doigt suspendu au-dessus de sa souris.

— Vas-y, clique.

— J'ai trop peur.

— Tu veux que je le fasse ?

Il hocha la tête et elle orienta l'écran vers elle avant de cliquer.

Chapitre 53

Il faisait chaud pour un après-midi de mars. Josephine ouvrit son manteau et traversa la rue ensoleillée. Elle venait de finir le travail et voulait s'acheter de nouveaux vêtements pour le lendemain, pour son rendez-vous avec Tom Fitzwilliam, pour coucher ou non avec lui dans une chambre d'hôtel. Elle n'avait pas encore décidé. Peut-être irait-elle à l'hôtel et coucherait-elle avec lui ; peut-elle irait-elle et se contenterait-elle de discuter ; peut-être n'irait-elle pas du tout. Cent voix résonnaient dans sa tête, lui soufflant des injonctions contradictoires.

Quand sa mère était morte, la tempête qui l'agitait s'était enfin apaisée. Elle avait même complètement disparu, alors qu'elle vivait avec depuis qu'elle était toute petite. C'était pour ça qu'elle avait raté son brevet, qu'elle avait été exclue de deux établissements, et qu'elle n'avait jamais réussi à rester fidèle, même quand elle était folle amoureuse. C'était pour ça que ses amitiés ne duraient jamais, que ses sous-vêtements étaient moches, son compte en banque vide, son boulot pourri et qu'elle avait deux bons centimètres de racines qui commençaient à se voir. Tous les aspects de son existence tournaient dans sa tête comme dans un lave-linge, en bouillonnant, fumant et se présentant à elle chaque fois sous un nouvel angle. Ce qui lui semblait être une bonne idée à 10 heures devenait la pire idée du monde à 10 h 30. Quelqu'un lui avait dit un jour que la clé était de prendre de bonnes décisions, ce qu'elle était incapable de faire parce que toutes les conséquences de ses actions potentielles lui semblaient bonnes à un moment ou un autre. Oui, si on l'invitait à passer des vacances avec des gens qu'elle ne voulait vraiment pas voir pendant ses vacances, elle allait y réfléchir. Après tout, peut-être que ça se passerait bien, cette fois-ci. Alors elle accepterait, et ça ne se passerait pas bien. Ne sachant pas se fier à son instinct, elle était incapable de prendre son destin en main.

Comme lui avait souvent rappelé sa mère d'un ton affectueux mais avec une pointe d'abattement, elle était sa pire ennemie.

Cependant, après avoir vu sa mère mourir, après avoir observé les dernières traces de vie quitter son corps, tout s'était éclairci. Le monde s'était stabilisé et sa vie lui avait enfin paru limpide. Elle avait presque vingt-sept ans, il était temps qu'elle devienne adulte. Elle avait épousé Alfie, démissionné de son hôtel à Ibiza et s'était imaginé revenir à Bristol pour accomplir son destin. Elle se trouverait un vrai travail, un bel appartement, elle ferait la cuisine, passerait du temps avec son père et son frère, irait à la salle de sport, se ferait de nouveaux amis, de bons amis, pas des ombres fugaces et décousues qui passaient leurs nuits à avaler des pilules. Elle aurait peut-être un club de lecture, irait chez le coiffeur régulièrement, achèterait une voiture qu'elle emmènerait au garage, adopterait un animal de compagnie ou deux, des plantes, se ferait des manucures, mangerait des salades, tomberait enceinte…

Puis elle était arrivée à Bristol et s'était rendu compte qu'elle ne pouvait pas se payer de bel appartement, et que sans ça elle ne pouvait pas préparer de bons petits plats, ni organiser les réunions de son groupe de lecture avec ses amies imaginaires. Elle avait rapidement compris qu'elle ne trouverait pas de travail digne de ce nom et qu'elle n'était pas prête à avoir un bébé, qu'elle n'avait pas les moyens d'aller à la salle de sport ou de s'acheter une voiture et que se faire de vrais amis était plus difficile qu'il n'y paraissait. Petit à petit, la tempête dans sa tête avait repris de plus belle. Tom Fitzwilliam était apparu dans l'œil du cyclone, grand, attirant, lumineux, surplombant le chaos de ses pensées, et chaque minute qu'elle passait à rêver de lui la distrayait de son horrible travail, de ses racines brunes, de sa peur panique de devoir prendre les décisions qui la feraient devenir adulte. Tant qu'elle pensait à lui, à ses mains sur sa nuque, à son corps vibrant contre le sien dans un recoin de Melville Heights, tant qu'elle se demandait quelle couleur de soutien-gorge elle devrait choisir pour son rendez-vous du lendemain, qu'elle honorerait ou non, elle ne songeait pas au bébé qu'Alfie voulait avoir avec elle ni au fait qu'elle savait pertinemment, sans l'ombre d'un doute, qu'elle n'aurait jamais dû l'épouser et qu'un jour, probablement très proche, elle allait lui briser le cœur.

Bleu, se dit-elle en touchant la dentelle d'un soutien-gorge push-up Primark à 4,99 livres. *Bleu*, se répéta-t-elle en glissant le vêtement dans le panier qu'elle portait sous le bras. *Bleu.*

Chapitre 54

ENQUÊTE SUR LE SUICIDE D'UNE ADOLESCENTE

Un enseignant interrogé par la police

L'enquête sur la mort de l'adolescente Genevieve Hart, 14 ans, a conclu au suicide. Genevieve, que sa famille appelait Viva, avait été retrouvée sans vie dans un restaurant désaffecté de Waterloo Street, dans le centre-ville de Bristol. Elle s'était pendue en utilisant les collants de son uniforme scolaire. Un enseignant du collège où elle étudiait, dont le nom n'a pas été dévoilé, avait été interrogé dans le cadre de l'enquête suite à la découverte dans le journal intime de la jeune fille. Certains passages de ce journal intime suggéraient en effet une relation amoureuse entre eux. Après une demi-heure d'interrogatoire, il a été relâché sans qu'aucune charge ne soit retenue contre lui. Selon des sources proches de la victime, la jeune fille était la cible de harcèlement scolaire depuis plusieurs mois. L'adolescente, qui n'a pas laissé de lettre pour expliquer son geste, s'était coupé les cheveux avant de mettre fin à ses jours.

Jenna cligna plusieurs fois des yeux, essayant de chasser de son esprit l'image de la jeune fille, pendue avec ses propres collants, de l'amas de mèches répandues sur le sol sous ses pieds ballants. Elle toucha ses propres cheveux d'un geste machinal et s'imagina ce que cela devait faire, de les tenir d'une main tout en les sectionnant de l'autre. Cette sensation, ce son. C'était impensable, presque barbare. Elle déglutit et posa sa main fermée contre sa bouche.

— C'est tellement triste.

— C'est horrible, renchérit Freddie. Mais ça n'a rien à voir avec mon père, n'est-ce pas ?

Elle relut l'article, pensant que parfois les gens n'étaient pas condamnés mais que cela ne voulait pas dire qu'ils n'étaient pas coupables. Cela voulait simplement dire qu'on n'avait pas réuni assez de preuves contre eux.

— Apparemment non, répondit-elle avec un sourire.

— Elle était harcelée, c'est sûrement pour ça, insista-t-il en touchant la ligne concernée sur l'écran. C'est assez courant, non ? Les gens qui sont harcelés finissent par se suicider.

— Oui, t'as raison, déclara-t-elle sans conviction.

— Voilà, donc c'est ce qu'il s'est passé.

— Ouais.

Mais alors pourquoi la mère de Viva avait-elle frappé M. Fitzwilliam ? Pourquoi n'avait-elle pas agressé les harceleurs qui avaient poussé sa fille au suicide ? Que pouvait-il y avoir dans le journal intime de cette jeune fille ayant fait croire à sa mère que M. Fitzwilliam était responsable de sa mort ? Jenna n'avait aucun moyen de le savoir. Les seules personnes qui pouvaient consulter ce document étaient la famille de Viva. Les Hart.

— Bon, reprit-elle en tournant l'écran de son côté, on va voir ce qu'on peut trouver d'autre.

Elle revint sur la page précédente et descendit les résultats de la recherche jusqu'à ce qu'elle trouve un article accompagné d'une photo. Elle cliqua et observa longuement le portrait : une jolie jeune fille avec les cheveux longs, très sombres, des grands yeux et l'air d'être sur le point d'exploser de rire. Elle avait le regard doux. Il semblait inimaginable que cette fille ait poussé la porte d'un vieux restaurant abandonné pour couper ses magnifiques cheveux avant de se pendre avec ses collants. Il était impossible de l'imaginer morte.

L'article mentionnait le nom de sa mère, Sandra. On ne parlait pas du père, en revanche. Jenna tapa « Sandra Hart » dans la barre de recherche, mais les résultats la ramenaient aux mêmes articles sur la mort de sa fille. Elle ouvrit Facebook et cliqua sur le profil de plusieurs homonymes, qui étaient toutes trop jeunes, trop âgées, ou n'avaient absolument aucun lien avec les différents éléments de l'affaire Genevieve Hart. Puis elle ouvrit la page d'une Sandra qui vivait à Sheffield et était née à Derby en 1957. Son profil était privé, alors Jenna cliqua sur le seul lien accessible : sa liste d'amis.

Elle n'en avait que vingt-deux. Jenna les observa tous attentivement et trouva le profil d'une jeune femme nommée Rebecca Louise Hart. Sa page était également privée, mais ses informations personnelles étaient disponibles. Elle était née en 1981 à Burton-on-Trent et travaillait comme analyste en informatique chez Charter Redwood Financial Management.

— Attends, attends ! s'exclama Freddie en se penchant vers l'écran. Mais je la connais !

Il sortit son téléphone de sa poche et chercha dans ses photos, qui avaient toutes l'air d'être de la même personne, une fille aux cheveux châtains et à la veste d'uniforme bleu roi.

— Regarde ! reprit-il en lui tendant le téléphone.

C'était une photo prise d'assez loin d'une femme vêtue d'un grand manteau noir qui parlait à sa mère à l'arrêt de bus devant le Melville.

— C'est elle, non ? C'est cette femme. Qui parle à ta mère.

— Mais, mais…

Jenna s'écarta de l'écran et ferma les yeux quelques secondes.

— Qu'est-ce que… ? Je ne comprends pas.

Elle fixa à nouveau la photo pour s'assurer qu'elle avait bien vu. C'était bel et bien sa mère, et c'était effectivement cette femme dont elle venait d'ouvrir le profil Facebook, devant le *Melville.*

— C'était quand ?

— Hier.

— Et pourquoi tu as une photo de ça ? demanda-t-elle en pressant ses doigts sur ses tempes.

— Parce que c'était intéressant.

— Hein ?

— Oui, ta mère est intéressante. Le fait qu'elle parle aux gens aussi.

— Donc tu prends des photos de ma mère ? bégaya-t-elle, submergée par l'émotion. C'est vrai ?

— Oui, ça m'arrive, mais pas souvent. Presque jamais.

— Elle me dit tout le temps que tu l'espionnes depuis ta fenêtre, et moi je lui dis toujours qu'elle se fait des idées.

— Non, elle ne se fait pas des idées. Mais elle est pas mieux, franchement. Elle est tout le temps fourrée devant chez nous. Parfois, elle vient même avec une chaise. Moi je ne fais pas ça.

Jenna secoua doucement la tête. Elle n'arrivait pas à digérer ces informations. Elle décida de se concentrer sur l'ordre du jour.

— Je me demande où elle vit, cette femme. J'ai l'impression de l'avoir déjà vue.

— En même temps, elle devrait pas être trop difficile à repérer. Elle est sacrément grosse.

Jenna observa la photo de plus près et leva les yeux au ciel.

— Elle est pas grosse, expliqua-t-elle en montrant son ventre. Elle est enceinte.

Freddie se colla presque le nez à la photo.

— Ah mais oui ! Eurêka ! s'exclama-t-il en claquant des doigts. Je sais qui c'est ! Elle habite deux maisons plus bas, c'est ma voisine.

* * *

En sortant de la maison de Freddie, Jenna alla directement chez Bess. Elle appuya sur l'interphone d'une main tremblante, le cœur battant. La mère de son amie décrocha.

— Bonjour Heather, c'est Jenna. Bess est là ?

— Oui, monte ma puce !

Bess était assise sur son grand lit, au milieu d'une montagne de coussins en faux astrakan aux couleurs pastel, entourée d'un halo de guirlandes lumineuses. Une bougie rouge parfumée rappelait les odeurs de Noël.

— Ça va ? demanda-t-elle en remarquant l'expression angoissée de Jenna.

— Bess, j'ai quelque chose de très important à te dire. Et il faut que tu sois honnête avec moi.

— Qu'est-ce qu'il y a ?

— C'est une très, très longue histoire, mais en gros, il y a une femme qui vit à Melville Heights, et quand elle était plus jeune, sa petite sœur s'est suicidée. Tu sais pourquoi ?

— Bah non.

— Parce qu'elle avait une liaison avec M. Fitzwilliam.

— Hein ? réagit Bess, l'air incrédule.

— Elle était dans un collège dans le Nord, et M. Fitzwilliam était prof là-bas, apparemment ils avaient une liaison, et un jour, elle s'est tuée. Et en plus de ça, apparemment il bat sa femme.

Bess lui lança un regard incrédule.

— Et tu me dis ça parce que… ?

— Tu sais très bien pourquoi, Bess, soupira Jenna.

— Nan, en fait. Pas du tout.

— Bess, s'il te plaît, arrête de me mentir à propos de toi et M. Fitzwilliam. Je sais bien qu'il se passe un truc entre vous.

Bess la regardait les yeux écarquillés.

— Waouh, Jen. Mais il se passe *rien* entre nous. Tu débloques grave, là.

— Alors pourquoi est-ce que vous vous voyez en secret ?

— On se voit pas en secret !

— Mais si ! Ce soir-là, devant la pharmacie, à genre 23 heures ! Et tout à l'heure, je t'ai vue sortir de son bureau, et il te touchait le bras !

— Nan mais sérieux Jen… On parlait de *toi* !

Jenna se raidit immédiatement.

— De moi ?

— Ouais. Et de ta mère. De ce qu'il se passerait si elle devait aller à l'hôpital. Il voulait savoir si tu pourrais vivre avec nous, ici. Pour que tu puisses rester au collège et que tu déménages pas chez ton père. Voilà. C'est tout ce qu'on a dit. Et je voulais pas t'en parler parce que je savais que t'allais péter un câble quand tu saurais. Je sais pas qui c'est, cette dame de Melville Heights, et je suis désolée pour sa sœur, mais je te jure que M. Fitzwilliam n'a rien à voir dans cette histoire. C'est impossible.

—Et pourquoi… commença-t-elle en pointant du doigt le ventre de Bess. Pourquoi t'es enceinte alors ? C'est le bébé de qui ?

—De personne. Y'a pas de bébé.

—Je…

—Écoute, expliqua son amie en mettant ses cheveux derrière ses oreilles, j'ai rencontré un mec. Le cousin de Ruby. Jed. On est allés un peu trop loin. Franchement trop loin. Et en fait son truc, tu vois…

Jenna ferma les yeux. Elle n'avait vraiment pas envie d'en entendre plus.

—Bref, c'est allé sur mon ventre. Alors quand j'ai pas eu mes règles, j'ai trop flippé ! Je me suis dit que, peut-être, ça avait coulé, ou je sais pas quoi. C'était débile, je sais. C'est pour ça que je voulais pas t'en parler. Je voulais pas que tu me dises que j'étais conne.

—J'aurais pas dit ça.

—Si, je t'assure. Mais c'est pas grave, c'est comme ça entre nous. Enfin, j'ai eu mes règles ce matin, youpi.

—Alors t'es toujours vierge ?

—Oui, toujours vierge.

—Et t'es pas enceinte ?

—Non, pas enceinte.

—Et tu couches pas avec M. Fitzwilliam ?

—Non, pas du tout. Et je ne ferais jamais ça, parce que je l'aime trop. Ça gâcherait tout.

—Est-ce qu'il a déjà essayé de… tu vois ?

—Non ! Jamais.

—Et toi et Jed, vous êtes ensemble ?

— Non, je t'ai dit. Il est débile, mais il est mignon. Je voulais juste voir ce que ça faisait d'embrasser quelqu'un d'aussi beau. Mais ça a dérapé. Enfin c'était juste une fois. On est potes maintenant, c'est tout.

Elle s'arrêta et sourit à Jenna, qui avait une autre question.

— Dans les toilettes, l'autre jour, quand je t'ai prise dans mes bras, ça t'a fait mal. Pourquoi ? Tu as un problème ?

— Non, j'avais juste mal aux seins, mais genre vraiment, vraiment mal. De ouf.

Jenna observa son amie un moment. Sa meilleure amie. La fille la plus chouette du monde. Soudain, la distance insupportable qui s'était instaurée entre elles s'abolit comme si les dernières semaines n'avaient pas existé.

Elle ouvrit les bras, son amie l'imita, et elles s'étreignirent longtemps.

— Je suis navrée que tu te sois inquiétée.

— C'est pas grave. J'aime bien m'inquiéter pour toi. Ça m'occupe.

Bess rit, puis s'arrêta soudainement.

— Au fait, ma mère dit qu'il y a aucun problème si tu veux venir vivre avec nous, si jamais, tu sais, il se passe quoi que ce soit avec ta mère…

— Merci. J'espère que tout ira bien, mais si c'est le cas…

Elle la serra de nouveau dans ses bras.

— Je t'aime, Bess Ridley.

— Moi aussi, Jenna Tripp.

Elles restèrent ainsi pendant un long moment. Le soulagement que sa meilleure amie aille bien se répandait dans tout le corps de Jenna. Mais quand elle ferma les yeux, la vision terrifiante de Genevieve Hart, pendant du plafond, ses beaux cheveux noirs éparpillés sur le carrelage sale, l'assaillit.

Chapitre 55

Freddie se sentait un peu coupable de débarquer dans la chambre de sa mère sans crier gare pour parler de choses si difficiles alors qu'elle prétendait être malade, mais les idées tournoyaient dans son esprit par dizaines, c'était un vrai tourbillon. Il fallait qu'il les sorte de sa tête, ou il allait se noyer.

Il lui apporta une banane brunie qu'il avait trouvée dans la corbeille de fruits de la cuisine et une tasse d'infusion à la canneberge et à la framboise. Les rideaux étaient tirés et la chambre sentait la transpiration et l'humidité. Il posa la tasse sur la table de chevet et lui tendit la banane. Elle secoua la tête avec un petit gémissement.

—J'ai besoin de te parler de certaines choses, maman, commença-t-il en s'asseyant au bord du lit.

Il n'y avait aucune raison de tourner autour du pot : il était presque 19 heures et son père pouvait rentrer d'une minute à l'autre.

—Oh, mon cœur, je ne suis pas vraiment d'attaque pour une discussion sérieuse.

Il toucha le front de sa mère avec sa main, puis le sien, avant de la reposer sur le visage de sa mère.

— Tu n'as pas de fièvre. Tu n'es probablement pas aussi malade que tu le crois.

— Je viens de prendre du paracétamol, ça a fait tomber ma température. Je te jure, je ne me sens vraiment pas bien.

— Je ne te demande rien de bien compliqué.

Elle grogna.

— Quoi ? Qu'est-ce que tu veux ?

— D'abord, est-ce que oui ou non je suis Asperger ?

— Pardon ?

— Le syndrome d'Asperger. Je l'ai ou pas ? Parce que j'ai rencontré quelqu'un aujourd'hui qui l'a et qui pense que je l'ai aussi, et ça m'a rappelé un souvenir de quand j'étais tout petit. Cette maîtresse, Mme Morrison, ou quelque chose comme ça, elle pensait que j'avais un problème. Ensuite, on est allés manger dehors, toi, papa et moi, et il a dit qu'il ne fallait pas mettre des étiquettes sur les gens, qu'il fallait que je me concentre sur le fait que j'étais intelligent, et que je ne devais pas me préoccuper de ce que les autres gens disaient de moi. Je suis à peu près certain que le mot employé ce jour-là, c'était Asperger. J'ai fait des recherches, et ça expliquerait pas mal de choses. Peut-être que toi et papa vous ne voulez pas d'étiquette, mais peut-être que ça me ferait du bien à moi. Parce que Max au collège pense que je suis comme lui, mais je ne suis *pas* comme lui. Il n'est pas spécial. Il n'est pas Asperger. Mais moi, probablement, si.

Sa mère se redressa dans le lit au fur et à mesure de son monologue, en le fixant. Il vit ses yeux se faire plus nets, son masque de malade tomber.

— Qui t'a dit ça ?

— Une fille. Je lui ai demandé de m'accompagner au bal demain soir. Je crois qu'elle va dire oui.

— Et elle est Asperger ?

— Oui, et ça ne lui fait pas peur d'utiliser ce mot.

— C'est très bien pour elle, soupira sa mère, mais pour moi et ton père…

— Pas pour toi, l'interrompit-il. C'est papa qui a dit qu'il ne fallait pas d'étiquette. Toi, tu t'es contentée d'accepter ce qu'il disait. Comme d'habitude.

— Ce n'est pas vrai.

— Si. Tu le sais très bien. Regarde-toi, alitée dans cette chambre gelée, en faisant mine d'être malade à cause de ce qu'il s'est passé la semaine dernière. À cause de ce qu'il a fait.

— Je ne…

— Si. Et toute ta vie tourne autour de lui, lui et lui. Pour toi, c'est la seule personne qui compte au monde. Comme si c'était le seul à être triste, à avoir faim, chaud ou froid. Comme si le reste du monde était… sans importance. Et pourtant, je n'ai pas l'impression qu'il te rende heureuse. Il ne te fait pas rire. Il ne fait jamais rien de gentil pour toi. Il ne t'emmène jamais au restaurant. Il te laisse ici dans cette grande maison froide. Mais moi j'ai bien remarqué, quand le voisin est venu pour faire la peinture, il te faisait rire, il te rendait heureuse. Je ne t'avais jamais vue comme ça de ma vie. Jamais. Alors ce n'est pas que tu ne sais pas t'amuser. C'est plutôt que tu te réveilles tous les matins et que tu décides de t'ennuyer.

— Mais enfin, Freddie ! De quoi tu parles ?

— Tu le sais très bien, maman, tu le *sais*. Papa n'est pas un homme gentil. Il a fait des choses terribles. Il te fait du mal.

— Ah bon ?

— Oui. Et à d'autres gens aussi. Il a poussé cette fille au suicide.

— Quelle fille ? Freddie ! Quelle fille ?

— Tu sais très bien quelle fille ! Viva. Cette fille-là. J'ai lu des articles. Des photos en noir et blanc. Tu m'as toujours dit que la femme du lac était une détraquée, mais pas du tout. C'était la mère de Viva. Et Viva était une des élèves de papa quand il travaillait à Burton-on-Trent. Quand il t'a rencontrée, maman. C'est complètement fou, tu la connaissais probablement ! Elle était peut-être dans ta classe. Tout ça s'est passé pendant que tu étais là-bas. Quand les articles sont sortis. Quand il a été interrogé. *Tout le monde* devait en parler, c'est sûr. Alors ne me dis pas que tu ne sais pas de quelle fille je parle, parce qu'il est absolument évident que c'est un mensonge.

Sa mère avala sa salive, l'appréhension se lisait sur son visage.

— Oui, j'étais au collège avec elle. Mais on ne se connaissait pas. Et son suicide n'a rien à voir avec ton père. Tout le monde savait. Viva était folle de ton père, c'était de notoriété publique. Elle le suivait partout, même en dehors du collège. Il n'était pas intéressé. C'est sûrement la raison pour laquelle elle s'est tuée, même si les journalistes n'ont pas cru bon de révéler cette information.

Elle inspira profondément et se massa le front du bout des doigts.

— Ça n'avait vraiment rien à voir avec ton père. Rien du tout.

Freddie sentait le sang affluer dans sa poitrine, sa tête, ses joues.

— Maman, pourquoi tu le protèges ? Pourquoi est-ce que tu es à ce point obsédée par lui ? Pourquoi est-ce que *tout le monde* est à ce point obsédé par lui ?

— Personne n'est…

— Mais si, maman ! Viva, toi, cette dame qui vit au 14. Josephine. Elle rôde toujours autour de la maison.

— Pas du tout.

— Je te jure ! J'ai des photos pour le prouver. Elle campe littéralement devant chez nous. Papa l'emmène je ne sais où en voiture. Ils sont allés au pub ensemble une fois. Et parfois elle nous épie depuis le chemin au bout du jardin. Je l'ai même surprise en train de toucher la voiture de papa en passant devant. Et dans tous les endroits où on a habité, il y avait toujours quelque chose qui se tramait. D'ailleurs, le changement est particulièrement difficile pour les gens atteints du syndrome d'Asperger. C'est plus difficile de se faire des amis aussi. Pourtant, à cause de papa, à cause de sa carrière à la con, j'ai passé ma vie à déménager. C'est pourtant déconseillé dans mon cas. J'aurais dû rester au même endroit. Mais non, à cause de lui… Tout ça c'est de sa faute, putain.

Il s'arrêta. Il en avait dit dix fois plus que prévu, mais sa mère l'écoutait, et il n'était pas sûr de trouver à nouveau la force de lui parler aussi ouvertement. Il se mordilla l'intérieur des joues et continua.

— Tu étais très jeune quand tu as rencontré papa. C'était ton prof. Ce qui est assez horrible, quand on y pense. En tout cas, ça prouve qu'il est capable de faire des choses atroces, des choses qu'un adulte responsable ne devrait pas faire. Il y a une fille qui habite à Melville, maman, elle a quinze ans et elle est amoureuse de papa. Elle le voit le soir parfois, et il a des réunions privées avec elle dans son bureau. C'est pour passer du temps avec elle qu'il est allé à Séville ! Et cette fille est peut-être même enceinte de lui !

Il vit sa mère avoir un mouvement de recul comme s'il venait de lui asperger le visage d'eau froide.

— Arrête, Freddie. Tu vas trop loin. Arrête maintenant.

— Je ne veux pas arrêter, maman, je ne peux pas ! Ça sort enfin et je ne peux pas m'arrêter.

— Freddie, s'il te plaît, laisse-moi maintenant. Je suis malade, tu es méchant et je ne peux pas le supporter.

— Je ne suis pas méchant. Je suis sincère, c'est tout. Papa et toi, vous êtes méchants, vous passez votre temps à mentir. Sur moi. Sur tout.

— Sors d'ici, Freddie !

— Non !

— Si ! Maintenant ! Dégage !

Il croisa les bras sur sa poitrine.

— Non. Je reste.

Elle se releva d'un mouvement brusque et approcha son visage à quelques centimètres du sien.

— TU DÉGAGES MAINTENANT, ESPÈCE DE PETITE MERDE ! lui cria-t-elle à la figure, avant de le pousser violemment.

Il en eut le souffle coupé, se plia en deux, et tomba au sol. Il leva les yeux vers sa mère, attendant de voir son visage retrouver sa douceur, de voir son expression choquée quand elle aurait compris ce qu'elle venait de faire.

Mais son visage ne changea pas. Elle ne le quittait pas des yeux, et d'une voix très calme, très dure, elle lui dit :

— Lève-toi et sors de ma putain de chambre.

Cette fois, il lui obéit. Il se releva péniblement, sortit de la chambre de ses parents et se précipita dans la sienne, grimpant l'escalier quatre à quatre.

Chapitre 56

Alfie rentra du travail à minuit. Il se glissa dans le lit à côté d'elle. Il sentait le gel douche, le dentifrice et quelque chose d'autre que Josephine ne parvenait pas à reconnaître mais qui lui donnait une sensation étrange.

Elle se glissa dans l'espace entre ses bras ouverts pour elle et enfouit son visage entre ses pectoraux. Elle inspira profondément et se sentit libérée, soulagée, mais aussi accablée. Dans vingt-quatre heures, elle aurait fait quelque chose d'insupportable, d'irréversible, de cruel et de déchirant. Elle sentit son cœur battre contre sa joue, ce pouls lent, hypnotique, le rythme de sa vitalité, de son innocence, de sa pureté. Elle soupira et le serra contre elle. Elle ne voulait pas qu'il lui échappe. Mais elle ne voulait pas faire une croix sur ses sentiments pour Tom non plus.

— C'était comment ce soir ? demanda-t-elle, ses lèvres jouant avec le duvet parfumé de sa poitrine.

— C'était…

Il s'arrêta. Elle le sentit se raidir et le battement de son cœur s'intensifier. Puis il se détendit et l'embrassa.

— Pas trop mal. On a eu du monde, et on s'est bien débrouillés.

— Chouette, répondit-elle en se lovant à nouveau contre lui, les mains repliées sous son menton.

Elle inspira à nouveau pour se calmer. C'est à ce moment-là, dans cette seconde implacable, qu'elle comprit. Cette odeur. Ce n'était pas du gel douche. Il n'utilisait pas de gel douche. C'était du parfum de femme. Et ce n'était pas le sien.

Chapitre 57

Tom Fitzwilliam rentra très tard du travail ce soir-là.

Depuis son lit, Freddie observait les minutes s'égrener lentement sur son réveil. Il avait bien trop peur pour descendre. Il avait passé la soirée dans sa chambre, attendant de distinguer le bruit des pas légers de sa mère venant à sa rencontre pour faire la paix, pour s'excuser de l'avoir insulté et lui proposer de dîner. Elle n'était pas venue. La maison était restée silencieuse. Son estomac gargouillait et il rêvait d'un bol fumant de nouilles chinoises au poulet accompagné d'une petite pile de tartines beurrées. Il se rappelait que son père avait rapporté deux jours plus tôt une grosse boîte de chocolats, un cadeau de parents d'élève reconnaissants. Il y avait une truffe à la liqueur de café qu'il donnerait cher pour pouvoir gober. Et un petit carré praliné délicieux.

Il ne savait pas pourquoi il avait si peur de descendre. C'était bête, mais il avait l'impression qu'un lion affamé rôdait chez lui, que quelque chose de sombre, d'imprévisible se cachait derrière la porte de la chambre de ses parents.

Jenna lui avait écrit quelques heures auparavant. Son amie n'était pas enceinte et elle n'avait pas de liaison avec son père.

Freddie se sentit si honteux, si coupable en se souvenant de ses horribles pensées, des paroles adressées à sa mère. Il voulait arranger la situation. Il voulait réparer ses erreurs.

En entendant la portière de la voiture de son père se refermer, Freddie sauta de son lit et se précipita au rez-de-chaussée. La porte d'entrée s'ouvrit et la lumière s'alluma dans la cuisine.

— Papa ! murmura-t-il dans l'obscurité du couloir.

Son père se retourna.

— Freddie ! Encore debout à cette heure-là ?

Il se glissa dans la cuisine et s'adossa au mur.

— J'avais faim. Je n'ai pas mangé ce soir.

— Pourquoi ?

— On s'est disputés avec maman. Je pensais qu'elle me monterait quelque chose à manger pour enterrer la hache de guerre, mais non.

— Vous vous êtes disputés ? À quel propos ?

— À propos de toi. Parce que vous ne m'avez pas dit pour Asperger. Entre autres.

Son père ouvrit un placard et en sortit une miche de pain.

— Tartine ? proposa-t-il en le désignant du doigt.

— Oui. Trois, s'il te plaît.

— Bon, on ne peut en mettre que quatre en même temps dans le grille-pain. On commence par deux chacun ?

— D'accord.

Son père resta immobile un moment au-dessus de l'appareil, le regard perdu dans sa surface métallique. Le dos de sa chemise était tout froissé : il avait passé la journée assis sur sa chaise. Freddie retint son souffle pendant ce moment de silence, il ne voulait pas le briser avec le moindre bruit.

Puis son père se tourna vers lui.

— Alors, qu'est-ce que c'est que cette histoire d'Asperger ?

— Quelqu'un m'a demandé aujourd'hui si je l'étais. Et je me souviens de cette maîtresse à Manchester qui pensait que j'étais autiste, et de toi et maman au restaurant me disant que je ne devais pas accepter d'étiquette. J'ai fait des recherches, et ça me correspond. Avoir une voix très aiguë, par exemple, ou avoir du mal à regarder les gens dans les yeux. Le fait que j'arrive à imiter les accents et à apprendre de nouvelles langues facilement, parce que les Asperger aiment faire des collections, et moi je collectionne les langues et les accents. Parfois, les Asperger sont très forts aux échecs. Bon, moi, je ne m'intéresse plus vraiment aux échecs... Mais globalement, je corresponds à pas mal des critères. Je pense que ce serait très important de mettre un nom sur ces comportements, si ça me permet de mieux me comprendre. Et je suis très en colère, vraiment, qu'on ne m'ait pas donné ce nom.

Les tartines sautèrent du grille-pain et son père se retourna pour les sortir et les beurrer. C'était son pain préféré, bien sûr, celui avec une croûte épaisse recouverte d'éclats de noix et de graines. Normalement, Freddie refusait de le manger, à cause desdites noix et graines. Il était profondément révolté par l'absence de pain blanc dans cette maison, mais ce soir, il avait trop faim pour protester.

Son père empila les tartines et les coupa en deux, puis passa son assiette à Freddie, qui retira délicatement la croûte et fourra la mie moelleuse dans sa bouche. Son père s'assit et regarda son fils de ses yeux verts fatigués.

— Je suis sincèrement désolé.

Freddie ne s'était pas attendu à recevoir des excuses. Il ne savait pas comment réagir.

— Tout ça s'est passé il y a si longtemps... Tu étais tout petit, et à l'époque, il était trop tôt pour t'appeler comme ci ou comme ça. Je voulais attendre un peu, pour voir comment ça allait évoluer. À chaque fois qu'on te changeait d'école, je me demandais si quelqu'un allait dire quelque chose, si on allait nous convoquer comme cette fois à Manchester. Mais personne ne l'a fait, pas vraiment.

— Pas *vraiment* ?

— Il y avait cette enseignante à Mold, Mme Camilleri. Tu te souviens d'elle ?

— Oui. Elle venait de Malte. Elle m'avait appris à chanter « Joyeux anniversaire » en maltais.

— Exactement. Pendant une réunion parents-prof, elle nous a demandé si tu avais été diagnostiqué. On lui a dit que oui, mais on a quitté Mold trois semaines plus tard, et on n'en a jamais rien fait. C'est la seule fois en sept, huit ans. Et tu t'en sors tellement bien. Je pensais… je pensais qu'il valait mieux faire abstraction, tout simplement.

— Je trouve franchement étrange qu'un membre de l'Éducation nationale comme toi préfère ignorer ce diagnostic.

— Je ne l'ai pas ignoré, Freddie, j'ai voulu attendre. Je t'observais, tout ce temps. Tout ce que tu faisais, pour voir si tu allais avoir besoin qu'on intervienne, qu'on t'aide un peu plus. Mais tu n'en as jamais eu besoin. Parce que tu es incroyable, Freddie. Et je suis très fier de toi.

Freddie ne put empêcher un petit sourire de se former au coin de ses lèvres.

— Je suis intelligent, mais je suis aussi très timide, et c'est vraiment difficile pour moi de me faire des amis, et je fais de grosses erreurs avec les gens, je ne les comprends pas. Je crois qu'un peu d'aide supplémentaire me ferait du bien. J'aime mieux que les gens sachent que je suis comme ça.

— Ici ? demanda son père en tapotant sur la table de la cuisine. Ou à l'extérieur ?

— À l'extérieur. Au collège.

Son père acquiesça et croqua dans une tartine.

— Je vais prendre rendez-vous la semaine prochaine. On va s'en occuper. Freddie…

— Oui ?

— Je suis vraiment désolé. Je pensais bien faire.

— Je comprends, papa.

— Pour quoi d'autre vous êtes-vous disputés avec ta mère ?

Freddie regarda son père. Maintenant, il était l'opposé complet du grizzli féroce qui sommeillait en lui. Il était doux, gentil, comme un ours en peluche. Un bon père, et pas un mauvais homme, pas un prédateur qui couchait avec des adolescentes, les poussait au suicide, étranglait sa femme au lit, la nuit, ou avait une liaison adultère avec une blonde à bottines rouges.

— Rien, c'était pour ça. Elle s'est énervée très, très fort et m'a poussé du lit et m'a traité de petite merde.

Son père soupira.

— Ta mère est étrange en ce moment, très étrange. Je suis désolé que tu aies eu à subir ça.

Freddie haussa les épaules et attrapa la dernière tartine.

— C'est pas grave. Ça va.

Son père lui sourit, et Freddie l'imita. Mais à l'intérieur de sa tête, une question prenait toute la place.

Papa, qu'est-ce qui est vraiment arrivé à Genevieve Hart ?

Chapitre 58

24 mars

Josephine lança un au revoir enthousiaste à Dawn et quitta Whackadoo, le cœur battant, sous la dentelle bon marché de son nouveau soutien-gorge. C'était vendredi soir, elle allait retrouver Tom, et elle avait tellement peur qu'elle avait envie de vomir.

Il avait réservé une chambre dans un hôtel splendide du port de Bristol. Elle ne s'était pas imaginé un endroit aussi luxueux, mais plutôt quelque chose d'impersonnel, moderne et pratique, qui convenait bien à un rendez-vous discret. Il s'agissait en réalité d'un hôtel de charme avec des plafonds hauts, des fenêtres en ogive, du velours bleu canard et des chandeliers en bronze où brûlaient des bougies parfumées. C'était un hôtel digne d'une nuit de noces.

— J'ai une réservation au nom de M. Darwin, annonça-t-elle à la réceptionniste.

— Oui, pour une nuit? demanda celle-ci après une recherche sur son ordinateur.

— Tout à fait.

Josephine lui tendit sa carte bancaire. Tom lui avait dit qu'il la rembourserait en espèces, que ce serait plus simple et que ça permettrait de ne pas laisser de traces.

Depuis la chambre, au premier étage, on avait vue sur les lumières scintillantes de la ville. La tête de lit était haute, en bois doré et parée de velours capitonné. Il y avait un fauteuil rouge avec des coussins en soie turquoise. C'était la plus belle chambre d'hôtel qu'elle avait jamais vue. Elle ôta ses bottines et posa ses pieds sur la douce moquette à motif.

Alfie lui avait encore écrit.

Tu rentres à la maison ?

Non, j'ai des courses à faire.

Pour le repas ?

Non, des fringues.

Tu rentres quand ?

Je sais pas. Dès que j'ai fini.

Écris quand tu pars alors.

OK.

Je t'aime.

Josephine n'était pas en état de lui retourner ce sentiment, et répondit à la place avec un émoji en forme de cœur avant de ranger son téléphone.

Tom lui avait dit qu'il la rejoindrait dès qu'il le pourrait et qu'il écrirait quand il serait en route. Il était 19 h 20. Elle jeta un coup d'œil au minibar, puis à la liste des prix, et décida de ne rien prendre. Elle alla dans la salle de bains et déposa sa brosse à dents et son dentifrice au bord de l'évier de marbre. Elle détailla son reflet. Tout allait bien. La robe qu'elle avait choisie la veille dans un moment de folie bleue était jolie. Son teint était parfait. Ses cheveux se tenaient bien. Elle remit une touche de rouge à lèvres et alla s'asseoir sur le lit.

À ce moment-là, le stress l'assaillit. Des vagues de terreur et d'incertitude la submergèrent.

Mais qu'est-ce qu'elle faisait là ? Qu'espérait-elle obtenir ? Tom pensait que, s'ils couchaient ensemble ne serait-ce qu'une fois, ils pourraient passer à autre chose. Mais à quoi, exactement ? Ils resteraient voisins. Elle continuerait à le croiser en achetant une bouteille de vin ou en allant au *Melville*. Pendant encore un ou deux ans, si ce n'était plus, ils coexisteraient dans le malaise jusqu'à ce que Tom, sa curieuse femme et son étrange fils déménagent dans une autre ville, pour un autre établissement. Là, elle ne le reverrait plus jamais.

Josephine comprit alors que ce gouffre en elle, ce désir brûlant qui caractérisait toute son existence depuis trois mois était superficiel et n'avait pas de fondement réel. Il s'agissait simplement d'une démangeaison, comme elle avait pu en ressentir des dizaines de fois dans sa vie. Ce n'était ni la première ni la dernière. Elle lui faudrait toujours résister à nouvelles envies qui ne manqueraient pas de se manifester.

Elle regarda l'heure. 19 h 30. Elle posa sa main sur son front à la recherche de cette urgence incandescente qui l'animait depuis des semaines, mais elle avait disparu. Josephine se concentrait pour en sentir les reliquats quitter lentement son corps quand on frappa doucement à la porte.

Chapitre 59

Freddie la vit dès qu'il entra. Elle avait mis la robe.

— Tu portes ma robe.

Romola le regarda d'un air étrange.

— Non, ce n'est pas ta robe. C'est la mienne. Tu me l'as offerte.

— C'est vrai. Et elle te va magnifiquement.

— Merci. Toi tu as l'air super cool.

Freddie baissa les yeux sur son costume noir, sa cravate rouge et ses chaussures brillantes.

— Merci. Comme tu ne m'as pas dit si tu voulais être ma copine ou pas, j'ai décidé de venir quoi qu'il en soit.

Romola sourit.

— Je suis contente que tu sois là. Je n'arrivais à me décider, et je ne faisais que penser à ce que j'allais te dire, parce que je savais que tu attendais une réponse, et puis ma mère m'a dit de laisser le destin s'en charger. C'est ce que j'ai fait.

— Le destin ?

— Oui. Elle m'a dit d'aller au bal, et que si tu venais aussi, je déciderais à ce moment-là.

— Et tu as décidé ?

Elle le regarda de haut en bas en souriant.

— Oui, il y a trente secondes. Je veux bien sortir avec toi.

Chapitre 60

Tom se tenait timidement dans l'embrasure de la porte. Il avait l'air épuisé. Après quelques secondes, il vint s'écrouler sur le lit, à quelques centimètres de Josephine.

— Je suis exténué.

Elle ne savait pas comment réagir, alors elle se releva et attrapa le menu sur le bureau.

— Tu veux que je te commande un cocktail ? Un verre de vin ?

— Non, répondit-il en secouant la tête. Je suis venu en voiture. Je ne devrais pas…

— D'accord.

— Mais commande quelque chose pour toi, je t'en prie.

— Non, ça va, merci.

Elle se rassit. Tout à coup, sans crier gare, il se pencha vers elle et l'embrassa.

— Tom, je… commença-t-elle en se reculant.

Elle ne savait pas quoi dire. Quelque chose du style : « On n'est pas obligés si tu es fatigué », ou : « On peut aussi discuter. » Mais avant qu'elle ne puisse dire un mot de plus, sa bouche était à nouveau collée à la sienne. Elle essaya d'apprécier ce baiser, de convaincre son corps de suivre les ordres de son cerveau. C'était ce qu'elle avait voulu, et oui, elle avait quelques doutes, d'ailleurs lui aussi certainement. Mais peut-être que, si ce baiser durait assez longtemps, l'étincelle qui avait existé entre eux se rallumerait.

Ils s'embrassèrent pendant plusieurs minutes, mais son corps refusait de lui obéir, et elle ne pouvait pas s'oublier dans ce baiser fastidieux, légèrement aigre. Il sortait du travail, d'une journée à boire du thé et du café à son bureau. Il ne s'était pas brossé les dents. Elle se força une nouvelle fois à revenir au moment présent pour se laisser aller à sa douceur. Elle se rapprocha de lui, appuya sa poitrine contre son corps, tira sur le tissu de sa chemise pour la sortir de son pantalon, et posa ses mains sur la peau nue de son dos. Elle se rappela ce jour où, assise dans le bus, elle avait vu sa chemise se soulever. Elle se remémora à quel point elle avait trouvé cette chair attirante. Ce souvenir la grisa assez longtemps pour qu'elle déboutonne sa chemise et l'ouvre. Soudain, il s'éloigna d'elle. Elle leva les yeux vers son visage et y découvrit une émotion qu'elle ne lui connaissait pas.

— Qu'est-ce qu'il y a ? Tu…

Elle s'interrompit en remarquant les marques sur son corps. Des griffures. Des bleus. Des morsures.

— Oh mon Dieu, Tom…

Il referma sa chemise, mais elle le força à l'ouvrir à nouveau.

— Qu'est-ce que c'est ?

— Rien. C'était… Je me suis interposé dans une bagarre au collège, c'est tout.

— Mais il y a des marques de dents.

— Oui, je sais.

— Qui est-ce qui t'a mordu ? Qui a fait ça ?

Il se rassit. Sa tête s'affaissa vers sa poitrine et son ventre se replia en deux bourrelets au-dessus de sa ceinture. Il avait l'air fatigué ; il avait l'air brisé.

— C'est Nicola. Elle a parfois du mal à contenir ses émotions. Elle est extrêmement jalouse, et elle porte une colère immense en elle. La plupart du temps, elle se contrôle. Mais de temps en temps, elle n'y arrive pas, et elle se défoule sur moi.

— Elle te frappe ?

Il hocha la tête.

— Et tu la laisses faire ?

— En général, oui.

Josephine se tut pour contempler l'horreur de ce qu'il était en train de lui confesser.

— Mais… Comment ? Où ?

— À la maison, dans notre chambre. La nuit. À cause de quelque chose que j'ai dit ou que j'ai fait. Ça, expliqua-t-il en montrant les marques sur son torse, c'est parce qu'elle m'a vu parler à l'une de mes élèves dans le village. Ça a duré trente secondes, mais Nicola était convaincue qu'il y avait anguille sous roche. Pourtant cette fille a quinze ans, nom de Dieu ! Quinze ans !

— Pourquoi est-ce que tu es venu ici alors ? C'était un appel à l'aide ? Tu devais bien te douter que j'allais voir tout ça, que j'allais poser des questions.

Son menton s'enfonça à nouveau dans sa poitrine et elle fixa le sommet de son crâne, là où les cheveux se raréfiaient pour laisser apparaître son cuir chevelu rose. Elle tendit la main et l'y posa.

— Oui, soupira-t-il en acquiesçant. J'imagine. Je porte cette *chose*, cet horrible dysfonctionnement en moi depuis quinze ans. C'est si mauvais, si malsain. C'est comme si elle me détestait autant qu'elle m'aime. C'est de cette haine qu'elle tire sa passion. C'est la haine qui lui donne des émotions, et quand elle est comme ça, elle veut vraiment me faire du mal.

Et quand elle m'en fait, je veux lui en faire aussi. C'est un cercle vicieux infernal, et je n'en peux plus, Josephine. Je n'en peux plus.

— Tu lui fais aussi du mal ?

— Parfois..., confessa-t-il en lui lançant un regard désespéré. Mais tu dois me croire, ce n'est jamais voulu. Je dois me défendre. Je ne lui fais pas ce genre de choses, moi ! s'insurgea-t-il en désignant les marques sur son corps. C'est atroce, et mon fils, mon petit Freddie, il sent très bien que quelque chose ne va pas. Il pose des questions. Et elle commence à s'en prendre à lui aussi. Elle l'a blessé hier. Elle l'a poussé et l'a traité de petite merde. Mon fils adoré. Et je... je ne peux pas continuer comme ça. Elle est cruelle, mauvaise, et toi, tu es tout l'inverse ! Quand je t'ai vue la première fois, le jour où tu as fait tomber les prospectus au *Melville*, je l'ai tout de suite su. Tu es bonne, lumineuse, pure. Tout ce qu'elle n'est pas. Et je t'ai désirée si fort, plus fort que tout ce que j'ai voulu dans ma vie.

Des larmes coulaient sur ses joues. Josephine passa son bras dans son dos et posa la tête de Tom sur son épaule. Elle caressa ses cheveux et comprit qu'il ne l'avait pas invitée ici pour gratter une démangeaison. Il l'avait amenée ici pour qu'elle le sauve.

— Tu l'aimes ?

Elle sentit sa tête bouger de gauche à droite.

— Non, murmura-t-il dans le coton de sa robe. Je ne l'ai jamais aimée. Parfois, il me semble même que je la déteste.

— Alors pourquoi... ?

— Je ne sais pas. Elle était toujours... elle était *là*.

— Là ?

— Oui, dès le jour où elle est venue me parler dans un bus quand elle avait dix-neuf ans, dès le moment où elle m'a dit : « Bonjour monsieur Fitzwilliam. » Elle est tombée enceinte tout de suite, seulement quelques semaines après notre rencontre. J'avais trente-cinq ans et je me disais que c'était le bon âge pour se poser, je crois, se rappela-t-il avec un sourire triste. Tu comprends, elle m'a avoué qu'elle était tombée amoureuse de moi quand j'étais prof dans son collège, alors qu'elle n'avait que quatorze ans. Elle m'a dit qu'elle avait décidé à ce moment-là qu'elle m'épouserait un jour, que rien ne l'en empêcherait. Moi, je ne me souvenais pas d'elle. Je ne l'avais même pas remarquée. Ça aurait dû me mettre en garde.

— Tom, tu ne peux pas continuer comme ça, c'est du délire !

— Je sais bien… Mais qu'est-ce que je peux faire ? Comment m'en sortir ? Si je la quitte, tout se saura. Elle racontera à tout le monde notre horrible relation. C'est certain. Freddie découvrira tout, mon collège aussi, le monde entier. Alors qu'est-ce qui nous arriverait ? Je perdrais tout. Tout ce pour quoi j'ai travaillé toutes ces années. Tout ce qui compte pour moi. Je suis pris au piège, Josephine. Il n'y a pas d'issue.

— Je ne peux pas te sauver, Tom, murmura-t-elle. Tu comprends ? Je ne peux pas. Il va falloir que tu te sortes de là toi-même.

— Tu as raison, je sais bien. Je peux le faire. Je vais trouver un moyen. Je peux me sauver.

Elle le prit dans ses bras un moment.

— Je devrais rentrer, annonça-t-il. Je ne sais pas ce qui m'a pris. Utiliser une belle jeune femme comme toi pour essayer de réparer mes erreurs… Je suis désolé.

— Ne t'excuse pas, Tom. Moi aussi je t'ai utilisé pour échapper à mes problèmes. Rentre chez toi. On terminera cette conversation plus tard.

Elle le regarda boutonner sa chemise et la rentrer dans son pantalon.

— S'il te plaît, ne pense pas trop de mal de moi.

— Ne t'inquiète pas, Tom. Je ne peux vraiment pas me permettre de penser du mal des autres.

Il quitta la chambre. Il avait maintenant l'air plus petit, plus âgé aussi.

Elle s'allongea sur le lit et ferma les yeux. Des visions de Nicola lui apparurent, les dents enfoncées dans la chair de Tom, ses ongles déchirant sa peau, son petit visage rouge de colère. Puis Tom.

Je vais trouver un moyen. Je peux me sauver.

Elle se releva, son cœur se mit à battre de plus en plus fort. Elle attrapa rapidement ses affaires, les fourra dans son sac à main et sortit de l'hôtel en courant.

Chapitre 61

Freddie avait l'impression d'être Charles dans *Le Dossier Rachel*, au moment où il parvient à mettre Rachel dans son lit. Non pas qu'il ait mis Romola dans le sien. Ni même qu'il en ait l'intention. Mais il se sentait triomphant, capable de tout. Ils avaient dansé ensemble. De façon assez maladroite, certes. Et ses poufiasses de copines les avaient regardés avec dégoût en se faisant des grimaces. Rapidement, Romola lui avait dit qu'elle avait du mal à supporter cette situation, que ses perceptions sensorielles étaient décuplées et qu'elle avait besoin d'aller dans un endroit calme. Ils étaient sortis et Freddie lui avait donné sa veste de costume. Ils s'étaient assis sur un banc. Il ne l'avait pas touchée. Elle n'avait pas l'air très à l'aise avec les contacts physiques. Elle lui avait dit que c'était à cause de son Asperger. Il lui avait dit qu'il n'avait pas de problème avec les contacts, qu'il aimait les câlins et les marques d'affection.

— On est tous différents, lui avait-elle répondu.

Puis il l'avait raccompagnée chez elle, dans cette ruelle aux abords de la ville, et son petit chien avait aboyé très fort. Elle avait refermé sa porte sans lui dire au revoir. Pas par manque de considération, mais à cause de son Asperger.

Il avait appelé son père, espérant qu'il pourrait venir le chercher, mais il n'avait pas répondu. Freddie s'était mis en route et avait marché jusqu'au village, puis il avait remonté la colline vers Melville Heights, avait ouvert la porte de la maison, puis était entré dans la cuisine, où il y avait de la lumière. Il y avait vu son père et sa mère.

Sa mère sur le sol.

Et beaucoup, beaucoup de sang.

Pendant de longues secondes, son cerveau, ce gros cerveau si bien fait, n'avait pas réussi à traduire ce qu'il voyait.

Puis il s'était mis à crier.

INTERROGATOIRE ENREGISTRÉ

Date : 25/03/2017

Lieu : Commissariat de police de Trinity Road, Bristol, BS2 0NM

Agent : Officiers de la police du Somerset et de l'Avon

POLICE : Madame Tripp, racontez-nous ce que vous avez vu à Melville Heights hier soir.

FT : J'étais en position devant la maison de Tom Fitzwilliam.

POLICE : Devant la maison ?

FT : Oui, il y a des fourrés en face des maisons. J'étais installée sur une chaise pliante et j'avais mon appareil photo. Cette femme qui vit à Mold m'avait dit que la réunion devait commencer à 19 heures. Je suis arrivée à 18 h 45. J'ai vu le garçon sortir à 18 h 48, à peu près.

POLICE : Le garçon ?
FT : Leur fils. Il est dans le coup, lui aussi. Il est toujours dans sa chambre, il m'espionne tout le…
POLICE : Madame Tripp, contentez-vous de nous décrire ce que vous avez vu hier soir, d'accord ?
FT : Bien. Il était sur son trente et un, en costard-cravate.
POLICE : Est-ce qu'il vous a vue ?
FT : Non, il faisait sombre et j'étais bien cachée.
POLICE : Ensuite, que s'est-il passé ?
FT : Rien du tout, pendant un bon bout de temps. 19 heures, rien. 19 h 30, rien. Puis à 20 heures, la blonde est arrivée.
POLICE : De qui s'agit-il ?
FT : Je ne sais pas comment elle s'appelle. Elle habite juste à côté, au numéro 14. Avec le chirurgien et sa femme.
POLICE : Est-ce que c'est elle ? Dans le cadre de l'enquête, je montre à Mme Tripp une photographie de Josephine Mullen.
FT : Oui, c'est elle.
POLICE : Comment était-elle habillée ?
FT : Je peux vous montrer, j'ai des photos.
POLICE : Pourriez-vous s'il vous plaît nous décrire ce que portait Mme Mullen ?
FT : Oui. Une veste en cuir noir, une grosse écharpe et une robe moulante. Des bottines. De couleur, à talons.

POLICE : Y avait-il une sorte de décoration sur ces bottines ?
FT : Oui, tout à fait. Une sorte de pompon.
POLICE : Merci. Vous avez donc vu Mme Mullen devant la maison des Fitzwilliam à 20 heures.
FT : Oui. Elle est descendue d'un taxi dans le village, elle avait l'air stressée. Elle a remonté la colline très vite, presque en courant. Elle s'est arrêtée devant chez elle et s'est retournée, comme si elle cherchait quelque chose de l'autre côté de la route. Ensuite, elle a marché lentement jusqu'à la maison des Fitzwilliam et est restée sur le perron une minute, la main sur la sonnette. Là, elle a pris son téléphone dans son sac. J'ai eu l'impression qu'elle voulait appeler quelqu'un, mais qu'elle se ravisait. Elle a levé la tête pour regarder à l'étage, puis elle est rentrée chez elle. C'est là que j'ai compris qu'elle faisait partie de leur groupe. Ils l'avaient invitée à leur réunion, mais finalement elle avait décidé de ne pas y aller. Peut-être qu'elle avait remarqué que la voiture de Fitzwilliam n'était pas là et préférait attendre qu'il arrive.
POLICE : La voiture de Tom Fitzwilliam n'était pas là à 20 heures ?
FT : Non. J'ai décidé de rester un peu plus, le temps qu'il rentre. La blonde s'attendait à ce qu'il soit là, de toute évidence. Puis je me suis rappelée que quand j'étais petite, j'avais une amie qui vivait

à Melville Heights. Au numéro 3, dans la maison rose. J'y allais souvent pour jouer. Il y avait un jardin caché derrière la maison. Un petit bois. Toutes les maisons y avaient accès par l'arrière. Il m'est revenu à l'esprit qu'il y avait un chemin pour y accéder depuis le bas de la colline, derrière la cabine téléphonique. Je me suis dit que, quand ils se retrouvaient pour leurs réunions secrètes, ils n'entraient probablement pas par la porte d'entrée, au vu et au su de tous. À tous les coups, c'est ce que la blonde allait faire, rentrer chez elle et aller chez Tom Fitzwilliam par le jardin. J'ai pris mon appareil et j'ai marché jusqu'au petit bois. À cette heure-là, il faisait déjà très sombre. Je ne voyais pas grand-chose. Mais j'ai aperçu une silhouette devant moi quitter l'une des maisons. Je me suis cachée pour qu'elle ne me repère pas.
POLICE : Vous avez vu de quelle maison cette personne sortait ?
FT : De la maison jaune, de la maison des Fitzwilliam.
POLICE : Et vous avez vu où elle est allée après avoir quitté la maison des Fitzwilliam ?
FT : Oui, deux maisons plus bas. Dans le jardin de la maison bleue. La maison du chirurgien.
POLICE : Est-ce que vous avez pu identifier cette personne ?
FT : C'était la blonde, celle que vous venez de me montrer en photo. Qui d'autre ?

POLICE : Vous aviez votre appareil à ce moment-là. Avez-vous pris une photo de cette personne ?

FT : Oui, mais juste une. Et elle est vraiment très floue, malheureusement. Vous voulez la voir ?

POLICE : Oui, madame Tripp, s'il vous plaît.

Chapitre 62

24 mars

Il y avait une mare de sang sur le sol de la cuisine. La mère de Freddie était étendue face contre terre. Son père était assis sur le carrelage, se prenant la tête entre les mains, pleurant et gémissant.

— Freddie, ta mère… commença-t-il d'une voix blanche, presque inhumaine.

Il se releva, les mains pleines du liquide poisseux, ses vêtements tachés, ses joues maculées, délavées là où les larmes avaient coulé.

— Papa, qu'est-ce que tu as fait ?

— Freddie ! Je n'ai rien fait ! Ce n'est pas moi ! C'est quelqu'un d'autre !

Son père passa le dos de sa main sous son nez, laissant une autre traînée rouge sur son visage.

— Elle est morte ? Est-ce que maman est morte ?

Il avait l'estomac noué. Envie de vomir. Il voulait crier. Il voulait que sa mère cesse d'être morte.

— Oui, répondit son père d'une voix brisée en étouffant un énorme sanglot. Elle est morte. Et regarde ce que j'ai trouvé sur son corps ! Je ne comprends pas.

Il lui tendit les papiers qu'il tenait dans sa main, des photos imprimées en grand format. Freddie les regarda un moment avant de comprendre ce qu'il était en train de voir. C'était *ses* photos. De Jenna. De Bess. Il ne les avait pas regardées depuis si longtemps qu'il ne les avait pas tout de suite reconnues. Les agrandissements avaient un air obscène, cru, pervers.

— Ce sont mes photos, avoua-t-il d'une voix faible.

— Comment ça ?

— C'est moi qui les ai prises. Elles sont sur mon ordinateur.

— Sur ton… C'est toi qui…

Son père ne comprenait plus rien. Freddie hocha la tête.

— Je suis désolé. Je faisais un inventaire du quotidien. Ça s'appelait *L'Affaire Melville*. C'était sur le village. Juste pour m'occuper, personne ne devait…

— Fred, l'interrompit son père, il faut s'en débarrasser. Je dois appeler la police, mais je ne peux pas le faire tant que ces photos sont là. Tu les détruis. Tu comprends ?

Il hocha la tête.

— C'est toi qui dois le faire parce que toi tu n'as pas les mains pleines de sang, d'accord ?

Pendant dix minutes, Freddie se tint au-dessus du broyeur papier, enfournant les photos sans réfléchir, sans parler.

— C'est bien, c'est très bien.

C'était presque comme si sa mère n'était pas là, sur le ventre, dans une mare de sang. C'était comme si son cerveau avait décidé d'occulter cette partie du réel. Quand il eut terminé de détruire ces filles dans le broyeur, son père observa la cuisine. Il transpirait. La sueur collait ses cheveux à son front.

— OK, je vais appeler la police. Quoi qu'il arrive, tu ne leur parles pas des photos, d'accord ?

Il hocha la tête. Il commençait à comprendre. Quelqu'un avait tué sa mère. La même personne qui avait piraté son ordinateur. Mais il avait toujours pensé que c'était son père qui avait volé ses photos. Est-ce que cela voulait dire que son père avait tué sa mère ? C'était possible, tout à fait possible. La jeune fille suicidée. Les bruits dans la chambre de ses parents. Les hématomes qui fleurissaient sur sa peau.

Mon père a peut-être tué ma mère.

Ils s'assirent dans l'entrée en attendant la police. On pouvait encore sentir l'odeur de peinture fraîche. Il pensa à sa mère, il y a quinze jours à peine, riant dans la cuisine avec Alfie Butter. Était-ce lui qui l'avait tuée ? Pendant quelques minutes, il espéra très fort que son voisin était le coupable. Et si c'était Josephine ? Chaperon Rouge ? Oui. Oui ! C'était probablement elle. Pas son père. Elle rôdait autour de chez eux. Elle avait essayé d'embrasser son père quand elle était saoule. Elle était venue à la maison pour faire des photos. Une excuse pour repérer les lieux. Elle était obsédée par son père et voulait tuer sa mère pour pouvoir être avec lui. Bien sûr. C'était évident. Son père n'aurait jamais tué sa mère, impossible.

Il se releva soudain.

— Tu vas où ?

— Nulle part. Aux toilettes.

— Ne touche à rien, d'accord ? C'est une scène de crime, ne touche rien du tout.

Il courut dans sa chambre et ouvrit le petit tiroir de son bureau. Ses doigts entrèrent en contact avec la douceur du pompon en daim, celui qu'il avait trouvé sur le palier le jour où Chaperon Rouge avait fait ses photos. Il l'attrapa, descendit les escaliers et le jeta dans la cuisine par la porte entrouverte.

Puis il s'assit à côté de son père, ses mains agrippées à ses genoux.

Au moins, ils sauront qui c'est. Je leur donne un indice. Maintenant, ils sauront que ce n'est pas mon père qui a tué ma mère. Ils sauront que c'est elle.

Chaperon Rouge.

INTERROGATOIRE ENREGISTRÉ

Date : 25/03/2017

Lieu : Commissariat de police de Trinity Road, Bristol, BS2 0NM

Agent : Officiers de la police du Somerset et de l'Avon

POLICE : Madame Mullen, pourriez-vous s'il vous plaît nous raconter ce qui s'est passé après le départ de M. Fitzwilliam de la chambre de l'*Hôtel du Port* ?

JM : J'ai quitté l'hôtel. J'ai pris un taxi. Je suis rentrée à la maison. J'ai failli aller frapper chez Tom…

POLICE : Vous ne l'avez pas fait ?

JM : [Secoue la tête.]

POLICE : S'il vous plaît, répondez par oui ou par non.

JM : Non, je ne l'ai pas fait.

POLICE : Pourquoi ?

JM : Je ne sais pas. Tom n'était pas encore rentré. J'ai pensé que je pouvais peut-être aller parler à Nicola.

POLICE : Que vouliez-vous lui dire ?

JM : Je voulais… Je ne sais pas ce que j'allais lui dire. Je m'inquiétais…

POLICE : Pour qui ?

JM : Pour eux deux.

POLICE : Pour quelle raison ?

JM : À cause de ce que Tom m'avait dit à l'hôtel.

POLICE : Que vous avait-il dit ?

JM : Il m'avait parlé de leur relation. De violences. Il se sentait pris au piège, il voulait s'en sortir.

POLICE : Vous aviez peur que… quoi ? Que Tom Fitzwilliam fasse du mal à sa femme ?

JM : [Silence.]

POLICE : Madame Mullen, répondez à cette question.

JM : Oui, je crois. Ou qu'elle lui fasse du mal.

POLICE : Nicola Fitzwilliam ?

JM : Oui. Apparemment, leur relation était très destructrice. Sadomasochiste. Nicola était la sadique. J'ai eu l'impression… je ne sais pas. Que Tom avait atteint le point de non-retour. J'avais un horrible pressentiment, je ne peux pas l'expliquer. Je me suis dit que, si j'étais là au moment où il rentrait, je pourrais peut-être empêcher un drame. Puis j'ai fini par prendre conscience que ce n'étaient pas mes affaires. Je me suis ravisée et je suis rentrée chez moi.

POLICE : Qu'avez-vous fait en rentrant ?

JM : Je vous ai déjà raconté ça. Je suis rentrée, je suis montée dans ma chambre, et j'ai regardé la télé avec mon mari.

POLICE : Quand vous êtes rentrée, avant de monter, est-ce que vous avez fait autre chose ?

JM : Je suis allée dans la cuisine chercher un verre d'eau.

POLICE : Est-ce que vous avez vu quelqu'un ?

JM : Non, il n'y avait personne.

POLICE : Est-ce que vous êtes sortie dans le jardin ?

JM : Non. Non, pourquoi j'aurais fait ça ?

POLICE : Dans le cadre de l'enquête nous montrons à Mme Mullen la photographie numéro 2198. Il s'agit de la bonde de l'évier de la buanderie du 14 Melville Heights, votre adresse. Comme vous pouvez le voir, il y a des traces de boue. Nous avons également retrouvé de la boue fraîche sous la semelle de ces bottes de jardin, dans la buanderie.

JM : Je ne comprends…

POLICE : Quelqu'un qui était dans votre maison est sorti avec ces bottes vendredi soir, à peu près au moment du meurtre.

JM : Ce n'était pas moi.

POLICE : Selon vous, qui cela pourrait-il être ?

JM : Ce sont les bottes de Rebecca. Donc j'imagine que c'est elle.

POLICE : Rebecca Mullen ?

JM : Oui, ma belle-sœur.

POLICE : Rebecca Mullen nous a dit être restée dans son bureau toute la soirée pour travailler. Nous avons un témoin qui a vu quelqu'un à sa fenêtre et corrobore cette version des faits. Vous ne l'avez pas vue au rez-de-chaussée quand vous êtes rentrée ?

JM : Non, mais…

POLICE : Madame Mullen, voici les différents éléments actuellement à notre disposition. Vous, dans une chambre d'hôtel avec le mari de la victime le soir du meurtre. Des photographies que vous avez prises, mardi dernier, avec votre téléphone, qui montrent clairement l'endroit par où le meurtrier est entré chez les Fitzwilliam : la fenêtre cassée. Nous disposons par ailleurs de photos prises par un autre témoin sur lesquelles on vous voit distinctement en train d'observer la maison des Fitzwilliam au cours des dernières semaines. Sur d'autres clichés, on vous voit en train de toucher la voiture de Tom Fitzwilliam. Le pompon d'une de vos bottines a été retrouvé sur la scène de crime. Nous avons des photographies sur lesquelles on voit une silhouette féminine derrière les maisons de Melville Heights au moment du crime. Nous avons de la boue fraîche prélevée sur des bottes de jardin qui correspond à celle trouvée sur la scène de crime. Madame Mullen, compte tenu de la situation, je vous conseille désormais de faire appel à un avocat.

Chapitre 63

25 mars

— JACK !

— Josephine, putain ! Qu'est-ce qu'il se passe ? Tu es toujours là-bas ?

— Oui, ça fait plus d'une heure qu'ils me posent des questions !

— À propos de quoi ?

— Ils pensent que c'est moi qui l'ai fait, Jack ! Il faut que tu me trouves un avocat.

— Ils pensent que…

— Que j'ai tué Nicola Fitzwilliam.

— Hein ? Mais c'est…

— Je sais, c'est n'importe quoi. Mais tous leurs indices concordent ! Ils ont même trouvé un pompon de ma chaussure à côté du cadavre.

— Quoi ?

— Je comprends rien, je te jure ! Mais c'était bien là, ils m'ont montré la photo. Dans la flaque de sang.

— Josephine…

— Appelle un avocat Jack, s'il te plaît. Le meilleur.

— Alfie est là.

— Je ne veux pas lui parler. Je veux parler à personne. J'ai trop peur, Jack. Trop, trop peur.

Jack soupire.

— J'appelle David Moffat. Il pourra nous conseiller quelqu'un. Je m'en occupe, OK ? En attendant, tu ne parles à personne, tu m'entends ? Pas un mot. Jusqu'à ce que l'avocat arrive. Tu promets ?

— Je promets, répond-elle en reniflant. Je te jure, dis-lui de venir vite…

Le silence retombe entre eux pendant quelques secondes. Josephine écoute le souffle paniqué de son frère.

— Je dois y aller maintenant, Jack. Je t'aime. Je t'aime plus que tout.

— Je t'aime aussi, sœurette. Ça va aller.

La conversation se coupe et Josephine reste là, le combiné à la main, jusqu'à ce qu'on le lui reprenne.

INTERROGATOIRE ENREGISTRÉ

Date : 25/03/2017

Lieu : Commissariat de police de Trinity Road, Bristol, BS2 0NM

Agent : Officiers de la police du Somerset et de l'Avon

POLICE : Votre nom, s'il vous plaît.

TF : Thomas Robert John Fitzwilliam.

POLICE : Pouvez-vous nous indiquer votre adresse ?

TF : 16 Melville Heights, Bristol. Code postal : BS12 2GG.

POLICE : Quelle était la nature de votre relation avec la victime ?

TF : Je suis son mari.

POLICE : Monsieur Fitzwilliam, pourriez-vous nous dire ce que vous avez fait hier soir entre 18 et 21 heures ?

TF : J'étais au collège de 18 à 19 heures.

POLICE : Quelqu'un vous a-t-il vu là-bas ?

TF : Oui, plusieurs personnes. Je suis resté dans mon bureau la plupart du temps, mais je suis aussi passé en salle des profs. Et j'ai quitté l'établissement en même temps que M. Kirk, mon adjoint. Nos places de parking sont côte à côte.

POLICE : À 19 heures, vous quittez donc le collège ?

TF : Oui, ou juste après.

POLICE : Ensuite ?

TF : Je suis allé dans le centre-ville.

POLICE : Où précisément ?

TF : Jusqu'au port. J'ai garé ma voiture dans le parking de Nelson Street. Puis j'ai marché jusqu'à l'*Hôtel du Port*. Je suis arrivé vers 19 h 25.

POLICE : Avez-vous parlé à quelqu'un en entrant dans l'hôtel ?

TF : Non. Je suis monté directement à l'étage, dans la chambre.

POLICE : Vous vous souvenez du numéro de la chambre ?

TF : Non, pas du tout. C'était au premier étage.

POLICE : Qu'avez-vous fait quand vous êtes arrivé ?

TF : J'ai frappé à la porte. Josephine Mullen m'a ouvert. Je suis entré.

POLICE : Ensuite ?

TF : Je l'ai embrassée.

POLICE : Vous a-t-elle embrassé ?

TF : Oui, aussi. Au début. Assez rapidement, il est devenu évident que nous n'étions pas très à l'aise. C'était une erreur. Alors j'ai quitté la chambre d'hôtel.

POLICE : Quelle heure était-il ?

TF : Probablement 19 h 40.

POLICE : Vous êtes retourné jusqu'à votre voiture et êtes rentré chez vous ?

TF : Tout à fait.

POLICE : À cette heure-là, le trajet jusqu'à votre domicile prend une dizaine de minutes, n'est-ce pas ?

TF : Oui.

POLICE : Pourtant, vous êtes rentré à 20 h 17.

TF : En effet.

POLICE : Qu'avez-vous fait entre 19 h 40 et 20 h 17 ?

TF : J'ai conduit. J'ai fait le tour de Bristol. J'essayais de me vider la tête.

POLICE : Vous n'aviez pas envie de rentrer chez vous et de voir votre femme ?

TF : Non.

POLICE : Monsieur Fitzwilliam, pourrions-nous dire que votre relation avec votre femme était un peu, disons… tendue ?

TF : Pas plus qu'un autre mariage.

POLICE : Vous ne diriez pas que votre relation engendrait parfois des débordements de nature physique ?

TF : Non, je ne dirais pas ça.

POLICE : Vous n'avez donc pas dit à Mme Mullen que votre relation était de nature sadomasochiste ?

TF : Non, pas du tout.

POLICE : Monsieur Fitzwilliam, en plus des multiples coups de couteau infligés à votre femme, nous avons trouvé des contusions au niveau de son cou qui semblent plus anciennes. Elles seraient apparues il y a une ou deux semaines. Savez-vous ce qui les a causées ?

TF : Je n'en ai aucune idée.

POLICE : Vous n'êtes pas l'auteur de ces hématomes ?

TF : Non, pas que je sache.

POLICE : Comment ça ?

TF : Je veux dire non, ce n'est pas moi.

POLICE : Vous ne les aviez pas remarquées ?

TF : Absolument pas.

POLICE : Ce n'est pas la première fois que vous êtes interrogé dans le cadre d'une enquête criminelle, monsieur Fitzwilliam.

TF : [Soupir.]

POLICE : En avril 1997, vous vous étiez entretenu avec nos collègues du commissariat de Burton à propos du suicide de Genevieve Hart, l'une des élèves du collège où vous enseigniez.

TF : [Soupir.] Oui, en effet. Mais je ne vois pas le rapport…

POLICE : Ses parents pensaient avoir trouvé des éléments suggérant que vous entreteniez une relation inappropriée avec elle.
TF : Ils n'avaient aucune preuve. Elle tenait un journal intime où elle parlait de ses sentiments pour moi, et relatait, avec pas mal d'exagérations, des rencontres qui étaient tout à fait anodines. Rien de plus.
POLICE : À l'époque, on avait supposé, en se basant sur ce journal intime, que vous lui aviez donné rendez-vous à l'endroit où elle s'est donné la mort. Qu'elle vous attendait, à ce moment-là.
TF : Non, il n'y avait rien dans ce journal intime qui suggérait cela. Rien du tout. Elle évoquait un rendez-vous, et ses parents pensaient qu'il s'agissait de moi, mais ce n'était pas le cas. J'avais un alibi solide, et après quelques minutes, la police a mis fin à l'interrogatoire. Et je ne vois vraiment pas ce que ça a à voir avec le meurtre de ma femme.
POLICE : Nous essayons de brosser un portrait, monsieur, un portait complet. Mme Mullen nous a expliqué que, plus tôt cette semaine, vous lui aviez proposé de vous retrouver à un endroit donné, à une heure donnée, dans le but d'avoir une relation sexuelle, ou au moins d'en discuter. Un mode opératoire auquel vous avez peut-être

déjà eu recours par le passé, monsieur Fitzwilliam. C'est tout.

TF : Je n'ai jamais donné rendez-vous à Genevieve Hart pour coucher avec elle. Je ne lui ai jamais donné rendez-vous, un point c'est tout.

POLICE : Qui lui avait donné rendez-vous alors, à votre avis ?

TF : [Grognement.] Je suis désolé, sincèrement, mais je ne souhaite pas répondre à plus de questions au sujet de Genevieve Hart. Vous comprenez, n'est-ce pas ?

TF : Très bien. Revenons donc au déroulé des événements d'hier soir. Vous êtes rentré chez vous à 20 h 17. Et ensuite ?

TF : Je suis rentré à la maison. Il n'y avait personne. J'ai appelé ma femme. Elle avait été malade toute la semaine, et la veille elle avait passé la journée alitée. Comme elle ne répondait pas, je suis monté dans notre chambre. Elle n'y était pas. J'ai vérifié dans les autres pièces de l'étage, puis je suis descendu. J'ai ouvert la porte de la cuisine, et…

POLICE : Prenez votre temps.

TF : Elle était là. Nicola. Sur le sol. Déjà morte.

POLICE : Vous avez vérifié ?

TF : Oui, bien sûr. Mais il suffisait de la regarder pour se rendre compte qu'elle était morte. Il y avait tellement de sang. Cela faisait déjà quelque temps, j'imagine.

POLICE : En réalité, l'autopsie nous indique que la mort s'est produite entre 19 heures et 20 h 30.
TF : Vraiment ?
POLICE : Tout à fait. Maintenant, parlons de votre appel pour signaler le meurtre. Vous avez prévenu les secours vers 20 h 40. Monsieur Fitzwilliam, pourriez-vous nous expliquer ce que vous avez fait entre l'heure de votre entrée chez vous, 20 h 17, et l'heure de votre appel, 20 h 40 ?
TF : Oui. Comme je vous l'ai dit, je suis monté la chercher. Et j'ai… je suis allé aux toilettes. Je ne sais pas combien de temps…
POLICE : Vingt minutes ?
TF : Non, certainement pas vingt minutes.
POLICE : Disons cinq minutes, si vous le voulez bien. Ensuite, vous êtes donc descendu et vous avez trouvé votre femme. Vous avez appelé les secours un quart d'heure plus tard. Est-ce que vous pouvez nous dire ce que vous avez fait pendant ces quinze minutes ?
TF : J'ai… Je ne sais pas. Je pleurais. J'étais en état de choc. Je suis remonté à l'étage, j'ai cherché l'assassin, cherché des indices. Je suis allé dans le jardin… [pleurs]… Ça me semble tellement irréel. Je ne pensais pas que ça avait duré un quart d'heure, vraiment pas.
POLICE : Ensuite ?

TF : Mon fils est rentré, à un moment. Je ne me souviens plus quand. On s'est assis dans l'entrée et on a attendu la police.

POLICE : Merci, monsieur. Nous allons faire une pause maintenant.

Chapitre 64

Quand le 218 était entré dans Melville la veille et qu'elle avait vu les lumières bleues des gyrophares, le cœur de Jenna s'était mis à battre de plus en plus fort. Elle s'était jetée hors du bus dès que les portes s'étaient ouvertes et avait marché vers Melville Heights. Un cordon de sécurité avait été installé en bas de la colline, et une policière montait la garde.

— La route est fermée. Il y a eu un accident.

— Quel genre d'accident ?

— Je ne peux rien vous dire. Vous êtes riveraine ?

— Non, non.

— Dans ce cas je dois vous demander de quitter les lieux. Nous avons besoin d'un accès libre pour nos véhicules.

Elle s'était éloignée en vitesse pour rentrer chez elle. Sa mère était assise dans le salon, sa cigarette électronique dans une main, une tasse de thé dans l'autre.

— Maman ! s'était-elle exclamée en laissant tomber son sac sur le sol. Qu'est-ce qui se passe à Melville Heights ?

— Je ne sais pas, pourquoi ?

— Il y a la police et un cordon de sécurité !

— Ah bon ? J'y étais tout à l'heure. Je suis rentrée il y a une demi-heure. Il ne s'est rien passé quand j'y étais.

— Qu'est-ce que tu faisais là-bas ?

— Je le surveillais.

— Qui ?

— Tom Fitzwilliam. Apparemment, il y avait une réunion importante chez lui. Ils étaient tous là.

— Tous ? Mais de qui… avait commencé Jenna avant de ravaler ses mots. Tu n'as rien fait j'espère, maman ? Dis-moi que tu n'as rien fait.

— Quoi ? Bien sûr que non. Qu'est-ce que j'aurais bien pu faire ?

— Rien, rien du tout, avait-elle dit dans un soupir.

Le lendemain, c'est à la une de tous les journaux. Un meurtre à Melville Heights. La femme de Tom Fitzwilliam. Poignardée dans sa cuisine, plus de trente coups de couteau. Son mari interpellé. Une employée de l'*Hôtel du Port* à Bristol qui raconte que Tom Fitzwilliam est entré dans une chambre la veille, juste après une femme blonde nommée Josephine Mullen, qui est aussi interrogée par la police. Toute la ville est en état de choc.

Jenna est assise en tailleur, en pyjama, et suit les infos à la télé. Sa mère regarde avec elle, assise à la table à manger.

— Voilà. Tu vois, tout va être révélé maintenant. Toute l'affaire. Il a probablement tué sa femme parce qu'elle en savait trop. Si seulement ils m'avaient écoutée plus tôt, ah ça !

Jenna a la tête qui tourne. M. Fitzwilliam. Genevieve Hart. La voisine. M. Fitzwilliam. Genevieve Hart. La voisine. Il doit y avoir un point commun, mais quoi ?

— Maman, répète-moi ce que tu faisais là-bas hier soir, s'il te plaît.

— Je te l'ai déjà dit. Je surveillais.

— Qu'est-ce que tu as vu ?

— Pas grand-chose. La blonde qui rentrait chez elle. Et quelques minutes plus tard, je l'ai vue derrière les maisons, sur le petit chemin.

— La blonde ?

— Oui, regarde, j'ai une photo.

Sa mère sort son appareil de son sac à main et l'allume.

— Voilà. C'est la dernière que j'ai prise, après je suis rentrée à la maison.

Elle montre à Jenna l'écran de l'appareil. Jenna le lui prend des mains et zoome sur l'image, sur le flou de gris, vert, marron et noir. Au fond, il y a quelqu'un, une ombre, rien de plus, les yeux rouges comme des petits rubis à cause du flash. Il est impossible de déterminer la couleur des cheveux de cette personne, et pas plus s'il s'agit d'un homme ou d'une femme. Mais le flash fait ressortir quelque chose d'autre sur cette silhouette : une tache de lumière blanche au niveau du ventre. Jenna zoome et dézoome à nouveau. C'est un bouton, un seul gros bouton. Et elle a vu quelqu'un avec un manteau orné d'un bouton comme ça récemment. Soudain, tout lui revient. Cette femme que Freddie lui a montrée en photo, celle qui parlait à sa mère. Elle portait un grand manteau noir, fermé par un seul bouton, juste au-dessus de son ventre de femme enceinte. Jenna a l'impression que des stalactites s'enfoncent dans son cœur.

— Maman, tu te rends compte que cette personne pourrait avoir tué la femme de M. Fitzwilliam ?

Sa mère lui prend l'appareil des mains et fixe l'écran.

— Mais c'est Fitzwilliam le meurtrier.

— Comment tu peux le savoir ?

— Mais enfin, qui d'autre ?

— Maman, il faut qu'on aille au commissariat. Il faut que tu leur racontes ce que tu as vu, et que tu leur montres cette photo. Tout de suite.

Chapitre 65

JOSEPHINE FERME LES YEUX ET ESSAIE DE RÉFLÉCHIR posément malgré les émotions qui l'assaillent. Il doit y avoir une explication rationnelle à tout ça. Il faut qu'elle récapitule tout dans sa tête avant l'arrivée de l'avocat.

Réfléchis, s'encourage-t-elle. *Réfléchis !*

On lui a apporté un thé dans un gobelet en carton. Ça a le goût d'un distributeur de café. Elle le boit si vite qu'il lui brûle la langue, mais c'est le cadet de ses soucis.

Réfléchis, Josephine. Réfléchis !

Quelques minutes plus tard, elle pose ses mains sur la table avec force, faisant sursauter la policière qui la surveille.

Mais bien sûr, Tom a tué Nicola. C'est évident ! C'est pour ça qu'il l'a invitée à l'hôtel. Tout ça était prémédité. Il savait que son fils ne serait pas chez lui, et il l'a emmenée là pour en faire sa complice, pour qu'il puisse voler le pompon de sa chaussure. Ou peut-être était-il déjà en sa possession ? Peut-être était-il tombé quand elle était dans sa voiture ? Peut-être était-ce à ce moment précis qu'il avait concocté ce plan ? Il lui avait fait son numéro de victime à l'hôtel, s'était éclipsé et avait attendu qu'elle rentre chez elle. Comment expliquer sinon qu'il n'ait pas été à Melville Heights quand elle était arrivée, alors qu'il avait quitté l'hôtel cinq minutes avant elle ? Il s'était faufilé à l'arrière des maisons, était entré par la porte arrière et…

Elle grogne.

Les bottes de jardin.

Comment pouvait-elle expliquer les bottes à un avocat ?

Tom ne serait pas venu chez elle pour emprunter les chaussures de Rebecca. Pas même pour faire diversion. En plus, la porte du jardin était toujours fermée à double tour. Et ses pieds étaient beaucoup trop grands.

Quelqu'un avait mis ces bottes puis les avait nettoyées dans l'évier. Jack était au travail hier soir, et ça ne pouvait certainement pas être Alfie. Il ne restait donc que Rebecca, mais elle était restée dans son bureau toute la soirée. Quelqu'un l'avait même vue par la fenêtre.

Tout à coup, un souvenir s'imposa à elle, clair comme de l'eau de roche. En montant l'escalier la veille au soir, un verre d'eau dans la main, la tête toute chamboulée par les événements de l'heure précédente, nerveuse à l'idée de voir Alfie, elle avait essayé de se calmer, de revenir à la normale, et s'était arrêtée un instant sur le palier pour prendre une dernière inspiration avant de monter dans sa chambre. Encore dans ses pensées, elle avait remarqué à travers la porte du bureau entrouverte la silhouette en carton de Jack posée devant la fenêtre, et s'était demandé pourquoi Rebecca l'avait déplacée.

Chapitre 66

L'AGENT ROSE PELHAM SE TIENT DEVANT LE 14 MELVILLE Heights. Elle est accompagnée de l'inspecteur Philip Makin, son supérieur. C'est la première fois qu'il se rend à Melville Heights. Il passait le week-end chez ses parents à Bangor, au Pays de Galles, quand on l'a appelé. Il est revenu à Bristol le plus rapidement possible. En son for intérieur, Rose est ravie : ce qui ressemblait à un féminicide (le mari couvert du sang de la victime, vingt minutes inexpliquées entre son arrivée au domicile et son appel aux secours, sa liaison avec sa voisine, les rumeurs d'une relation sadomasochiste avec sa femme) s'est rapidement transformé en quelque chose de beaucoup plus complexe. Et Philip Makin est l'inspecteur le plus chevronné de la préfecture. Avec lui, elle donnera le meilleur d'elle-même.

La maison située au 14 Melville Heights est belle, avec ses grandes fenêtres qui s'avancent sur la rue au rez-de-chaussée et au premier étage, et son vitrail au dernier étage, derrière lequel on distingue la cage d'escalier. La maison qui la jouxte est rouge carmin avec une façade plane. Elle n'est pas occupée en ce moment, ses propriétaires passent l'année à San Francisco. La maison suivante est le numéro 16, celle des Fitzwilliam, toujours sous scellés, éclairée par les gyrophares des voitures de police garées devant. Rose s'est déjà rendue au numéro 14 plus tôt dans la matinée pour demander à Josephine Mullen de la suivre au commissariat afin de répondre à leurs questions, mais aussi pour jeter un œil à la porte donnant sur leur jardin. Son frère, Jack Mullen, lui avait ouvert, encore à moitié endormi. Un homme charmant au visage juvénile. Il lui avait offert un cappuccino fait avec sa machine à café flambant neuve pendant que Josephine s'habillait. Il l'avait même saupoudré de chocolat.

— Vous savez, ma sœur n'aurait jamais pu faire ça, lui avait-il dit dans la cuisine en la regardant le plus sérieusement du monde de ses yeux bleu ciel. C'est la fille la plus gentille, douce et adorable du monde, je vous le jure.

Oh, comme elle aurait voulu pouvoir le croire…

Cette fois-ci, quelques heures plus tard, une femme leur ouvre la porte.

— Bonjour.

— Bonjour. Vous êtes madame Mullen ? Je suis l'agent de police Rose Pelham, et voici l'inspecteur Philip Makin. Pourrions-nous entrer un instant ?

— Bien sûr, suivez-moi.

Ses doigts sont agrippés au bord de la porte, qu'elle relâche doucement.

— Parfait.

Ils essuient leurs pieds et entrent derrière la femme. Directement sur la gauche, l'escalier mène aux étages supérieurs, éclairés par les taches colorées du vitrail qui s'étalent sur la rampe pâle. Un ancien porte-manteau en bronze et ivoire est vissé au mur. Rose examine ce qui y est accroché en passant, et classe soigneusement ses observations dans sa mémoire. Devant eux se trouve la cuisine, là où elle a bu le cappuccino préparé par M. Mullen ce matin, et à leur gauche, un grand salon.

— Jack, la police est encore là, prévient Mme Mullen d'une voix forte.

Jack apparaît, tout à fait éveillé maintenant, portant un tee-shirt gris et un jean noir. Il leur adresse un sourire crispé.

— Ma sœur va bien ? L'avocat est arrivé ? Vous la laissez rentrer à la maison ?

— Pas encore, monsieur. Son avocat est arrivé il y a une heure. Nous avons discuté ensemble, et les choses s'éclaircissent. Ça ne devrait plus prendre très longtemps.

— Oh mon Dieu, merci. Elle avait l'air terrifiée quand je l'ai eue au téléphone tout à l'heure.

— Est-ce qu'on s'installe dans le salon, Jack ? demande Mme Mullen.

— Non, restons dans la cuisine. C'est plus sympa.

Sympa. Ce n'est pas un mot qu'on entend souvent dans une enquête pour meurtre, se dit Rose.

Jack leur propose un café, mais à cette heure de la journée, Rose préfère un verre d'eau. Jack et Rebecca s'assoient d'un côté de la table, sur un banc. Rose et Philip de l'autre côté, sur des chaises au dossier recouvert de lin blanc.

Rose examine attentivement le visage de Rebecca Mullen. Elle ne ressemble pas à ce qu'elle s'imaginait après avoir rencontré son mari. Lui semble fiable, amical, joyeux ; elle est froide, tendue et triste. Elle porte une robe-chemise bleu marine avec une ceinture en tissu placée juste au-dessus de son ventre. Ses cheveux sombres sont coiffés sur le côté et regroupés en une queue-de-cheval retenue par un élastique marron. Elle porte son alliance et un médaillon autour du cou. Ses mains pâles sont croisées devant elle, mais Rose entend sa ballerine taper nerveusement contre le pied de la table.

— Bien, commence-t-elle après avoir vérifié dans le regard de son collègue qu'elle pouvait démarrer l'entretien. Monsieur Mullen, pourriez-vous répéter à mon collègue ce que vous m'avez dit ce matin à propos de la visite de Mme Fitzwilliam hier midi ?

— Oui, répond-il en s'éclairant. Bien entendu. C'était autour de 14 heures. J'allais partir au travail quand on a sonné à la porte. J'ai ouvert et c'était elle. Elle avait l'air un peu… Je ne sais pas. Un peu négligée ? Pas comme d'habitude. Elle m'a dit qu'elle avait eu la grippe et qu'elle essayait de se forcer à sortir du lit. Elle nous avait apporté un cadeau.

— Pourriez-vous montrer ce cadeau à l'inspecteur Makin ?

— Oui. Il doit être… oui, voilà.

Il se lève pour attraper un paquet posé sur une étagère près de la porte du jardin, puis le lui tend.

C'est une couverture en laine crème avec des motifs jaunes et bleus sur les côtés qui sont censés être des lapins, ce que Rose n'aurait pu deviner si Jack Mullen ne le lui avait pas appris ce matin.

— Elle nous a dit que c'était un cadeau pour le bébé, qu'elle l'avait tricoté elle-même. Apparemment, c'était la première fois qu'elle tricotait quelque chose, et elle s'est excusée si le résultat n'était pas très convaincant.

— Madame Mullen, avez-vous assisté à cette rencontre ?

— Oui, j'étais dans mon bureau. Jack m'a appelée et je suis descendue.

— Vous êtes restés dans l'entrée ?

— Oui, tous les trois.

— Vous n'avez pas invité Mme Fitzwilliam à entrer ?

— Non, répond Jack d'une voix tremblante en secouant la tête. Maintenant, je regrette sincèrement de ne pas l'avoir fait. C'est juste que… Elle avait été malade et elle n'avait pas l'air en forme. Avec Rebecca et le bébé, je me suis dit… *On* s'est dit… Enfin, quoi qu'il en soit, on ne l'a pas invitée à entrer, non.

Il renifle, les yeux brillants.

— Elle vous a donné le cadeau, et ensuite ?

— Nous l'avons remerciée longuement. Je lui ai dit que j'espérais que sa famille prenait soin d'elle. Mais apparemment ce n'était pas le cas. Son mari travaillait tard et son fils était obnubilé par son premier bal. On a parlé de ça pendant un bout de temps. Il y allait avec une fille, et Nicola était très contente. Elle nous a dit qu'ils nous inviteraient à dîner un de ces jours, puis elle est partie.

— Que s'est-il passé ensuite ?

— Je suis parti au travail.

— Et vous, madame Mullen, qu'avez-vous fait ?

— Je suis remontée dans mon bureau et je me suis remise au travail.

— Qu'est-ce que vous faites ?

— Je suis analyste en informatique pour un cabinet comptable.

— Vous êtes donc douée avec la technologie ?

— Pas plus que la plupart des gens de ma génération.

— Et M. Butter, votre beau-frère, dit qu'il est rentré de chez sa mère aux alentours de 19 heures. L'avez-vous vu ou entendu rentrer ?

— Non.

— Votre belle-sœur, Josephine Mullen, serait rentrée vers 20 heures. L'avez-vous vue ou entendue rentrer ?

— Non plus. J'ai travaillé jusqu'à 21 heures, quand j'ai entendu les sirènes de police monter la colline.

Rose inspire discrètement, se préparant à orienter la discussion sur un terrain plus difficile. Elle jette un œil à son carnet, sourit et s'éclaircit la gorge.

— Quand elle est rentrée hier soir vers 20 h 10, votre belle-sœur dit avoir remarqué que vous aviez déplacé la silhouette en carton grandeur nature de votre mari devant la fenêtre de votre bureau.

Un lourd silence s'installe.

— Pardon ?

— En passant devant la porte de votre bureau hier soir, elle dit avoir vu que la silhouette en carton, qui est normalement rangée dans un coin de votre bureau, était posée devant la fenêtre.

— Non, elle se trompe.

Rose inspire et sourit.

— Ça ne vous dérange pas qu'on aille dans votre bureau ?

— Non, allons-y.

Elle monte l'escalier avec facilité malgré sa grossesse avancée.

— Voilà, dit-elle en poussant la porte de la pièce.

Son bureau est collé contre un mur. Il y a un petit canapé de l'autre côté, et de nombreuses étagères. Rose examine attentivement toute la pièce, analysant les éléments qu'elle s'attendait à y trouver. Sur le bureau, une photographie d'une adolescente aux longs cheveux noirs, souriant, le bras autour d'un border collie. Dans le coin se trouve la silhouette grandeur nature de Jack Mullen. Rose s'approche de la fenêtre. D'ici, elle peut voir tout le village de Melville en contrebas. Elle peut aussi voir le bow-window de la maison des Fitzwilliam. Elle baisse les yeux vers l'endroit où Mme Tripp s'était cachée la veille pour observer les maisons de la rue, et regarde à nouveau le bureau soigneusement rangé.

— Merci beaucoup.

En arrivant en bas des escaliers, Rose s'arrête.

— C'est votre manteau, madame Mullen ? demande-t-elle en désignant le long vêtement de laine noire accroché sous une écharpe rouge.

— Oui, répond-elle d'une voix hésitante, presque inaudible.

— Est-ce que vous pourriez l'enfiler, s'il vous plaît ?

Jack s'avance vers elle.

— Pour quoi faire ?

— Nous avons besoin de tester une hypothèse, c'est tout.

— Une hypothèse concernant le manteau de ma femme ?

— Ce n'est probablement rien, monsieur Mullen. Un témoin nous a mentionné un élément, et nous devons vérifier ce manteau pour avancer dans notre enquête. Si cela ne vous dérange pas ?

Jack et Rebecca échangent un regard. Il hausse les épaules et elle attrape son manteau, que Philip l'aide à passer. Rose note dans son cerveau l'emplacement de l'unique bouton qui ferme le manteau juste au-dessus du ventre de Rebecca. Elle jette un coup d'œil discret à son coéquipier et sourit.

— Parfait, merci ! Nous avons encore quelques questions à vous poser.

Ils retournent dans la cuisine et se rassoient.

— Je voudrais vous poser quelques questions sur une affaire bien plus ancienne que les événements d'hier. Madame Mullen, pourrions-nous discuter de ce qui s'est passé en 1997, à l'époque où vous habitiez à Burton-on-Trent ?

Jack Mullen se raidit légèrement.

— Pourquoi ? Je n'aime pas ça. Je n'aime pas ça du tout. D'abord ma sœur, et maintenant ma…

— Monsieur Mullen, je comprends parfaitement votre inquiétude, mais dans une telle enquête, nous ne pouvons rien laisser au hasard, pas même les hypothèses les plus improbables. Nous pourrions demander à votre femme de nous suivre au commissariat, mais vu son état, nous préférons mener cet entretien chez vous. J'espère que nous pourrons reprendre notre conversation sereinement, maintenant.

Elle termine sa petite tirade avec un grand sourire, qu'il lui rend par politesse.

— Merci bien, reprend-elle en se retournant vers Rebecca. Madame Mullen, j'imagine qu'il est difficile pour vous d'en parler, mais il est très important que vous puissiez nous raconter ce qui est arrivé à votre sœur en 1997. S'il vous plaît.

— Comment est-ce que vous…

— Nous savons.

— Et quel est le rapport avec…

— Il n'y en a probablement pas, mais nous devons en parler. Merci.

Rebecca se tourne vers Jack, qui pose sa main sur la sienne.

— Ma sœur s'est suicidée.

— Comment s'appelait-elle ?

— Genevieve. Viva. Viva Hart.

— Pourquoi a-t-elle commis ce geste ?

— On ne sait pas. Elle n'a pas laissé de lettre. Mais elle était victime de harcèlement scolaire.

— Je crois que vous avez retrouvé son journal intime après sa mort ?

— Oui.

— Et son contenu a poussé vos parents à suspecter l'un des enseignants de son collège, qui fut à l'époque interrogé par la police ?

— Oui.

— Ce professeur, c'était Tom Fitzwilliam, non ?

Jack Mullen se retourne brusquement vers sa femme. Il est bouche bée et retient son souffle.

Rebecca baisse les yeux.

— Je ne sais pas comment il s'appelait. C'était son prof de littérature, c'est tout ce que je sais.

— Nous avons pu consulter les pages incriminant cet enseignant grâce à la police de Burton, et son nom y figure clairement. C'est Tom Fitzwilliam qui a été entendu dans cette affaire.

Elle hausse les épaules.

— Trente-cinq minutes après le début de son interrogatoire, il était relâché. Et vingt ans plus tard, vous êtes voisins.

Rebecca croise les bras sur son ventre, de plus en plus sur la défensive.

— C'est une étrange coïncidence quand on y pense, non ?

Jack essaie d'attirer l'attention de sa femme, mais son regard demeure fixé sur la table de la cuisine, juste à côté du carnet de Rose.

— Peut-être, mais c'est le hasard.

— Ça a dû être terrible pour vous, d'emménager dans la maison de vos rêves et de découvrir que votre voisin est l'homme que votre famille tient pour responsable de la mort de votre petite sœur.

— Ce n'est pas comme ça que je le voyais, réagit-elle en jouant avec le tissu de sa robe. J'étais jeune. Je ne sais plus ce que je pensais.

— Vos parents, où sont-ils ?

— Ma mère est morte. D'un cancer, en 2012. Mon père… Je ne sais pas où il est. Il a disparu. Il a sombré dans l'alcoolisme. Il essaie de garder ses distances.

— Donc il n'y a plus que vous.

— Oui, et Jack maintenant, bien sûr.

— Et le bébé.

Rebecca jette un œil à son ventre et se force à sourire.

— Oui, le bébé.

— Quand devez-vous accoucher ?

— Le 1er mai.

Rose sourit fermement.

S'il vous plaît, pour le bien de cet enfant, faites que je me trompe, faites que tout cela ne soit que le délire d'une femme psychotique et de sa fille adolescente. Faites que ce ne soit pas fondé.

— J'aimerais vous montrer une image.

Elle sort une enveloppe de son sac, en sort un tirage et le glisse de l'autre côté de la table, vers Rebecca, qui le touche du bout du doigt.

— Cette photo a été prise à l'arrière de votre maison hier soir, à 20 h 18, à peu près au moment où Tom Fitzwilliam est rentré chez lui. On y voit quelqu'un qui s'éloigne de leur maison et s'apprête à rentrer dans votre jardin. Ici, explique-t-elle en montrant du doigt la porte vitrée.

Rebecca rapproche la photo, l'étudie un instant avant de la repousser.

— Qui est-ce ?

— Difficile à dire, n'est-ce pas ? Ce n'est pas une très bonne photo. Mais si vous regardez d'un peu plus près, vous remarquerez une forme circulaire, ici, ajoute-t-elle en montrant le centre de la silhouette. Comme un gros bouton. Nos équipes sont en train de retravailler l'image pour que nous puissions déterminer avec certitude l'identité de cette personne, mais peut-être avez-vous une idée ?

— Non, pas du tout.

— Non ? insiste Rose. C'est vrai que l'image est assez floue.

Elle se retourne vers l'inspecteur.

— Je crois que c'est tout pour le moment, à moins que vous souhaitiez ajouter quelque chose, Philip ?

Il inspire profondément tout en effleurant sa cravate bleu marine du bout des doigts.

— Rapidement, avant que nous ne vous laissions, je voudrais vous poser une dernière question, madame Mullen.

Il chausse ses lunettes et consulte son carnet. Il prend son temps, comme prévu. Il s'en tient à la stratégie qu'ils ont mise au point dans la voiture.

— Est-ce que vous connaissez une femme nommée Frances Tripp ?

— Je n'ai jamais entendu ce nom.

— Elle vit dans le village. Je crois que vous l'avez déjà croisée une ou deux fois. C'est cette dame qui se croit victime de persécution.

— Non, je ne vois pas de qui vous parlez.

— Cette dame-ci.

Il glisse une photo de Mme Tripp vers elle.

— Ah oui, je l'ai déjà vue. Elle est un peu…

— Dérangée. Oui. Le fils de M. Fitzwilliam a une photo de vous deux discutant dans la rue. Il l'a prise il y a quelques jours.

— Oui, je me souviens.

— De quoi avez-vous parlé ?

— Elle m'a raconté des choses complètement abracadabrantes. Que des gens l'espionnaient, ce genre de choses. Je n'arrivais pas à me sortir de cette conversation.

— Bon, reprit Philip en enlevant ses lunettes et posant ses mains à plat sur la table. La raison pour laquelle je vous parle de ça, c'est parce que Mme Tripp a reçu un message sur un forum, hier, vers 18 heures, qui l'informait que Tom Fitzwilliam organisait une réunion ce soir-là chez lui avec tous ses complices, et qu'elle devrait en profiter pour aller prendre des photos sur place. Son interlocutrice prétendait vivre à Mold, mais nous avons tracé l'adresse IP, et il s'agit en réalité de quelqu'un qui vit à Melville.

Rose vit les mâchoires de Rebecca se contracter.

— Ça tombait très bien, il me semble, que Mme Tripp passe la soirée devant la maison des Fitzwilliam hier. De cette façon, elle pouvait témoigner vous avoir vue travailler à votre bureau. Ce qui est étonnant, c'est que votre bureau n'est pas à côté de la fenêtre, il est contre le mur. Et votre belle-sœur certifie avoir vu cette silhouette en carton de votre mari placée devant la fenêtre quand elle est rentrée vers 20 heures. D'ailleurs, cette personne, continue-t-il en montrant le cliché du petit chemin, ça pourrait très bien être vous, si vous n'aviez pas passé la soirée à travailler, comme vous le déclarez. Le bouton de votre manteau est assez haut à cause de votre ventre, comme sur cette photo.

Il expire avant de s'adosser contre le dossier de sa chaise.

— Madame Mullen, est-ce que vous souhaitez nous faire part de certains éléments concernant la soirée d'hier ? Des choses que vous ne nous auriez pas encore révélées et qui seraient susceptibles de faire avancer l'enquête ?

Un silence pesant s'abat sur la cuisine. Jack regarde sa femme.

— Becks ? interroge-t-il d'une voix pressante. Becks ?

Rebecca fixe un point sur sa droite sans ciller.

— Madame Mullen ?

Enfin, elle se retourne vers les policiers, le regard sombre, déterminé.

— Et pourquoi aurais-je tué Nicola Fitzwilliam ? leur demande-t-elle lentement, d'une voix glaçante.

Rose prend une grande inspiration. Voilà. Le nœud de toute l'affaire. Pourquoi est-ce qu'une femme enceinte s'introduirait dans la cuisine de sa voisine un soir pour la tuer à coups de couteau ? Même si elle haïssait son mari depuis vingt ans ? C'était la question qui la taraudait depuis le moment où Jenna et Frances Tripp étaient venues au commissariat ce matin avec leur hypothèse obscure. Elle avait passé deux heures à revoir tout ce qu'elle avait sous la main, essayant de trouver la réponse à ce mystère. Et il y a une heure, enfin, elle avait compris.

Jenna Tripp lui avait dit que Nicola Fitzwilliam avait aussi été élève dans l'établissement où enseignait Tom Fitzwilliam dans les années 1990. Ils avaient entamé leur relation quelques années plus tard. Rose avait lu et relu les pages du journal intime de Genevieve Hart, et particulièrement les lignes dédiées au harcèlement dont elle avait été victime. Un nom revenait sans cesse.

Nikki Lee, la chef de meute, la manipulatrice. Celle qui restait dans l'ombre, laissant ses sous-fifres administrer les pires traitements à ses proies. Nikki Lee sentait la cigarette et le déodorant d'homme. Elle se décolorait les cheveux, qu'elle attachait au sommet de son crâne, révélant des pommettes affûtées comme des lames de rasoir. Elle s'épilait les sourcils en une ligne fine qui ne fléchissait jamais. Ses yeux bleus ressemblaient à des éclats de glace sale. Elle gardait ses mains dans ses poches en poignardant Genevieve dans le dos. Elle lui disait qu'elle sentait le sperme de prof. Elle crachait dans ses cheveux et étalait sa salive avec son talon. Elle avait répandu la rumeur que Genevieve avait contracté la chlamydia. Que son bouton d'herpès venait de la bite d'un prof. Ses copines déchiraient ses devoirs, notamment une aquarelle de la chevelure de sa mère qui avait nécessité un mois de travail. Après les cours, elle s'asseyait sur le muret en face de la maison de Genevieve et y restait des heures, les mains dans les poches, ou bien fumant, sa présence signalée par une petite touche rougeoyante s'éteignant, se rallumant. Elle disait à Genevieve que, si elle racontait ce qu'elle lui faisait, elle tuerait son chien en enfonçant une tige de fer si profondément dans son cul qu'elle ressortirait par la bouche. Genevieve décrivait comment elle avait l'impression que Nikki Lee la regardait vivre chaque minute de sa vie, où qu'elle aille, quoi qu'elle fasse. Elle était toujours là, à l'observer, l'insulter, la pincer, la frapper, à lui cracher dessus, la suivre, la détester, mentant, donnant des coups de pied, lui faisant du mal. Quelle année terriblement douloureuse, quel enfer ça avait dû être !

Rose avait appelé l'école, demandant qu'on lui scanne la photo de classe de Genevieve l'année de sa mort. Ils lui avaient répondu en quelques minutes. Rose avait attendu impatiemment que la pièce jointe se télécharge. Elle avait sa preuve. Irréfutable. Philip et elle s'étaient rendus chez les Mullen trente secondes plus tard.

Maintenant, Rose observe Rebecca, la gorge nouée en se rappelant tous les détails de cette affaire tragique. Elle soupire et cherche dans son sac une dernière photographie.

— Regardez cette photo, s'il vous plaît.

Elle observe le visage de Rebecca, attendant sa réaction.

— Pouvez-vous me dire de qui il s'agit ?

— Oui, murmure Rebecca. C'est Nikki Lee.

— En effet. Nikki Lee. Celle qui harcelait votre sœur. Celle qui l'a poussée au suicide. Et vous connaissez son autre nom, n'est-ce pas ?

Les yeux de Rebecca s'emplissent de larmes. Un son âpre sort de sa gorge alors qu'elle essaye de les retenir. Elle hoche la tête.

Rose entend Jack murmurer un « Oh mon Dieu ».

— C'est Nicola Fitzwilliam, confesse Rebecca.

— Non. C'est pas vrai…

— Si, confirme Rose d'une voix douce. C'est elle. Maintenant, vous allez tout nous raconter Rebecca. Vous allez nous dire tout ce que vous avez fait hier soir.

Rebecca Mullen acquiesce.

— Oui. Je vais tout vous raconter.

Quatrième partie

Chapitre 67

26 août

Cher Monsieur Fitzwilliam,
J'ai reçu mes résultats du brevet hier et je voulais vous dire que j'ai réussi mes huit matières ! J'ai eu 15 en littérature, 13 en maths, 14 en espagnol ! Je voulais vous remercier pour tout ce que vous avez fait. De m'avoir aidée même si je ne méritais pas que vous le fassiez. Merci de vous être occupé de tout avec les services sociaux, avec Bess et sa mère. On était un peu les unes sur les autres ces derniers mois, mais depuis cet été j'habite chez mon père et j'ai une grande chambre, donc c'est parfait. Ma mère va bien. Elle est à l'hôpital à Weston-super-Mare, et on lui rend visite régulièrement avec mon père et mon frère. Je ne sais pas encore ce qui va se passer à la rentrée. Je ne sais pas si je vais retourner à Melville pour le lycée. Je vais y réfléchir.
J'espère que vous allez bien. Je suis désolée pour ce qui vous est arrivé, à vous et à Freddie. Je pense beaucoup à vous deux. Si vous venez un jour à Weston, passez nous dire bonjour ! Ce serait super de vous revoir.
Amitiés,

Jenna Tripp

Chapitre 68

Le bébé remue ses pieds. Josephine les attrape, approche sa bouche et souffle dessus. Le bébé adore ça, il les bouge encore plus et regarde sa tante d'un air béat.

Josephine fait glisser la couche sous ses fesses et la ferme sur son ventre. Elle fait passer les bras et jambes du bébé dans son body et ferme les pressions d'un geste assuré. Elle dépose la couche dans un sac plastique qu'elle referme.

— Et voilà, c'est fini !

Le bébé sourit. Elle le soulève du matelas à langer et l'emmène au rez-de-chaussée.

Elle s'appelle Eloise. C'est la fille de Jack. Sa nièce. Elle est née dix jours avant son terme, elle a maintenant quatre mois et six jours. Elle a les cheveux sombres de sa mère et les yeux verts de Josephine. Elle est parfaite.

Jack rentre du travail une heure plus tôt que prévu. Dès qu'il voit sa fille, son visage change, quitte son expression de tristesse torturée pour se parer de joie et d'épuisement.

— Bonjour papa, dit-elle en lui tendant le bébé. Ta jolie fille.

Jack l'a ramenée de l'hôpital deux jours après l'accouchement. Il n'y avait plus de place pour une mère et son nouveau-né dans l'unité de vie familiale. Rebecca s'était séparée de sa fille sans une larme.

— Je veux que Josephine s'occupe d'elle, leur avait-elle dit en pliant les vêtements et rangeant les couches dans un sac. Pas une nounou. Josephine.

Les premières semaines avaient été très difficiles. Alfie avait déménagé dans les jours qui avaient suivi l'arrestation de Rebecca. En rentrant à la maison après avoir passé une bonne partie de la journée au commissariat, elle avait dû lui avouer son béguin pour Tom Fitzwilliam, et il lui avait révélé avoir embrassé plusieurs filles au travail depuis qu'il s'était rendu compte qu'elle ne l'aimait plus. Alfie avait pleuré. Josephine s'était sentie soulagée.

Maintenant, elle se retrouve à passer ses longues journées au calme, seule avec Eloise dans cette grande maison qui lui avait longtemps semblé froide comme un hôtel à la décoration impersonnelle, mais dont elle avait fini par faire leur chez-eux. Parfois elle se sent seule, parfois elle a l'impression de ne plus ressentir aucune émotion, et parfois elle a envie de s'échapper dans le bar d'une plage d'Ibiza pour noyer ses soucis dans l'alcool. Mais au moins, elle ne se sent plus inutile. Elle ne voulait pas avoir de bébé, et encore moins s'occuper de celui d'un autre, mais maintenant qu'Eloise est là, elle l'aime de tout son cœur.

Rebecca leur a demandé de ne pas emmener le bébé lors des visites. Elle est en détention provisoire à Easthill Park. Elle n'a pas pu être libérée sous caution, et son procès s'ouvre le 3 septembre. Elle ne rentrera jamais à la maison pour élever sa fille. Josephine a raconté à Jack que Rebecca lui avait dit un jour qu'elle ne voulait pas d'enfant, qu'elle le faisait pour le rendre heureux. Josephine voulait éviter que plus de douleur s'ajoute à ce qui aurait dû être le plus beau moment de la vie de son frère.

Deux semaines plus tôt, alors qu'ils étaient tous les deux en train de boire du whisky dans la cuisine à 3 heures du matin, elle avait réussi à lui poser la question qui la taraudait.

— Pourquoi elle, Jack ? Pourquoi Rebecca ? Même avant toute cette affaire, je me suis toujours demandé pourquoi tu l'avais choisie.

— Ce n'est pas moi qui l'ai choisie, c'est elle, lui avait-il répondu avec un sourire triste.

Ces mots l'avaient fait tiquer. Tom lui avait dit presque la même chose à propos de Nicola. Elle se demandait si c'était comme ça que les relations fonctionnaient, si la plupart des femmes passaient leur vie à chercher l'homme parfait pendant que les hommes attendaient qu'on les choisisse, puis essayaient de faire au mieux.

— Mais tu l'aimais, quand même ?

— Bien sûr. Je l'aime toujours. Mais c'est terrifiant de me dire que je ne l'ai jamais connue. Jamais vraiment.

Josephine avait aperçu Tom en ville la semaine précédente. Il était habillé de façon décontractée, en jean et chemise à manches courtes. Il portait des lunettes de soleil et un sac Russell & Bromley. Elle l'avait observé depuis l'arrêt de bus où elle était assise, Eloise à côté d'elle dans son landau. Il avait encore ce charisme, avait-elle remarqué avec détachement, cette présence, cette allure. Elle s'était souvenue de ce moment partagé sous les grands arbres de Melville Heights, de ses mains qui avaient attiré son corps à lui, de cette tension désespérée, frénétique. Une étincelle l'avait brièvement traversée. Quelque chose de lumineux, d'urgent.

Puis elle avait revu son visage triste et lourd dans la chambre de l'*Hôtel du Port*, ses épaules affaissées, les bourrelets au-dessus de sa ceinture, la calvitie naissante au sommet de son crâne. Elle s'était rappelée les terribles marques sur son corps, des lacérations, comme si une bête sauvage l'avait dépecé. L'épaisseur de son souffle. Sa silhouette ramassée quand il était sorti de la chambre.

Elle ne comprenait plus ce qu'elle lui avait trouvé. Plus du tout.

* * *

Le lendemain, Josephine va rendre visite à sa mère avec Eloise. Mamie Sarah, comme ils ont décidé qu'Eloise l'appellerait quand elle serait assez grande pour nommer les gens et les choses. Le ciel est lourd, un orage s'approche. Elle n'a pas pris de parapluie. Elles devraient rentrer à la maison, mais quelque chose la pousse à poursuivre leur chemin. Cette sensation que, malgré tout, la vie continue. Les bébés vous font ressentir ça : ils vous ancrent dans le moment présent, tout en vous projetant à toute vitesse vers le futur et vous rappelant le passé.

Sur la tombe de sa mère, il y a un petit bouquet de tulipes ternes et desséchées par la chaleur estivale. Elle dépose ses roses pâles à côté et s'assied, une main poussant doucement le landau d'Eloise pour la garder endormie.

— Bonjour maman, c'est nous. Je suis avec Eloise, mais elle dort, donc tu ne l'entendras pas beaucoup aujourd'hui. Les choses commencent à rentrer dans l'ordre à la maison, enfin, mais Jack est encore très triste. Ça me tue de le voir comme ça. J'ai l'habitude qu'il soit toujours de bonne humeur, qu'il partage sa joie. Les rôles ont été bizarrement inversés. Ce qui est plutôt positif pour moi. J'avais besoin d'arrêter de jouer à l'enfant paumée. Jusque-là, le fait d'avoir Jack à mes côtés m'encourageait presque à le faire. Je sais bien qu'à chaque fois que je viens te voir, je te dis que je grandis, mais avant, je pensais qu'être adulte voulait dire faire des choses d'adultes. Maintenant, je sais que j'avais tort. Devenir adulte, ce n'est pas se marier, avoir un bel appartement ou adhérer à un club de lecture. C'est assumer les responsabilités de ses actes et leurs conséquences. Je crois que je ne suis plus très loin de devenir adulte pour de bon, maman. Je…

Elle s'arrête immédiatement en sentant une présence derrière elle. Elle se retourne lentement. C'est un homme d'une soixantaine d'années, vêtu d'un tee-shirt des Stone Roses et d'un short militaire. Il a les cheveux gris, courts et hirsutes autour d'un visage buriné. Il tient dans sa main un bouquet de tulipes rouges.

— Bonjour ma chérie.

— Papa…

— J'ai apporté des fleurs, annonce-t-il en montrant le bouquet.

— Oui, moi aussi.

Il regarde le landau. Elle voit ses yeux se remplir de larmes.

— C'est…

— Oui. C'est Eloise.

Il hoche la tête et ravale ses larmes.

— Dis donc…

— Elle dort.

— Ne la réveille pas.

Ils se taisent. Une grosse goutte d'eau s'écrase lourdement à leurs pieds. Puis une autre. Ils lèvent les yeux vers le ciel avant d'échanger un regard.

— On y va ? demande Josephine.

— Tu veux aller boire un verre ?

— Oui, bonne idée.

Chapitre 69

20 avril 2018

Mon Eloise chérie,

Bon anniversaire ! Aujourd'hui, tu as un an, ce qui veut dire que je ne t'ai pas vue depuis 363 jours.

Ton papa me raconte tout sur tout, et ta tante Josephine aussi, bien sûr. Ils me montrent des photos, des vidéos, et me disent tout ce que tu apprends à faire. Je leur ai demandé de ne pas t'emmener ici. Je ne veux pas qu'on te force à aller dans cette maison bizarre qui fait peur alors que tu préférerais rester chez toi. Je ne veux pas que tu penses à moi. Je veux que tu aies une enfance heureuse, que tu t'amuses. Avec le meilleur papa du monde, avec ta tante Josephine, qui est mille fois plus rigolote que moi. Et un jour, j'espère, on me laissera rentrer à la maison. Je serai une nouvelle personne dans ta vie. Ou pas. Comme tu voudras. C'est toi qui décideras.

Avant que ce jour vienne, je crois qu'il faut que tu puisses comprendre mon acte, pourquoi j'ai fait tant de mal à quelqu'un, même si cela voulait dire que je ne pourrais pas être avec toi et papa. Je vais tout t'expliquer dans cette lettre, et ton père décidera quand tu seras assez grande pour la lire. J'aimerais pouvoir te dire que c'était un accident, que ce n'était pas ma faute, que c'était à cause de quelqu'un d'autre, que je n'aurais jamais fait ça si j'avais entrevu les conséquences de mes actes. Mais ce serait un mensonge, et je suis sûre que, quand tu liras cette lettre, tu seras assez grande pour le savoir.

Je suis allée chez cette femme avec l'intention de lui faire du mal. J'y suis allée en sachant qu'il y avait une chance – une petite chance, pensais-je à l'époque –, que l'on m'accuse de meurtre, et qu'en ce cas j'irais en prison de longues années, et que je serais privée de toutes les belles choses que j'aurais dû partager avec toi et ton papa. J'espérais passer à travers les mailles du filet. J'espérais que la police accuserait son mari et qu'il irait en prison, mais ça ne s'est pas passé comme prévu. Je suis ici, tu es loin, et je dois accepter que je suis responsable de toute cette douleur, la seule et unique responsable.

Papa t'aura déjà parlé de ma petite sœur Viva et de ce qui lui est arrivé, mais j'ai besoin que tu l'entendes aussi de moi. Ce que je ressens pour elle apportera peut-être les réponses aux questions que tu te poses, et personne d'autre que moi ne peut l'exprimer précisément.

J'avais deux ans quand elle est née. J'étais hors de moi quand c'est arrivé, vraiment. J'en ai voulu à mes parents pendant des années. Pourquoi est-ce que je ne leur suffisais pas ? Je ne supportais pas de devoir partager avec quelqu'un d'autre, et surtout pas avec cette petite fille bouboule avec ses fossettes et ses yeux brillants qui attirait l'attention de tous les adultes. Elle était toujours heureuse, elle voulait toujours jouer et faisait des câlins et des bisous au monde entier. Quand elle a commencé l'école, tout le monde voulait être ami avec elle. Elle était tellement différente de moi. Me faire des amis me prenait des années, et même quand j'en avais, je gardais toujours mes distances. Je ne les invitais jamais à venir à la maison après les cours, je ne les voulais pas dans mon espace personnel. J'étais introvertie, Viva extrovertie. Je l'adorais, je la détestais. Au moment de notre adolescence, nous avions trouvé un moyen de coexister pacifiquement. Elle m'admirait parce que j'étais intelligente, réservée, et moi parce qu'elle était populaire, gentille. C'était la personne que j'aimais le plus au monde. Mais je ne le lui ai jamais dit. J'aimerais tellement l'avoir fait. Il n'y a pas un jour qui passe sans que je regrette de ne pas lui avoir dit à quel point elle comptait pour moi, à quel point je l'adorais. Quand elle a eu quatorze ans, tout a commencé à s'écrouler. Elle devenait de plus en plus discrète. Elle avait perdu du poids. Elle était de mauvaise humeur tout le temps, ne parlait plus. Son regard autrefois lumineux s'était éteint. Complètement. J'ai essayé de lui parler, mais elle me répondait toujours que ça allait bien. Je savais qu'il y avait un problème, et j'avais entendu des rumeurs selon lesquelles une fille du collège la harcelait, mais je n'avais jamais rien vu de concret, et Viva refusait de m'en parler.

Et un jour ma petite sœur, toujours si farceuse, brillante, enthousiaste, loquace et magnifique, ma petite sœur est partie à l'école et n'est jamais rentrée à la maison.

Quelques jours après sa mort, ma mère a trouvé son journal intime. Je pense que papa t'en a déjà parlé, tu sais ce qu'il contenait. Viva était amoureuse de l'un de ses profs. Il lui accordait beaucoup d'attention. Beaucoup trop d'attention. Il la menait en bateau. Il lui faisait croire qu'elle était une part importante de sa vie, plus que les autres élèves. Le soir de sa mort, elle avait écrit dans son journal qu'elle pensait qu'il l'attendait quelque part en ville, qu'elle devait y aller pour vérifier. Mais il n'était pas là, il était resté travailler au collège jusqu'à une heure avancée de la soirée. Elle pensait peut-être qu'il allait la sauver de sa harceleuse. Qu'il était son dernier espoir. Je ne connaîtrai jamais avec certitude les raisons pour lesquelles ma sœur est allée là-bas, mais en tout cas, quand elle a compris qu'il ne viendrait pas, elle a décidé de mettre fin à ses jours. Et en faisant ça, elle a mis fin aux miens aussi. Tu n'as pas encore de frère ou de sœur. C'est très difficile d'imaginer la puissance des émotions que l'on ressent pour les membres de sa fratrie tant qu'on n'en a pas. L'amour, la haine, les rigolades, les querelles, la complicité, la rivalité. Personne d'autre ne te comprend aussi bien qu'un frère ou une sœur. Ils sont là à chaque vacances d'été nulles, chaque samedi et chaque dimanche, quand tes parents se disputent, chaque Noël, chaque anniversaire, ils partagent ces moments avec toi. Ils font partie de toi. Avec Viva, j'avais parfois l'impression que nous étions une seule et même entité, que je commençais là où elle se terminait, et vice versa.

Quand elle est partie, j'ai cessé d'exister. Sans elle, je n'étais plus qu'une page blanche. Le monde entier est devenu noir. Cette noirceur s'est diluée au fil des ans, mais elle n'a jamais tout à fait disparu. Les meilleurs jours me semblaient gris, mais jamais blancs. Jamais. Pas même le jour de mon mariage. Tout ce à quoi je pensais, c'est que ma sœur aurait dû être là.

Beaucoup de gens perdent un frère ou une sœur, mais rares sont ceux qui font ce que j'ai fait. Je ne te demande pas de me pardonner, mais je voudrais essayer de

t'expliquer ce qui m'a poussée à commettre l'irréparable. Le journal intime nous avait appris les sentiments qu'elle ressentait pour son professeur de littérature, mais il relatait aussi précisément l'horreur du harcèlement dont elle était victime, qu'une fille nommée Nikki Lee lui infligeait. Je ne rentrerai pas dans les détails, qui sont trop dérangeants, trop violents. Je me souviens d'avoir lu ce journal à seize ans, je me souviens de l'avoir dans les mains, je me souviens de mes larmes intarissables en découvrant ses mots, et de la promesse que je m'étais faite alors : si un jour je croisais Nikki Lee, je la tuerais de mes propres mains.
Ce jour est arrivé. Nous étions dans le Lake District avec ma mère, en 2011. Nous nous étions arrêtées au bord du lac Buttermere pour manger une glace quand un car s'est garé à côté de nous. Je l'ai vu descendre, le prof de littérature, avec sa femme et son fils. J'ai demandé à ma mère si c'était Nikki Lee. Je n'en revenais pas, je ne pouvais pas y croire. Mais c'était pourtant la réalité.
Ma mère est devenue folle. Elle a traversé la rue comme une furie pour parler à Tom Fitzwilliam, pour lui crier dessus, pour le frapper. En voyant ma mère arriver, Nikki était remontée dans le car avec son fils, puis le car repartit. Mais pour moi, ça ne s'arrêta pas là, et mon obsession commença. Je faisais des recherches sur eux constamment, pour savoir où ils vivaient, ce qu'ils faisaient. Le fait que les deux personnes qui avaient détruit ma sœur se soient mariées et aient eu un enfant, qu'ils se soient construit une vie pendant que Viva était six pieds sous terre, ça me rendait malade. La rage et la haine me consumaient. Quand j'ai découvert dans le journal que Tom Fitzwilliam devenait le proviseur du collège de Melville, j'ai tout fait

pour découvrir où ils allaient habiter, et j'ai acheté une maison juste à côté de la leur.

Pendant quatre mois, j'ai observé. J'ai vu Nikki Lee faire son footing dans le village, comme si le monstre était finalement devenu une femme ordinaire. Et un jour, un vendredi de mars, elle est venue chez moi. Comme elle n'avait pas vraiment changé, toute son attention était consacrée à ton père, pas à moi. C'était comme si je n'avais pas existé.

Elle nous a offert une couverture qu'elle disait avoir tricotée elle-même, et qui était ignoble. Ton papa m'a tendu la couverture, mais je ne voulais même pas la toucher. J'avais du mal à respirer, et j'ai vomi quand elle est partie. J'ai décidé d'aller lui parler ce soir-là, pendant que son fils et son mari n'étaient pas à la maison. J'avais besoin de lui dire que je savais qui elle était, qui elle était vraiment, et que j'allais me charger personnellement de sa réputation. Je savais aussi que je risquais de la tuer.

Quand je suis arrivée, elle était assise dans sa cuisine. J'ai frappé à la porte du jardin et elle m'a ouvert. Elle était étonnée de me voir, mais plutôt amicale. Je lui ai dit que j'étais venue la remercier pour la couverture. Ensuite, je lui ai demandé si elle me reconnaissait. Elle m'a dit que non. J'ai demandé si elle se souvenait de Viva Hart. Encore une fois, elle m'a dit non, mais cette fois, il était évident qu'elle mentait. Tout à coup, son visage s'est transformé. Elle venait de comprendre qui j'étais et pourquoi j'étais dans sa cuisine. La conversation est devenue très tendue. J'étais de plus en plus énervée. Je lui ai montré les photos des adolescentes que j'avais trouvées dans leur serveur en le piratant quelques semaines plus tôt. Je lui ai dit que son mari était toujours un pervers et qu'il ne devrait pas avoir le droit de travailler avec des enfants. Elle m'a traitée de folle. Je l'ai attrapée. Je pensais qu'elle allait se défendre, mais je me suis souvenue du journal de ma sœur : Nikki Lee ne faisait jamais le sale boulot elle-même. Elle ne savait pas se battre. C'était une lâche. Alors bien sûr, elle a essayé de s'échapper. Elle m'a tourné le dos.

C'est à ce moment-là que ça s'est passé, Eloise. C'est à ce moment-là que j'ai pris la décision qui allait changer ta vie, la mienne, celle de ton papa, pour toujours. Mais à ce moment-là, cela ne me semblait pas une mauvaise chose. En fait, ça me semblait être la solution parfaite. Pendant les jours qui ont suivi, j'étais euphorique. J'étais très heureuse d'avoir tué Nicola Fitzwilliam. Je n'avais aucun remords. J'étais convaincue qu'elle méritait de mourir. J'avais vengé ma sœur. J'avais rétabli l'équilibre de l'univers. J'avais enfin trouvé la paix.

Mais à l'heure où je t'écris cette lettre, je donnerais tout pour avoir agi autrement. J'aimerais pouvoir revenir en arrière et tout changer. J'aimerais lui avoir fait face au lac Buttermere, être montée dans ce car pour lui dire de quoi elle était coupable, lui dire tout le mal que je pensais d'elle et de son minable mari. J'aimerais tellement avoir tout déballé à ce moment-là, devant tous ces gens, puis être partie et avoir repris ma vie.

J'ai laissé cette rencontre fortuite semer en moi des graines vénéneuses qui ont poussé et pris toute la place, au point que ma haine pour Nikki Lee est devenue pour forte que mon amour pour toi et ton papa.

Je ne t'ai eue avec moi que deux jours, avant que papa te ramène à la maison. La première nuit, tu as dormi avec moi. À chaque fois que l'infirmière voulait te mettre dans ton berceau, tu pleurais. J'ai fini par lui demander si tu pouvais rester avec moi. Cette nuit-là, je n'arrivais plus à savoir ce qui était réel. Tout avait l'air d'un rêve, tout était flou. Je me souviens qu'à un moment je me suis réveillée d'un court somme, et que je t'ai regardée. Tu me regardais aussi, les yeux grands ouverts dans le noir, et tu tenais dans ton poing une mèche de mes cheveux. Tu me regardais avec des yeux si doux, si calmes, si beaux. Pendant une seconde, j'ai cru revoir Viva. J'ai pleuré, et une larme est tombée sur ta joue. Je l'ai essuyée du bout du doigt. Ta peau était si douce, je n'en revenais pas. Tu as cligné des yeux, comme si tu voulais me dire : « Tout va bien, tout ira bien pour nous. »

Le lendemain, ton papa est venu te chercher, et je n'ai pas pleuré parce que je savais que tout irait bien. Tu me l'avais dit avec tes yeux. Tu t'étais dévoilée à moi, et je t'avais reconnue. Je t'ai laissée partir.

Joyeux anniversaire, mon bel enfant. Je ne te connais pas, mais je t'aime. Pour toujours, et à jamais.

Ta maman

Épilogue

Le chihuahua s'appelle Diego. Freddie trouve que c'est un nom superbe pour un chien d'Amérique latine. L'animal le suit jusqu'à la porte de chez Romola quand il part. Romola ne l'accompagne pas. Elle est assise à la table de la cuisine, et sa mère, qui s'appelle Maxine et qui est très gentille, sert le dîner. Romola ne le raccompagne jamais à la porte quand il part. Elle ne lui dit jamais au revoir à la fin d'un rendez-vous ou d'un coup de téléphone. Elle dit que ça la met mal à l'aise. Elle ne sait pas pourquoi, mais c'est comme ça, c'est tout.

Maxine l'a invité à dîner, mais ils vont manger de l'agneau, et Freddie n'aime pas ça. La viande est trop texturée, le goût trop fort. En plus, son père a laissé entendre qu'ils se feraient peut-être livrer à manger ce soir.

Freddie salue Diego, referme la porte de la petite maison de Romola derrière lui, et marche cinq minutes jusque chez lui.

Ils ont quitté la maison jaune de Melville Heights et habitent désormais dans un bel appartement avec deux chambres à l'étage d'une maison géorgienne située tout près du collège de Freddie. C'était dommage d'avoir dû quitter la grande maison sur la colline, surtout juste après avoir dépensé tout cet argent pour la faire repeindre, mais c'était devenu une scène de crime, et qui a envie de vivre dans une scène de crime ? Réflexion faite, lui, ça ne l'aurait pas vraiment dérangé. Après tout ce qu'il s'était passé avec la police l'année précédente… Il avait dû avouer à son père avoir placé le pompon des chaussures de Chaperon Rouge sur la scène de crime pour essayer de lui faire porter le chapeau, puis il avait attendu devant la porte de la salle d'interrogatoire pendant que son père racontait à la police ce qu'il avait fait. Depuis, Freddie était obsédé par les enquêtes criminelles. Il ne voulait plus travailler pour le MI5. Il voulait devenir inspecteur de la police scientifique.

L'Éducation nationale avait demandé à son père de quitter son poste. La situation était devenue trop compliquée à gérer, lui avait-on dit. Il s'était simplement occupé d'aider de loin les élèves de troisième à préparer leurs examens. Depuis les grandes vacances, son père ne travaille plus. Il dit qu'il veut prendre du temps pour lui avant de décider de ce qu'il va faire.

Le temps libre de Freddie est maintenant dédié à Romola (qu'il voit tous les jours, même si c'est seulement cinq minutes après les cours), à son psychologue (une fois par semaine, ce qui est à la fois ennuyeux et intéressant), et aux recherches sur sa mère. Après son meurtre, Freddie s'était rendu compte qu'il ne la connaissait pas du tout. Rebecca Mullen l'avait tuée parce qu'elle avait harcelé sa sœur. Rebecca Mullen disait que sa mère était une femme horrible et mauvaise, que tout le monde au collège avait vécu dans la terreur à cause d'elle et de ses acolytes. Pourtant, pour Freddie, c'était juste une maman. Elle ne l'avait jamais harcelé, ne lui avait jamais crié dessus et ne lui avait jamais fait peur, mis à part cette dernière fois, quand elle était malade et qu'elle l'avait traité de petite merde et l'avait poussé du lit. À ce moment-là, il avait découvert la possibilité de cette autre Nicola. C'était son nouveau projet, nommé *L'Information* d'après un autre roman de Martin Amis, car c'était ce qu'il recherchait, des informations sur sa mère. Pour essayer de comprendre qui elle était.

Il a rapporté les affaires de sa mère de la maison de Melville dans trois gros cartons qui s'appellent « L'information 1 », « L'information 2 » et « L'information 3 ». Il examine chacun des éléments avec une précaution infinie et accompagne sa recherche de discussions avec son père, qui sont en général très infructueuses. Visiblement, il ignore tout de la vie de sa femme, de ses centres d'intérêt. Il dit que quand il l'a rencontrée dans le bus, quand elle avait dix-neuf ans et que lui en avait trente-cinq, il ne savait pas qu'elle avait harcelé Viva Hart jusqu'à la pousser au suicide. Il ne savait pas que cette Nicola Lee aux cheveux châtains était la même personne que la blonde Nikki Lee. Il n'avait jamais fait le rapprochement. Jusqu'à ce qu'il soit face à la mère de Viva Hart, au bord du lac. Là, il avait compris et tout s'était éclairé.

Il n'avait pas réussi à bien lui expliquer ce qu'il entendait par cette expression. Tout ce qu'il lui avait dit, c'est que sa mère avait toujours eu un *penchant cruel* et qu'il avait enfin compris de quoi il s'agissait. Freddie avait pris en note l'expression « penchant cruel » et y avait longuement réfléchi, se demandant notamment s'il avait hérité ça de sa mère, à cause des choses mauvaises qu'il faisait en secret ou qu'il disait parfois.

Enfin, hier, Freddie avait trouvé quelque chose de très étrange dans ses affaires, dans une boîte remplie de ses souvenirs d'adolescence. C'était dans une enveloppe longue si vieille que la colle était devenue une sorte de croûte jaune vif. Il n'y avait rien d'écrit sur l'enveloppe, mais à l'intérieur, il y avait une mèche de cheveux sombres et brillants attachée avec un élastique. Freddie l'apporte à son père après leur dîner.

— Qu'est-ce que c'est ? demande-t-il en poussant l'enveloppe vers son père.

Les cheveux sont beaucoup trop longs pour avoir appartenu à Freddie, et trop foncés pour être ceux de sa mère. Freddie a l'impression désagréable de savoir à qui ils appartiennent. Les mots de l'article de journal l'ont hanté toute la journée. Il veut cependant donner à son père une chance de proposer une explication alternative qui serait moins répugnante. Il observe son père qui regarde dans l'enveloppe et attrape la mèche du bout des doigts.

— Où est-ce que tu as trouvé ça ?

— Dans les affaires de maman.

Son père fixe l'enveloppe.

— Ce sont les cheveux de qui ?

Le visage de son père devient gris, et sa peau donne l'impression de s'être détachée de ses os. Il le voit déglutir.

Freddie attend que son père dise quelque chose.

Mais il se tait.

Remerciements

J'en suis à mon seizième roman et j'ai l'impression de toujours remercier les mêmes personnes de la même façon et pour les mêmes choses. C'est l'apanage des auteurs chanceux. Je collabore avec des équipes dévouées qui se démènent pour moi dans une dizaine de pays. J'ai les meilleurs lecteurs du monde et un formidable réseau amical et familial.

Alors merci, comme toujours, à Selina, Susan, Najma, Cassandra, Celeste et toute l'équipe de Cornerstone.

À Richenda Todd, une correctrice sans faille.

À Jonny, Catherine, Melissa, Alice, Luke et toute l'équipe de Curtis Brown.

À Deborah et Penelope et aux valeureux travailleurs de Gelfman Schneider.

À Sarah, Ariele, Daniella, Haley, Kitt et ceux qui composent la fine équipe d'Atria.

À Pia, Christoffer et Anna de Printz Publishing.

À tous mes éditeurs à travers le monde, que je dois encore rencontrer.

À tous mes lecteurs, ceux dont j'ai fait la connaissance, ceux qu'il me reste à découvrir, aux nouveaux, aux anciens.

À tous les libraires.

À tous les bibliothécaires.

À ma famille exceptionnelle, à mes filles magnifiques, à mes amis remarquables.

Au Board. Vous êtes incroyables.

À vous, qui avez lu mon roman. J'espère qu'il vous a plu.

Si vous avez aimé ce livre,
découvrez également…

Achevé d'imprimer en septembre 2019
par Aubin Imprimeur à Ligugé
N° d'impression 1906.0349
Dépôt légal, octobre 2019
Imprimé en France
81123306-1